D1665913

Peter Böttcher

Trockenzeit

Die stillen Siege eines Trinkers

Peter Böttcher (Herausgeber)
Trockenzeit
ISBN 3-86611-251-3
© 2006 Verlag, Herstellung und Vertrieb:
pro literatur Verlag, Mammendorf. www.pro-literatur.de
Titelbild/Foto: Renate Böttcher

Inhalt

Vorwort..11

Lemberg ist tot.

Vergangenes lebt wieder auf...............................15

Der Kiosk..24

Ein heilsamer Schock

in der »Klapperbox«..46

Vorurteile oder die

Unwissenden und die Arroganten.....................80

Misstrauen und Missverständnisse..................100

Tänzer auf zwei Seilen

und ein perfekter Absturz.................................114

Wanderungen und Wandlungen.......................152

Auf der Suche nach der Panik

und dem unheimlichen Sympathikus...............180

Die Therapeuten wissen alles –

die Patienten nichts..188

Der San Francisco und

eine vergnügliche Studie...................................197

Nachwort...209

König Alkohol appelliert an
Schwäche und Verfall, an Müdigkeit
und Erschöpfung. Er lenkt uns ab.
Und dazu lügt er beständig.
Er leiht dem Körper Scheinkraft, dem Geist Scheinhöhe,
gibt den Dingen
einen trügerischen Schimmer, der sie
weit schöner erscheinen lässt,
als sie sind.
Aber man darf nicht vergessen, dass
König Alkohol verwandlungsfähig
wie Proteus ist.
Er naht sich als Helfer
dem Schwachen und Erschöpften,
als
aufrüttelnder Mahner
dem Müßiggänger.
Er kann jeden auf andere Art am Arm
nehmen. Er tauscht alte Lumpen
gegen neue, die Flitter der Einbildung
gegen die derben Kleider der
Wirklichkeit, und schließlich
betrügt er so
letzten Endes alle seine Anhänger.

Jack London

Danksagung

Mehr als neun Jahre vergingen, ehe ich mich endlich entschlossen habe, dieses längst beabsichtigte Buch zu schreiben. Anläufe dazu hatte ich ausreichend unternommen. Einer der ersten Leser, dem ich das Manuskript anvertraute, war Dr. Johannes Lindenmeyer, Direktor der Salus-Klinik Lindow und Autor mehrerer Fachbücher, von denen mir besonders »Lieber schlau als blau« in Erinnerung bleibt. Es gehört zu meinen sporadisch gebrauchten Nachschlagewerken. Herr Lindenmeyer war es, der mich beharrlich ermutigte, behutsam drängte, einen nicht gerade bequemen und freudvollen Abschnitt meines Lebens zu Papier zu bringen. Daraus entsprang auch die etwas ungewöhnliche Idee, ihn darum zu bitten, das Vorwort zu schreiben. Warum eigentlich nicht? Ein Psychologe führt in das Werk eines seiner ehemaligen Patienten ein. Der Dank gebührt nicht minder all jenen Menschen, die, in welcher Weise auch immer, mit ihrem Erlebten, ihren Schicksalen und ihren Denkanstößen an diesem Buch indirekt mitgeschrieben haben. Ihrem Wunsch folgend tauchen sie unter anderen Namen auf. Die Geschichten sind authentisch. Besonders natürlich bin ich meiner Familie verbunden, die mit mir noch einmal die für uns so schwere Zeit durchlebte und im Entstehen jeder einzelnen Seite zu meinen größten Kritikern zählten. Nur so konnte die Figur des Frank Binder Gestalt annehmen.

Berlin, Oktober 2006   Peter Böttcher

Vorwort

Wir leben in einer gestörten Trinkkultur. In unserer Gesellschaft, die so vollgepackt ist mit überflüssigen und teils verwirrenden Weisungen und Normen, wie man sich in welcher Situation zu verhalten hat, gibt es keine klaren Grenzen und Regeln im Umgang mit dem Alkohol. Im Grunde als Genussmittel gedacht, wird er von allzu vielen als Lösungsmittel missbraucht, um lockerer und kontaktfreudiger zu wirken, das Selbstvertrauen zu stärken, Probleme jedweder Art zu bewältigen und Ängsten zu entfliehen.

Alle Formen des eigenen Trinkens, und seien sie noch so schädlich oder riskant, kommen uns normal vor, bis auf das extreme Zerrbild des ständig betrunken randalierenden Alkoholikers. Er, dessen Verhalten lange Zeit toleriert wird, ist plötzlich der prinzipiell Andere. Er wird nun verachtet, ausgestoßen und günstigen falls professionelle Hilfe in einer Klinik erhalten. Entsprechend unverstanden und ausgegrenzt fühlen sich die meisten der Betroffenen.

Es ist das große Verdienst von Peter Böttcher, dass er glaubwürdig aufzeigt, warum ein Trinker in aller erster Linie ein ganz normaler Mensch ist und es selbst in den schlimmsten Phasen seiner Krankheit bleibt. Er ist kein Verlierer und kein Versager. Der Autor verzichtet auf die Versuchung nicht weniger Alkoholiker, ihr Schicksal rückblickend in extremer Weise zu beschreiben. Sie sehen das als Beweis für vollkommene Läuterung und Ehrlichkeit. Stattdessen schildert er auf dem Hintergrund seiner eigenen Erfahrung in feinsinniger (Selbst)-Beobachtung Alltagsszenen, in denen sich der Alkohol als vorrangiger und fester Bestandteil in das

11

Leben des Protagonisten eingewoben hat.

Wer sich aus eigenem Antrieb zur Abstinenz entschließt und danach sein Leben neu ausrichtet, gehört zu einer kleinen, wenn auch wachsenden Minderheit unserer Gesellschaft. Er fällt daher in erheblich stärkerem Maße auf, als er es in der Regel während seiner aktiven Trinkerlaufbahn getan hat. Wer nicht umfallen will, benötigt Souveränität und Stärke. Die verlangt niemand von ihm, und die gibt es auch nicht auf Rezept. Er muss sie allein aufbringen. Es wirkt überzeugend und anregend, mit welchem ironischen Unterton dieser Umstand beschrieben wird.

Aus meiner Sicht wünsche ich diesem Buch viele Leser. Es ist all denen zu empfehlen, die ihr Gläschen Wein oder das Bier in Ehren nach Feierabend genießen. Auf zum Teil unterhaltsame Art könnte es Verständnis wecken für eine Krankheit, die Sucht heißt.

Trinkern macht es Mut und regt zur offenen eigenen Analyse an. Die immer wieder gestellte Frage, woran man Abhängigkeit erkennt, hat Peter Böttcher glaubhafter und einprägsamer beantwortet, als es jedes klinische Lehrbuch vermag.

Das Buch ist eine Liebeserklärung an die Frau und den Sohn des Protagonisten. Ihrer Hilfe verdankt er in entscheidenden Momenten seine Heilung. Beide müssen viel erleiden. Es wird nachvollziehbar, warum Alkoholiker ihrer Familie so viel Leid zufügen, obwohl sie es längst wissen.

Nicht zuletzt ist das Buch uns Therapeuten anzuraten. Es macht beklommen, wie ideologisch fixiert und gefühllos manche auf Suchtkranke wirken können. Gnädigerweise beschreibt Peter Böttcher aber auch die hilfreiche und menschliche Begegnung mit Psychologen. Er redet hierbei keiner Sozialromantik oder grenzenlosen Selbstbestimmung das Wort. Er fordert vielmehr eine auf den Einzelfall abgestimmte gelassene Konsequenz und professionelle Kompetenz.

Ich hatte das Glück, den Autor vor und während seiner eigenen Behandlung kennen lernen und ihn später bei der Entstehung dieses Buches begleiten zu dürfen. Ich bin für diese eindrucksvolle und lehrreiche Erfahrung dankbar. Auch wenn die Hauptfigur nicht mit seinem Verfasser identisch ist. Peter Böttcher hat sich mit seinem Stück Lebensgeschichte nicht aus dem Buch herausgeschlichen. Das macht es so glaubhaft und wertvoll. Es macht nachdenklich, verbreitet aber auch Vergnügen und Spannung.

Ich habe viele Berichte von Trinkern gelesen. Nur ganz, ganz wenige überdauern ihre Zeit, wie Jack London, Hans Fallada, Joseph Roth oder Malcolm Lowry. Das Buch von Peter Böttcher hätte dies sicherlich verdient.

Lindow, Oktober 2006   Johannes Lindenmeyer

Lemberg ist tot.
Vergangenes lebt wieder auf

Gemächlichen Schrittes schlenderte Frank Binder durch die Einkaufspassage in Berlins City. Achtlos ging er an den Schaufensterauslagen vorbei. Er zürnte mit sich, da ihm nichts Gescheites einfiel, womit er seine Frau gewissermaßen ohne einen kalendermäßigen Anlass überraschen könnte. Der obligatorische Blumenstrauß kam diesmal nicht in Frage. Binder wollte etwas Besonderes. Aber was sprengte den Rahmen des alltäglichen Trotts, der sich über kurz oder lang in jede noch so glückliche Ehe einschleicht?

Sein Blick fiel auf ein Plakat, das prickelnde südafrikanische Tänze und Klänge ankündigte. Echte. Kein kostspieliger Verschnitt wie das letzte Mal bei einem Konzert mit Donkosaken, die den Don nie gesehen hatten. Deren Stimmen waren nicht übel. Kostüme und Choreografie glichen eher einem karnevalistischen Treiben. Ein Berliner verwandelt sich auch nicht in einen Urbayern, indem er in eine Lederhose schlüpft und sich tanzend auf die Schenkel klopft.

Das wäre doch was, dachte Binder, sich wieder dem Poster zuwendend. Er kannte Janas sehnlichsten Wunsch, einmal durch Südafrika reisen zu können, falls die Urlaubskasse es hergeben würde. Schnell waren deshalb zwei Karten in der Vorverkaufskasse gekauft.

Überaus zufrieden verließ Binder das Geschäft, da zuckte er erschrocken zusammen. Jemand hatte ihm kräftig auf die Schulter geschlagen. »Mensch der Frank. Das ist ja ein Ding«, rief eine tiefe Männerstimme.

Blitzartig drehte sich der Angesprochene um. Im Nu hatte sein Langzeitgedächtnis den vor ihm stehenden, lachenden Mann ausfindig gemacht. »Manne! Meine Güte, wo kommst du denn her?«

Mit Manfred Uhlig hatte Binder vor Jahren in einer Klinik Bekanntschaft geschlossen. Deshalb war die bei zufälligen Begegnungen wohl geläufigste aller Fragen »Wie geht es dir denn so?« keine Floskel, sondern durchaus angebracht. Beide versicherten sich gegenseitig, es ginge ihnen gut. Insgeheim musterte der eine den anderen. Keine tiefen Augenränder, ein klarer Blick der Augen und kein verräterischer Atem, der darauf schließen konnte, dass es einem vielleicht doch nicht so gut ging.

»Ja, ich hätte das damals nicht gedacht, mein Leben so umkrempeln zu können«, lachte Manne. »Aber vor dir steht wirklich ein leibhaftiger Abstinenzler, der eben nur mal auf Jobsuche ist. War drei Jahre lang in einer Spedition als Kraftfahrer beschäftigt. Nicht zu glauben, was? Manfred Uhlig sitzt wieder am Lenkrad. Zwei Jahre Zwangspause wegen Trunkenheit, das hatte gereicht. Leider machte die Firma Pleite. Ich bin jetzt Kunde der Arbeitsagentur. Und die Versuchung, wieder nach einer Flasche zu greifen, ist da. Doch ich kann damit inzwischen umgehen. Und du, wie ist es dir so ergangen?«

»Kein Tropfen«, antwortete Binder. »Alles im Lot.« Er freute sich über diese Begegnung.

»Darauf müssen wir einen heben«, witzelte Uhlig. Sie landeten in einem Bistro und bestellten Kaffee. Munter redeten sie drauf los und übersprangen im Zeitraffer die Jahre nach der Klinik. Bis Manne mit einer Nachricht herausplatzte, die sein Gegenüber betreten machte, dem Gespräch eine jähe Wendung brachte.

»Chris Lemberg ist tot. Du kannst dich noch an ihn erinnern?«

»Und ob«, antwortete Binder mit leiserer Stimme. »Christof hat den Fahrrad-Verleih geschmissen. Ein feiner, hilfsbereiter Kerl mit großer Klappe.« Beide sahen schweigend aneinander vorbei.

»Hat er es also nicht geschafft«, murmelte Binder. »Andererseits. So geschockt bin ich wiederum auch nicht. Hatte er nicht vorausgesagt, er würde in die Trostlosigkeit seines Dorfes zurückkehren und sowieso wieder in seiner Dorfkneipe landen?«

»Tja«, nickte der andere. »Ich erinnere mich noch daran, wie er zum Abschied augenzwinkernd dröhnte, man solle sein Zimmer vorsorglich für einige Wochen freihalten. Er braucht es nicht mehr«, sagte Manne und starrte auf seine Tasse. »Dem war gar nicht bewusst, wie fix man unter der Erde sein kann, wenn man sich nicht an gewisse Regeln hält.«

Eine eigenartige Stimmung schwebte über dem Tisch im kleinen City-Bistro, das erfüllt war von gellendem Gelächter, lauter Musik und dem Schreien am Nachbartisch nach einer neuen Runde. Die beiden sprachen über einen Toten, ohne dass auch nur im Ansatz Trauer zu spüren war, sondern eine nicht zu erklärende sachliche Betroffenheit. Eher war die Erinnerung an die Monate in der Klinik ins Bistro zurückgekehrt. Und an den Chef des Rad-Verleihs, der seinen Job akkurat verrichtet hatte und wegen seiner ehrlichen Art beliebt war. Der andererseits auch so manchen Streit auslöste, da er nach seiner Lebensphilosophie für den Tag lebte. Er sah in der Flasche Korn einen engen Gefährten, der immer zur Stelle war, falls man ihn brauchte. Von dem könne er sich wohl nicht trennen.

»Wenn es stimmt, was ich gehört habe«, unterbrach Manne

17

das Schweigen, »dann ist Chris unter sehr merkwürdigen Umständen im Knast gestorben. Das soll einen ziemlichen Wirbel ausgelöst haben. Irgendeine Schweinerei muss da passiert sein.«

»Mehr weißt du nicht?«, hakte Binder nach.

»Mehr nicht. Als ich das erfuhr, habe ich Lembergs Nummer angewählt. Einfach so. Denn mit ihm war ich noch in losem Kontakt und kannte vom Telefon her auch seine Lebensgefährtin. Die war auch am Apparat, aber kurz angebunden. Christof Lemberg lebe nicht mehr. Sie wolle dieses ganze Drama endlich vergessen, schrie sie mich an.«

Manfred Uhlig fingerte an seinem Schnurrbart. »Ich war überzeugt, die Frau ist blau. Seit ich nüchtern bin, reagieren meine Nase und mein Gehör sehr sensibel. Bevor sie den Hörer aufknallte, gab sie mir noch eine Telefonnummer, unter der ich den Bewährungshelfer von Lemberg erreichen könne. Hab es nie versucht.«

»Wie lange ist das denn her«, wollte Binder wissen.

Manne überlegte. »Fünf oder sechs Jahre bestimmt.« Er kramte in seiner Brieftasche und fand einen zerknüllten Zettel. »Herr Börner steht noch drauf. Das muss der Mann sein, den ich anrufen sollte. Wenn du willst, kannst du die Nummer haben.«

Binder nahm das Stückchen Papier instinktiv an sich. »Wer weiß, vielleicht ist es wirklich brauchbar«, überlegte er. Es war spät geworden. Das »Machs gut« zum Abschied war auch alles andere als die lapidare Floskel einer zufälligen Begegnung.

Einige Tage später fiel Binder der Zettel in die Hände, den ihm Manne gegeben hatte. Er war unsicher, ob er einen Menschen, der Lembergs Bewährungshelfer gewesen war, anrufen sollte. Binder war für ihn ein Fremder. Warum kramte er in der Geschichte? Christof Lemberg aus einem kleinen mecklenburgischen Dorf war seit Jahren tot. Was ließ Binder dennoch zum Telefon greifen? War es die journalistische Neugierde oder das Bedürfnis, etwas über einen Menschen zu erfahren, mit dem er in einer für ihn kritischen Zeit unter einem Dach gewohnt hatte? Oder suchte Binder nur Aufklärung, unter welchen Umständen Lemberg in einer Zelle gestorben war? Hatte er nach so langer Zeit überhaupt das Recht, einem Gerücht nachzugehen? Je mehr er sich hinterfragte, desto williger wurde er, einen Versuch zu wagen.

Am anderen Ende der Leitung meldete sich tatsächlich ein Mensch, der Börner hieß und ein Angestellter der sozialen Dienste der Justiz, übersetzt Bewährungshelfer, war. Und erst recht war der Anrufer verblüfft, als ihm jener Börner sagte, er könne sich natürlich an Lemberg erinnern. Im Stenogramm-Stil stellte sich Binder vor, nannte sein Anliegen und wunderte sich wiederum, als ihm der Justizbeamte einen Termin in seinem Büro vorschlug. Diese Angelegenheit sei nichts fürs Telefon.

Herr Börner war so um die Vierzig, leger bekleidet mit Jeans und einem lockeren Leinenhemd. Im rechten Ohrläppchen blitzte ein Steinchen. Der Mann strahlte Ruhe und Besonnenheit aus. Ohne jede Hektik suchte er in den prall gefüllten Regalen die Akte Lemberg. Binder hatte sich ordentlich ausgewiesen. Er vermerkte, er habe keinerlei Ambitionen, in die Innereien der Justiz vorzudringen. Das einzige, was ihn mit Lemberg verbinde, sei der gemeinsame Aufenthalt in einer Klinik.

Binder erfuhr die Geschichte des Christof Lemberg. Dieser sei kein Schwerverbrecher gewesen. Der Alkohol habe ihn Stück um Stück aus der Bahn geworfen. »Wussten Sie übrigens, dass er nie einen Führerschein besessen hat?«, fragte der Beamte.

»Nein, ich glaube nicht.«

»Sehen Sie, und das hat den Chris immer wieder mit dem Gesetz in Konflikt gebracht.« Lemberg war bis zum Mauerfall Traktorist in der Genossenschaft seines Dorfes. Dort ging dann alles den Bach hinunter und Christof steuerte fortan die Zugmaschinen eines wandernden Karussell-Unternehmens. Niemand scherte sich darum, ob er überhaupt fahrberechtigt und fahrtüchtig war. Denn man konnte davon ausgehen, dass er in der Regel ein paar Promille im Blut hatte, wenn er fuhr. Wie durch ein Wunder geriet er nie in eine Kontrolle und verursachte auch keinen Unfall.

Binder schüttelte zweifelnd mit dem Kopf.

»Klingt unglaublich, ist aber wahr«, bemerkte Börner. Problematisch wurde es erst, als sich Lemberg einen altersschwachen Pkw zulegte, der auf den Namen seiner Partnerin zugelassen war. Mit dem wurde er regelmäßig erwischt. Zumeist an Tankstellen, wenn er sich abends Nachschub an Flaschen besorgte. Der Teufelskreis begann sich zu drehen. Entziehungskur, Fahren unter Alkohol, eine Bewährungsstrafe wegen Trunkenheit, wieder Einzug in den Entzug und schließlich das erste halbe Jahr hinter Gittern. Das Wander-Karussell hatte ihn mittlerweile gekündigt.

»Ich habe ihn drei Jahre lang betreut. War er nüchtern, konnte man mit ihm vernünftig reden«, fuhr der Beamte fort. »Ich mochte ihn, weil er nicht herumdruckste und nicht log. Ohne Umschweife bekannte er, wie schwer es ihm fiel, vom Schnaps wegzukommen. Griff er zum Korn, zog sich sein Horizont auf die Größe eines Bierdeckels zusammen. Er wandelte zwischen zwei Welten. Nach der dreimonatigen Behandlung in der Klinik schien er die Kurve bekommen zu haben.«

Dann der schwere Rückfall. Sturzbetrunken fuhr Lemberg

an seiner Tankstelle vor, um einzukaufen. Doch zu Hause erwartete ihn bereits die Polizei-Streife, die der Tankstellenwart verständigt hatte. Mit einem unberechenbaren Säufer hatte der sich nicht anlegen wollen.

Die Beamten müssen gedacht haben, sie säßen im falschen Film. An einer Zimmerwand hing inmitten von Luftgewehren und gewöhnlichen Pistolenimitationen eine Kalaschnikow. Bereitwillig gab der Waffennarr Auskunft über deren Herkunft. Unweit des Dorfes befand sich zu DDR-Zeiten eine russische Hubschraubereinheit. Mit einem Piloten, der ebenfalls Korn und Wodka liebte, hatte sich Lemberg angefreundet. Eine Zweckfreundschaft. Als die Russen abzogen, schenkte der Fliegermajor Lemberg seine persönliche Maschinenpistole. Damit sollte die Sammlung seines Trinkbruders veredelt werden.

Wieder schaute Binder den Erzählenden ungläubig an. »Hört sich auch märchenhaft an, ist aber ebenso so real wie die Tatsache, dass Sie vor mir sitzen«, versicherte dieser. »Wenn die Russen schon ihre Maschinenpistolen verschenkten, was mögen sie dann erst verscherbelt haben«, durchfuhr es Binder.

Christof Lemberg wurde wegen wiederholten Fahrens unter Alkohol und wegen des illegalen Besitzes einer Kriegswaffe zu einer Freiheitsstrafe von zwei Jahren verurteilt.

»So paradox es Ihnen erscheinen mag, ich nahm das Urteil erleichtert auf«, gestand Herr Börner. »Ich sah darin für Chris eine letzte Chance, sein Leben zu ändern. Warten Sie.« Er schaute in die Akte. »38 Jahre alt war er damals. Zu jung, um sich zu Grunde zu richten. Er war ein armer Schlucker, wäre im Gefängnis also nicht an geschmuggelten Alkohol gekommen.«

Bevor Lemberg einzog, schickte der Bewährungshelfer der Anstaltsleitung ein Fax, in dem er die ausdrückliche Bitte äußerte, den süchtigen Verurteilten in das Haftkrankenhaus aufzunehmen. Denn er war davon überzeugt, sein Schützling würde sich in der verbleibenden Zeit in Freiheit maßlos mit Alkohol zuschütten und unbedingt eine Entzugsbehandlung benötigen, da Lemberg schon etliche epileptische Anfälle gehabt hätte. Eine telefonische Nachfrage, was man zu unternehmen gedenke, brachte dem Anrufer eine Demütigung, wie er sie in seinen Dienstjahren noch nicht erlebt hatte. Er solle sich nicht in Dinge einmischen, die außerhalb seiner Kompetenzen lägen, wurde er abgekanzelt. Der Anstaltsarzt drohte gar mit einer Beschwerde, sollte ihn der Mann einer untersten Behörde nochmals belästigen. Sie wüssten schon, was sie zu tun und zu lassen hätten.

Lemberg meldete sich pünktlich am Nachmittag des angeordneten Tages in dem roten Backsteingemäuer mit der untrüglichen Mauer und den Stacheldrahtverhauen. Am nächsten Morgen fanden ihn die Wärter tot in seiner Zelle liegen.

Der Vorfall sprach sich herum und Börner erfuhr aus zuverlässigen Kreisen, dass der trunkene Neuankömmling nicht vorsorglich in das Krankenhaus kam, geschweige denn von einem Arzt untersucht wurde. Man hatte den lästigen Säufer in eine Einzelzelle gesperrt und wollte sich erst am nächsten Tag mit ihm befassen. Dann hätte er seinen Rausch ausgeschlafen.

»Das Geschrei war natürlich groß«, erzählte der Sozialarbeiter weiter. »Es wurde sogar wegen fahrlässiger Tötung ermittelt. Doch außer einer kurzen Notiz im dortigen Kreisblatt, ein Häftling sei an Herzversagen verstorben, vernahm ich nichts mehr. Von meinen Warnungen wollte auch keiner mehr etwas gewusst haben.« Er klappte den Deckel der Akte zu. Jeder Suchtexperte würde auf Anhieb auf die

Todesursache kommen: Ein epileptischer Anfall auf Grund des abrupten Entzuges von Alkohol.

Lembergs Lebensgefährtin riet der Bewährungshelfer zu einer Klage. Doch diese hatte zu sehr mit sich zu tun, wollte einen Schlussstrich ziehen. Sie suchte inzwischen ebenfalls Trost in einer Flasche. Im Dschungel der Behördendienste verlor sich schnell der Fall Lemberg.

»Verstehen Sie jetzt, warum ich mit Ihnen so offen über Dienstgeheimnisse geredet habe«, sah der Mann Binder fragend an. »Irgendwo muss man angestauten Frust loswerden. Und Sie wissen über Abhängigkeit bestimmt mehr als ich.« Ihn packe heute noch die Wut, wenn er daran denke, wie elendig Lemberg in seiner Zelle gestorben sein musste. Nur weil eine arrogante Anstaltsleitung den Kleinganoven Lemberg zu verwalten gedachte und den schwerkranken Trinker selbstgefällig ignorierte. Sie verwehrte ihm die letzte Chance, die sich der Sozialarbeiter für seinen Klienten erhofft hatte.

Noch einige Zeit plagte sich Binder mit dem Gedanken, ob es richtig gewesen war, das Gespräch mit diesem bedrückenden Inhalt zu suchen. Er hatte damit einen Sprung in eine vergessen geglaubte Zeit unternommen. Dieser provozierte geradezu, sich dessen zu besinnen, wie es Binder ergangen war, ehe er nach seinem Klinikaufenthalt in ein normales Leben zurückgekehrt war. Folglich musste er souverän genug sein, in Erinnerungen zu stöbern, die schmerzlich waren. Warum sollte er sich davor drücken? Das Leben ist nicht nur eine Anreihung von glücklichen Momenten.

Der Kiosk

Der Kiosk gleich in der Nähe des Supermarktes lag sozusagen fast vor Binders Haustür. Einmal um die Straßenecke, und schon war man da. Seit einiger Zeit war dieser fest in den Tagesablauf einbezogen. Erst als eine Notlösung, in der Folge jedoch als ein fester Anlaufpunkt, wie etwa der Supermarkt zum Wochenendeinkauf. Beide Baulichkeiten unterschieden sich natürlich in ihrer Funktion. Der kleine Holzrundbau war zu aller erst ein Zeitungs-Verkaufsladen für die flüchtige Besorgung. An dem bildeten sich nie Schlangen wie an den Kassen des Supermarktes. Und nichts hasste Binder mehr als das langwierige Anstehen.

Wer den Kiosk ansteuerte, wusste ganz genau, was er kaufen wollte. Man musste nicht zwischen zig Regalen herumirren oder über die Qualität von deutschen oder holländischen Tomaten sinnieren. Abgezähltes Kleingeld wurde im Gegensatz zum Supermarkt bevorzugt, sodass der Handel im Nu erledigt war. Der Zeitungsverkäufer klappte seine Läden bei Wind und Wetter zu einer Zeit hoch, da die Kassiererinnen noch zu Hause frühstückten. Im Sommer sogar schon um sechs Uhr. Und zu dieser Stunde lief einem kaum ein Bekannter aus der Nachbarschaft über den Weg.

Zu den Kunden gehörten notorische Frühaufsteher im Rentenalter und diejenigen, die es nicht so sehr auf eine Zeitung abgesehen hatten. Ein Kioskbetreiber richtet sich nach den marktwirtschaftlichen Gesetzen wie eine der riesigen Ladenketten. Nur ist alles überschaubarer, weil Nachfrage und Angebot sich auf Artikel beschränken, die man an zwei Händen abzählen kann. Beim Blick durch die schmalen

Fenster kann der Käufer das für einen Kiosk übliche Repertoire wahrnehmen. Akkurat in Reih und Glied werden über die gestapelten Magazine und Journale diverse Schnapsflaschen präsentiert. Winzlinge, mittlere und große in unterschiedlichen Formaten. Je nach Bedarf, eben der ideale Versorger für Leute wie Binder, die nicht auf erlesene Weine aus waren, die in den Regalen des Supermarktes standen. Sicher bot dieser auch das Sortiment des Kioskes an. Das Abschreckende jedoch: Man musste die einsamen Flaschen aufs Band legen, sichtbar für alle Umstehenden, womöglich auch für Bekannte.

Solche Kunden waren Binder im Supermarkt zur Genüge aufgefallen. Und er hatte es nicht übersehen, wie manche Leute den Kopf schüttelten, wenn der Vordermann mit zitternder Hand die Münzen in die Schale schüttete und seine Getränkeration in einen schmuddeligen Beutel verstaute.

Auch deshalb hatte er bewusst den Kiosk gewählt. Den letzten Anstoß gab ein ehelicher Streit. Wiederholt war es nämlich geschehen, da Jana wortlos Flaschen auf dem Wohnzimmertisch platzierte. Mal waren es leere, mal angebrochene, mitunter sogar volle. Die fand sie an den unmöglichsten Stellen. Manche rein zufällig, andere augenscheinlich nach einer umfänglichen Suche. Jana wollte dieses Zeremoniell als eine stille Klage verstanden wissen, als etwas wie einen leisen Hilferuf. Binder hätte eher ein ganzes Bündel lautstarker Vorwürfe erwartet, die ihn allzu oft aus seiner Sorglosigkeit reißen sollten. Daraus resultierende Gewissensbisse waren nur von vorübergehender Natur. Doch diese Art der Vorhaltung traf den Angesprochenen weit mehr. Trotzig räumte er die Flaschen weg, ohne auch nur den Ansatz einer Rechtfertigung zu suchen.

Das Widersinnige an diesem eher obskuren Umgang

miteinander lag eher in der Tatsache begründet, dass er ob der Vielzahl irrtümlich geglaubter sicherer Verstecke immer wieder die Übersicht verlor, wo er seine Vorräte an Spirituosen untergebracht hatte. Hinter den Büchern im Regal, in den verschiedenen Jackentaschen, auf dem Kleiderschrank, und vor allem im Keller in den Werkzeugkästen.

Ausgerechnet auf dem hohen Kleiderschrank wollte Jana Staub wischen, was ansonsten Franks Aufgabe war. Jedenfalls holte sie, auf der Leiter stehend, eine ganze Armada von Flaschen herunter. Ausgerechnet die ausgebeulten Jackentaschen sprangen ihr ins Auge, als sie den Schrank ordnete. Und zu allem Unglück fiel ihr ein anderes Mal ein, die Bücher im zwei Meter breiten Regal zu sortieren. Hinter den kleineren Werken, die noch Luft zur Wand ließen, hatte Binder eines seiner todsicher angenommenen Depots eingerichtet. Er fühlte sich ertappt bei dem Versuch, das zu vertuschen, was er mittlerweile wirklich konsumierte. Dabei war er fest davon überzeugt, nicht im entferntesten in die Gefahr zu geraten, abzurutschen. Oder genauer gesagt, auf dem besten Wege zu sein, abhängig zu werden oder gar schon geworden zu sein.

Jana sah das anders und wählte in ihrer Hilflosigkeit und Verzweiflung die Variante, es ihrem Mann auch auf stumme Weise zu signalisieren.

Die wortlose Konfrontation mündete eines Abends schließlich doch in einen heftigen Disput. Frank versicherte seiner Frau, mit diesem Versteckspiel aufzuhören. Dabei war es mehr als ein Spiel. Etwas zu verstecken, verbindet sich in der Regel mit dem Unterfangen, unangenehme und schlimmsten falls entlarvende Dinge verbergen zu wollen. Geheimniskrämerei nährt das schlechte Gewissen auf der einen Seite und das Misstrauen auf der anderen. Und die Gewissensbisse beschlichen den Mann allemal, als er sich zu allem Unglück auch noch von seiner Frau sagen lassen musste, die Fahne, mit der er nach Hause gekommen war, sei nicht zu verleugnen.

»Also Schluss damit«, versuchte Frank Jana zu beschwichtigen.

Prompt kam die Frage: »Heißt das, du lässt endlich das Trinken?«

»Ich will es versuchen, muss aber nicht gleich Abstinenzler werden«, antwortete Binder. Er wollte seiner Stimme einen festen Klang geben. »Du sollst keine Angst haben«, fügte er beschwörend hinzu. »Hast du mich in letzter Zeit volltrunken erlebt? Nein. Sehe ich aus wie ein Gestrauchelter vom Bahnhof? Nein. Torkele ich durch die Gegend? Auch nicht. Kann man mit mir noch vernünftig reden? Ja. Mit mir ist alles in Ordnung, ich habe im Moment nur ziemlich Stress bei der Arbeit. Es kommen auch wieder ruhigere Tage.«

Jana blickte ihn ungläubig an und sagte mit leiser Stimme. »Du hast dich irgendwie verändert.«

»Wieso?«, wollte er wissen.

»Ich vermisse immer öfter deinen klaren, aufreizend frechen Blick, den ich so mag. Wenn du stockend und langatmig redest, denke ich, du hast was getrunken. Meistens habe ich auch Recht. Ich bin kaum noch in der Lage, das eine vom anderen zu unterscheiden. Es kann nicht sein, dass ich erst einmal schnuppern und dir in die Augen schauen muss, wenn du nach Hause kommst. Hat er oder hat er nicht. Du weißt, ich habe einen feinen Geruchssinn. Es wird mir zuwider, dich ständig zu kontrollieren. Außerdem schnarchst du neuerdings unheimlich.«

»Manches bildest du dir nur ein«, konterte Frank zögernd.

Ehe er weiterreden durfte, unterbrach ihn Jana energisch. »Sogar Arne fragte mich, was mit seinem Vater los sei. Du

27

würdest manchmal aus allen Knopflöchern nach Schnaps stinken. Das hat er Wort für Wort so gesagt. Und dass es ihm mehr als peinlich wäre, wenn dich seine Kumpels in dieser Verfassung bei ihm antreffen würden.«

Binder musste die Anwürfe schweigend über sich ergehen lassen. Er ging im Zimmer auf und ab.

»Gut. Wenn ihr wirklich so besorgt seid, dann ziehe ich Konsequenzen. Du kannst dich darauf verlassen«.

Jana sah ihn flehentlich an. »Machs einfach und halte keine großen Reden!«

Es war ein langes Gespräch. Das wievielte überhaupt? Er putzte sich vor dem Schlafengehen die Zähne länger als üblich. Doch Jana hatte kein Verlangen nach Zärtlichkeit. Sein Atem war alkoholgeschwängert. Widerstandslos nahm er es hin, häufiger abgewiesen zu werden. Er spürte zwar die Grenzen, die das eheliche Bett zusehends teilten, begnügte sich aber mit dem Trost, dass sich das für beide bislang so erfüllte Liebesleben wieder einrenken ließe. Die Gedanken über das »Wie« schob er beiseite.

In der Folge solcher Auseinandersetzungen hatte sich Binder fest vorgenommen, das Trinken einzuschränken. Er war kein Kostverächter. Ebenso wie andere, die er kannte. Jana hingegen blieb skeptisch. Das war nicht mehr das gewohnte Bier oder das Gläschen Weinbrand nach Feierabend. Das war auch nicht mehr der Frank, der ab und an lustig berauscht später nach Hause kam, weil er noch mit ein paar Kollegen zusammengehockt hatte. Das versteckte Trinken und die wiederkehrenden Beteuerungen ihres Mannes hatten sie in ihr unbekannte Konflikte gestürzt, ihre Gutgläubigkeit in Frage gestellt. Denn jede Flasche, die sie im verborgenen Winkel entdeckte, empfand sie als einen schmerzhaften Vertrauensbruch.

Hingegen schien für ihren Mann das Problem erst einmal aus der Welt geschaffen. Oder ignorierte er die Dinge bewusst, die seiner Ehe einen empfindlichen Riss zugefügt hatten? Er hätte dies strikt verneint. Von einem Erdbeben konnte keine Rede sein. Und wäre jemand auf die Idee gekommen, ihm Selbstbetrug vorzuwerfen, hätte er bis aufs Messer gestritten. Ohne dass er es wahrhaben wollte, steckte er nach zwei, drei Wochen im gewohnten Trott. Längst vertraut gewordene Verhaltensweisen waren nicht so mir nichts dir nichts abzulegen, sie bestimmten inzwischen zu sehr seinen täglichen Rhythmus.

Munter wurde er morgens zumeist durch einen kräftigen Schluck. Den Mut, in der Frühbesprechung einen originellen Vorschlag zu machen, holte er sich aus der Flasche, die Leichtigkeit, den Artikel aufzuschreiben, ebenfalls. Obschon ihn das Gefühl beschlich, dass sich einige in der Redaktion ihm gegenüber eine seltsame Zurückhaltung auferlegt hatten. Binder begründete dies mit der natürlichen Konkurrenz im Hause. Ihm waren einige gute Beiträge gelungen und Missgunst machte um eine Redaktion keinen Bogen. Ein bisschen Vorsicht aber war wohl angebracht, nicht unbedingt durch eine Alkoholfahne aufzufallen, wie zwei Kollegen, die zweifelsfrei als Trinker galten.

Er verkannte völlig, dass deren Anwesenheit ihn in gewissem Maße noch schützte. Denn ehe die beiden ausnahmslos von allen in die Kategorie von Abhängigen eingestuft wurden, mussten sie sich einer gewissen Prozedur unterziehen. Sie begann mit üblichen Gerüchten, einer verstärkten Aufmerksamkeit, die ihnen entgegengebracht wurde. Man könnte es durchaus Überwachung nennen. Letztlich hatten es die beiden aufgegeben, ihre aus dem Rahmen fallenden Trinkgewohnheiten zu tarnen. Gleichgültig nahmen sie es hin, dass man in ihnen zwei Schnapsdrosseln sah. Kurios. Mit ähnlicher Gleichgültigkeit tolerierten die meisten Kollegen das Ende des Versteckspiels. Über einen Schwulen wird nur solange getuschelt und gemutmaßt, bis er sich als ein solcher öffentlich offenbart. Vorausgesetzt, er bleibt unauffällig und steigt nicht jedem Kollegen nach. Nicht wesentlich anders verhielt es sich mit den beiden Trinkern. Sie fielen nicht aus dem Rahmen, alldieweil sie weder volltrunken auf ihrem Schreibtisch lagen, noch verhunzte Manuskripte ablieferten. Sie waren gute Schreiber.

Binder durchlief sozusagen die erste Phase. Die der Gerüchte. Immerhin betrachteten es einige Redakteure als normal, bei einem Glas Wein oder einem Bier vor dem Computer zu sitzen, wenn sie schrieben. Binder hätte damit seine Schwierigkeiten gehabt. Er wollte anonym bleiben und meinte, genügend Tarnungen zu besitzen, um möglichen Verdachtsmomenten zu begegnen.

Dabei war ihm entgangen, das Geheimnis, das er zu bewahren suchte, machte ihn auf eine unerklärliche Weise einsam. Sein einziger, namenloser Vertrauter kam aus der Flasche. Nur der half ihm, die Wirklichkeit so zu sehen, wie er es wollte, ihr den trügerischen Schimmer zu verleihen, der wohltuend wirkte. Sein stets hilfsbereiter Freund vertuschte die Tatsache, dass Wohlbefinden und Euphorie, Einsamkeit, Trostlosigkeit, Gewissensbisse und Niedergeschlagenheit in immer kürzeren Abständen wechselten. Wie es den beiden enttarnten Trinkern wahrscheinlich auch ergangen war.

Auf seine Begehrlichkeiten eines Schluckes zwischendurch konnte er nicht mehr verzichten, obwohl er Jana versprochen hatte, kürzer zu treten, ganz zu schweigen von den verborgenen Vorräten. Also musste er wohl oder übel seine Strategie ändern.

So begann nahezu jeder Arbeitstag mit dem Gang zum Kiosk gleich um die Ecke. Zu den Vorzügen des kleinen Holzhäuschens gesellte sich der Umstand, dass ein paar Schritte entfernt an der Straße Papier- und Glascontainer standen. Der beste Platz, Leergut unbeobachtet zu entsorgen. Als vorteilhaft erwies sich auch, dass die Betreiber des Kioskes gewechselt hatten. Ein junges vietnamesisches Pärchen führte ihn jetzt. Asiaten haben die Gabe der Höflichkeit und des Lächelns. Selbst wenn einer, wie er, in aller Herrgottsfrühe Schnaps kaufte, wurde das Geschäft mit einem netten »Gutten Tach noch« besiegelt.

Kein fragender, prüfender oder verächtlicher Blick. Keine sittenstrenge Mimik. Das machte die beiden zu überaus toleranten und verschwiegenen Mitwissern. Nur das freundliche Lächeln, das dem Alkohol jegliche Anstößigkeit nahm.

An einem Dezembermorgen riss Jana ihren Mann unverhofft aus dem Schlaf. »Zieh dir rasch etwas über und komme mal auf den Balkon!«

Binder schlüpfte flugs in Hose und Pullover und sah die Bescherung. Blitzeis hatte Gehwege und Straßen überzogen. Autos fuhren zeitlupenhaft, die wenigen Leute, die schon zu Fuß unterwegs waren, tasteten sich unsicheren Schrittes voran. Jana stand unter Zeitdruck, sie musste früher los. Als sie ging, rief sie nur noch zurück. »Bitte lass den Wagen stehen, nimm die Bahn!«

Ihr Mann fühlte sich miserabel, die Kehle war wie zugeschnürt. Gerade heute war der Kiosk fest eingeplant. Um elf war die monatliche Konferenz angesetzt, die sicher zwei Stunden dauern würde. Aber nun hatte er mit einem Mal nicht mehr die erhoffte Ruhe, sich fertig zu machen. Fertig machen hieß: Die alkoholische Grundversorgung sichern, einen

Flachmann hinunterkippen, um dann in aller Ruhe zu frühstücken. Rühreier mit Schinken, Paprika und Tomaten sollten die Fahne schon im Ansatz ersticken, danach die Zähne ausgiebig putzen und ausreichend Pfeffis und Kräuterbonbons einstecken. Der exakt geplante Ablauf war durcheinandergeraten wie der morgendliche Verkehr auf den Straßen.

Einen Schluck brauchte er unbedingt. Das Verlangen, das im Kopf kreiste und im Körper steckte, war unverkennbar. Nicht an jedem Tag. Doch unvorhersehbare Hindernisse wie ein Eisregen konnten ihn schnell aus der Fassung bringen. Binder spürte das Zittern in seinen Gliedern, die Unsicherheit seines Ganges und den aufkommenden Schweißausbruch.

Die weichen Knie blieben, als er aus dem Haus trat. Mit Schrecken musste er daran denken, das Eis hätte die Vietnamesen aufgehalten. Er bog um die Ecke und sah erleichtert den beleuchteten Kiosk. Binder merkte, wie sein Gang sicherer wurde. So würde sich vermutlich auch ein Bergsteiger fühlen, der dem Gipfel greifbar nahe ist und die letzten Schritte jubelnd hinter sich bringt. Der Gipfel war sein Kiosk.

Kaum jemand wollte unter diesen Umständen eine Zeitung. Die beiden ersten Kunden hatte das gleiche Ansinnen zum Kiosk getrieben. Binder war einer von ihnen. Die beiden waren zu sehr mit sich beschäftigt, als dass sie Notiz voneinander nahmen. Rein äußerlich hatte das sonnige Gemüt der Vietnamesen angesichts der Schlitterbahnen und der Kälte in keiner Weise gelitten. Binder überlegte kurz. Zwei oder drei Flachmänner? Er entschied sich für die zweite Variante und verstaute seinen Einkauf in den Manteltaschen.

Das einzige, was ihn jetzt beschäftigte, war die Sorge, die Flaschen heil nach Hause zu bringen. Er malte sich aus, was passieren würde, wenn er aufs Eis knallte. Würde eine zerkrachen, oder würden gleich alle drei zu Bruch gehen? Bloß das nicht. Er hätte sich Ersatz besorgen müssen.

Aber die Kleidung. Alles würde fürchterlich nach Alkohol riechen. Noch nicht einmal im Keller wäre sie zu verbergen gewesen, den Dunst hätten die Nachbarn wahrgenommen. Und Jana? Behutsamer setzte er einen Fuß vor den anderen, suchte die Nähe der Sträucher, um sich notfalls abfangen zu können. Ihm kam überhaupt nicht in den Sinn, dass er sich bei einem Sturz möglicherweise den Arm brechen oder den Kopf aufschlagen könnte. Er lief, als hätte er wertvolles Porzellan in Sicherheit zu bringen. Das Hemd war schweißnass, als er endlich wohlbehalten in der Wohnung angekommen war.

Er lag gut in der Zeit, ging in die Küche und goss die erste Flasche hinunter. Die innere Ruhe war bereits eingekehrt, als er sie ansetzte. »Man, was tust du eigentlich«, erschrak er unvermittelt. Er geriet nicht das erste Mal in einen Monolog über seine Energie und seinen Erfindungsreichtum, um an Alkoholisches zu kommen.

»Ist das noch normal, wenn du solche Handstände machst? Was ist da aus den Fugen geraten? Bist du vielleicht doch schon so auf den Alkohol fixiert?«

»Blödsinn«, widersprach er. »Nur weil du aufgeputscht bist und was zur Beruhigung brauchst, hängst du nicht an der Flasche.«

Was sollte das Philosophieren? Binder räumte die Selbstzweifel genauso schnell aus, wie sie gekommen waren. Das ihm vertraute Wohlbehagen nach einem Trunk war zurückgekehrt. Er hatte seine Sicherheit wieder. Geist und Körper waren topfit. Er frühstückte gelassen, sparte anschließend nicht mit Paste beim Zahnputz und steckte den »Fahnenschutz« in die Tasche. Vor allem die Kräuter-Bonbons durften nicht fehlen. Instinktiv schaute er noch einmal in den Spiegel, bevor er die Wohnung verließ. Na bitte. Alles o.k. So sah kein Trunkenbold aus. Spiegel können lügen und betrügen, sie können einem je nach Wunsch und Vorstellung Masken aufsetzen.

Das Eis auf den Straßen war binnen kurzer Zeit getaut, sodass Binder getrost ins Auto steigen konnte. Ohne den Korn wäre er doch besser mit der Bahn gefahren. Erst der verlieh ihm wieder den festen Gang, die innere Sicherheit und die Souveränität. Eine absurde Vorstellung: Der Klare sorgt für einen klaren Kopf. Binder fühlte sich im dicksten Berufsverkehr am Lenkrad fit.

In einem Verkehrsmagazin hatte ein Psychologe behauptet, Alkoholiker gehörten zu den Risikogruppen im Straßenverkehr, sobald sie im nüchternen Zustand mit dem Auto fuhren. Der Kraftfahrer Binder, der soeben einen Korn getankt hatte, um fahrtüchtig zu sein, hatte den Beitrag nicht zu Ende gelesen, sondern in die unterste Ablage gelegt. Da spielte wieder die Befürchtung mit, Dinge zu erfahren, die ihm nicht gänzlich fremd waren, die ihn in die Bedrängnis brachten, Ähnlichkeiten mit jenen festzustellen, um die es in dieser Untersuchung gegangen war. Und wieder der gewohnte Vergleich: Er kannte andere, die nach einem Umtrunk auch sorglos ins Auto stiegen.

Mit Interesse vernahm er andererseits die Nachrichten, in denen mitgeteilt wurde, dass jemand mit drei Promille im Blut vier parkende Wagen demolierte, die er durch seinen Schlängelkurs erfasst hatte. Dabei hatte er nicht die geringste Ahnung, wie viel Promille in seinem Blut kreisten. Er war weder volltrunken, noch schlängelte er durch die Straßen. Diese Meldungen beruhigten ihn und festigten den Wall, den der Gewohnheits-Trinker Binder um sich errichtet hatte, und der ihn davor bewahrte, beunruhigende Schlüsse ziehen zu müssen.

Das bevorstehende Redaktionsmeeting erwartete er mit Spannung. Denn er hatte wieder ein Top-Thema vorzuschlagen. Auf dem Parkplatz angekommen, genehmigte er sich noch einen kurzen Schluck und schob prophylaktisch gleich ein paar Kräuter-Pastillen in den Mund.

Beunruhigt war er, als er den Konferenzraum betrat. Ausgerechnet auf seinem angestammten Platz saß Meier. Diesen Platz hatte Binder sorgfältig ausgewählt, weil er sich in der hinteren Reihe ganz außen befand und nicht inmitten des Pulks von Stühlen. Hatte er getrunken, war die Gefahr, dass jemand seine Fahne witterte, relativ gering. Diese Vorsichtsmaßnahmen hatten bislang vortrefflich funktioniert. Ob Pressekonferenzen und sonstige Veranstaltungen, zu denen Binder persönlich eingeladen wurde, es hatte sich teils schon so eingebürgert, dass für ihn hintere äußere Plätze reserviert waren.

Nun war ihm Meier in die Quere gekommen. Der hatte die übliche Sitzordnung außer Kraft gesetzt. Gegen ein ungeschriebenes Gesetz verstoßen. Binder taxierte den Raum und setzte sich zwischen Nordmann und Reimer. Wobei ihm die Nachbarin nicht so willkommen war. Wohl aber Nordmann an seiner Seite. Der rauchte Pfeife und hatte gewiss auch nicht den frischesten Atem. Außerdem war bekannt, dass Nordmann Geburtstag feierte und aller Voraussicht nach schon einen genippt hatte.

»Morgen allerseits«, nuschelte Binder. Er vermied es, sich nach Reimers Seite zu drehen. Und doch war ihm deren merkwürdiger Blick nicht entgangen.

Charlotte Reimer war eine alleinstehende Mittvierzigerin und überzeugte Abstinenzlerin. Die mit ihrer feinen Nase musste etwas gerochen haben, durchfuhr es ihn. Sie verhielt sich in letzter Zeit ohnehin verschlossen ihm gegenüber.

So gut es ging, hielt Binder die Luft an, um dann wieder Richtung Nordmann leicht zu atmen. Darin hatte er Übung. Es war anstrengend und auch nicht über längere Zeit durchzustehen. Die Erlösung kam in Form eines Tabletts voller Sektgläser. Nordmanns Geburtstagslage.

»Glückwunsch der Herr und auf ein Neues«, beeilte sich Binder, nachdem er sein Glas in der Hand hatte. Flugs nahm er einen Schluck. Er sprengte damit zwar protokollarische Gepflogenheiten, konnte jetzt aber wieder tief durchatmen. Diese Atemtechnik hatte er sich aneignen müssen, um nicht in der Redaktion oder anderswo auffällig zu werden. Er beherrschte sie fortwährend besser und missachtete dabei, wie sehr er mit dieser Begleiterscheinung des heimlichen Trinkens seiner Gesundheit ebenfalls nicht gerade dienlich war.

Jeder Internist und jeder Lungenarzt hätte wohl die Hände über den Kopf zusammengeschlagen, wie jemand imstande sein kann, seine Frischluftzufuhr auf diese stressige Weise zu regulieren.

Die Konferenz jedenfalls war gelaufen, bevor sie begonnen hatte. Binder war bester Laune und erläuterte als erster seine Idee. »Ex-Stasileute, die jetzt als Detektive arbeiten, sollen auch im Westen sehr begehrt sein«, hob er an. »Ich habe einige Anlaufpunkte und könnte mir eine spannende Sache vorstellen.«

»Fabelhaft. Mal wieder ein Thema, das andere nicht haben«, klatschte der amtierende Chef in die Hände. »Machen Sie die Geschichte. Ach, und ehe ich es vergesse, Herr Binder. Die Amerikaner geben heute einen kleinen Empfang im Neubau der Friedrichsstraße. Sie kennen sich dort bestens aus, können Sie den Termin besetzen?«

»Warum nicht«, beeilte sich der Gefragte mit seiner Zusage.

»Gut, dann trinken Sie einen für mich mit«, frohlockte der Chef. Ein toller Tag, fand Binder. Der Chef war also nach seinem Empfinden weit davon entfernt, in ihm einen zu vermuten, der ein Alkoholproblem hatte. Natürlich würde er sich ein extra Glas auf den Chef genehmigen, der ihn vor versammelter Mannschaft freigesprochen hatte von etwaigen Ahnungen oder Verdächtigungen anderer, wie etwa der Frau Reimer.

Es wurde ein bisschen später an diesem Tag, denn er hatte noch den Bericht über die Amerikaner zu verfassen, der ihm flott von der Hand ging. Den Korn, der noch im Wagen verblieben war, verstaute, er im Kofferraum unter dem Reserverad. Das war ein neues Versteck, auf das Jana bestimmt nicht stoßen würde. Eine Vorratskammer für besondere Situationen.

Aus dem Verhalten eines Vertreters der oberen Chefetage hatte Binder gleich einen Freibrief abgeleitet, am nächsten Morgen wieder seinen Kiosk aufzusuchen. Er war noch weit davon entfernt, sich eingestehen zu müssen, dass er im Grunde an jedem Tag einen solchen symbolischen Schein brauchte, der seinem Seelenfrieden gut tat und ihm die Sorglosigkeit beließ.

Er ahnte nicht, dass die Zeit kommen musste, da sich keiner mehr fand, ihm die Absolution zu erteilen. Und er schob die leise Vorahnung beiseite, dass er irgendwann auf der Suche nach neuen Kiosken sein würde, weil der eine zu Hause nicht mehr ausreichte. Monate später war er Kunde kleinerer Läden im Umkreis seiner Arbeitsstätte. Das sich wiederholende hämische, abwertende Grinsen eines bärbeißigen älteren Händlers fand er nicht mehr so anrüchig. Seine Freunde Chantree und Korn hatten sich mit zunehmenden Erfolg daran gemacht, jegliche Skrupel zu verjagen.

Ein dritter war übrigens hinzugekommen. Kräuterlikör. Dieser wirkte schneller und verführte zu der Annahme, die Fahne wäre nicht ganz so verräterisch. Binders Schreibtisch war gefüllt mit leeren Flaschen. Er vergaß nie, ihn abzuschließen. Wenn er Spätdienst hatte, war die günstige Gelegenheit gegeben, ihn auszuräumen und im Container »seiner« Vietnamesen zu entsorgen.

Der Tag musste kommen, da sein Kartenhaus zusammenfiel. Binders waren bei Rolles, dem trinkfreudigen Paar in der Nachbarschaft. Obwohl Jana sich dagegen gesträubt hatte, die Einladung anzunehmen. Sie musste hilflos mit ansehen, wie ihr Mann dem Alkohol immer mehr verfiel. Aber es zu ihrem Erstaunen noch einigermaßen wegstecken konnte. Die Ehegatten pichelten ausgiebig. Wie immer. Man plauschte, im Fernsehen tanzte ein Damen-Ballett. Die Männer kamen auf die Idee, ihren Frauen einen Cancan in Originalversion vorzuführen.

Das ging solange gut, bis Frank in seiner Wade einen stechenden Schmerz verspürte und sich humpelnd zum Sessel rettete. Sie tranken weiter, der Alkohol sorgte für die Linderung des Schmerzes. Erst auf dem Nachhauseweg wurde das Stechen unerträglich. Jana hatte Mühe, ihren Mann ins Bett zu bringen.

Am nächsten Morgen wurden die Folgen der Tanzeinlage augenscheinlich. Frank konnte kaum gehen, die Wade hatte eine eindeutige Färbung angenommen. Jana vollbrachte den Kraftakt, ihren Mann bis ins Auto zu bringen. In Binders Kopf schwirrten die Gedanken ziellos umher. Was sollte man dem Arzt sagen, was der Redaktion, wie es passiert sei? Cancan? Eine irrsinnige Vorstellung. Der Arzt hätte sich ausgeschüttet vor Lachen. Das Gespött und die Mutmaßungen im Kollegenkreis wären jedoch verheerend gewesen.

Jana hatte den Einfall, es könnte beim morgendlichen Joggen passiert sein. Das wäre dann einerseits ein Sportunfall, andererseits würde man damit gesprächige Mäuler in der Redaktion stopfen.

Mit dieser Ursachenbegründung ausgestattet, erschienen sie in der Unfallklinik. Die Diagnose des Chirurgen lautete nach eingehender Untersuchung: Muskelfaserriss, absolute Ruhigstellung des Beines. Wie lange Binder lauf- und damit arbeitsunfähig sein würde, darauf wollte sich der Arzt nicht festlegen. Eine Woche würde es mindestens dauern, ehe der Patient wieder halbwegs laufen könnte. Jana, die Frank müheselig wieder in die Wohnung geschleppt hatte, machte ihm das Bett zurecht. Fürsorglich deckte sie sein Tischchen mit Getränken und Essbarem. Vergaß auch nicht die Schmerztabletten, die der Arzt mitgegeben hatte und legte vorsorglich die Fernbedienung des Fernsehers und das Telefon in Reichweite. Sie musste zur Arbeit.

Bevor sie ging, beugte sie sich noch über ihren Mann, küsste ihn kurz und sagte: »Das kann übrigens für dich bei allem Pech auch ein Anfang sein. Denn du hast doch nichts im Hause?« Frank wusste, worauf sie anspielte und schüttelte stumm den Kopf.

Er rief die Redaktion an und war erleichtert. Die Sekretärin meldete sich. Eine nette Frau, mit der sich Binder gut verstand, weil diese nie tratschte und folglich keine hinterhältigen Fragen stellte. Das »Kommen Sie schnell wieder auf die Beine« tat gut.

Jana nahm das Auto. Ihr Mann blieb mit seinem hochgelagerten geschienten Bein im Bett zurück. Sie hatte ja so recht. Kein einziger Tropfen befand sich in der Wohnung.

Die nüchterne Erkenntnis, ein Bein nicht gebrauchsfähig zu haben, verstärkte nur noch das Verlangen. Und wenn es nur ein winziger Feigling wäre. Er war nicht nur hilflos, sondern auch höchst erregt, weil ihm die Situation, in der er sich befand, erst jetzt bewusst wurde. Er nahm eine Schmerztablette. In der Hoffnung, sie würde ihn ein bisschen ruhiger stellen. Vergebens.

Die Unruhe stieg rapide an. Zudem die Beruhigungspillen auch ausgegangen waren. Sie stellten für ihn einen legalen und geruchsfreien Ersatz dar. Es war ein akzeptables Mittel, gegenüber Jana und der Redaktion zeitweise den Eindruck zu erwecken, er könne das Trinken nach Belieben sein lassen. Doch die Ärztin, die ihm diese Pillen ab und an verschrieb, hatte die Bremse gezogen, da sich sein Verlangen nach Rezepten verdächtig steigerte.

Binder kannte den Zustand zur Genüge. Er würde den Schweiß auf die Stirn treiben und die Hände zum Zittern bringen. Sollte er Rolle anrufen? Den hatte man in den Vorruhestand geschickt, er müsste also zu Hause sein. Binder verwarf den Gedanken sofort. Würde er ihn bitten, etwas Trinkbares vorbeizubringen, müsste er sich Rolle gegenüber offenbaren. Der machte nicht den Eindruck, dass er morgens mit einem Braunen frühstückte. Oder vielleicht doch? Dann hätte Binder aber einen Mitwisser.

Wie übel es tatsächlich um ihn stand, zeigte sich, als er aufs Klo musste. Sobald er das Bein senkte, hatte er der Eindruck, jemand würde ihm tausend Stecknadeln in die Wade stechen. Sich an Türklinken und Wänden abstützend, erreichte er wieder das Bett. Und stellte bald fest, dass die Begierde nur noch stärker wurde. So unsinnig die Vorstellung war, sie verdrängte schließlich alle anderen Gedanken und verankerte sich fest in seinem Gehirn. Der Kiosk. Binder malte sich den

Weg dahin Meter für Meter aus. Die Treppen hinunter in den Fahrradkeller.

Wie viele Stufen waren es überhaupt? Das Rad hinaufbugsieren, das Aufsteigen, der Weg zum Kiosk. Wie oft müsste er treten? Das Absteigen, ohne umzufallen. Gewöhnlich stützte er sich beim Anhalten mit dem rechten Bein ab. Das ging nicht, denn es war das geschiente. Schlimmstenfalls musste er sogar zweimal anhalten, falls an der Kreuzung von rechts ein Auto kam. Binder hatte den Weg zum Kiosk gedanklich zurückgelegt.

»Du schaffst es«, hämmerte es in seinem Kopf. »Das Bein wird dir nicht abfallen, und schlimmer kann es auch nicht mehr werden. Du musst dich nur überwinden und die Zähne zusammenbeißen.«

Das Ankleiden dauerte mehr als eine Stunde. Er musste die Jogginghosen wählen, da diese genügend Weite besaßen, um das geschiente Bein zu verdecken. Probeweise ging er die paar Schritte vom Wohnzimmer in die Küche. Er hätte sich am liebsten wieder ins Bett begeben. Eine Braut, die ihr Festkleid nebst Schleier und sonstigen Dekorationen anlegt, war im Vergleich zu ihm in einer ungleich besseren Position.

Die Lächerlichkeit seines Ansinnens erkannte Binder, als er zur Tür humpelte und die Treppen vor sich sah. Es gelang ihm tatsächlich, den Keller zu erreichen. In der Wade trommelten tausend kleine Teufel, das Herz raste wild und die ersten Schweißperlen liefen übers Gesicht. Doch er hatte das Fahrrad endlich vor die Haustür gehievt.

Wie er aufs Rad und schließlich in Tritt kam, hätte er niemanden erzählen wollen. Das war Horror und Komödie in einem für jemanden, der ihn jetzt beobachten würde. Sobald das rechte Bein die Pedale nach unten drückte, hätte er vor Schmerzen aufschreien können. Glücklich gelangte er ohne störenden Verkehr von rechts um die Ecke und versuchte, mit dem linken Bein soviel Druck zu erzeugen, dass er einige Meter voran kam, ohne rechts treten zu müssen.

Der unübliche Abstieg vor dem Kiosk brachte ihn aus dem Gleichgewicht. Er saß auf der Erde. Und wie reagierte der Vietnamese? Der stürzte aus seinem Häuschen und half Binder vorsichtig beim Aufstehen. Mit einem Ausdruck im Gesicht, den man deuten konnte, als fühle er sich verantwortlich, dass jemand vor seinem Kiosk gestürzt sei. Binder kaufte gleich eine große Flasche und verstaute sie umständlich in seinem Rucksack.

Der zierliche, schlitzäugige Zeitungsverkäufer hatte wieder das wohlbekannte freundliche Lächeln aufgesetzt. »Was für ein seltsamer Bursche«, dachte der Humpelnde bei sich. »Der würde selbst einem Eskimo auf Grönland Eiswürfel verkaufen, ohne seine höfliche Miene zu verlieren.«

Im Schlängelkurs absolvierte Binder den Rückweg, als hätte er bereits die halbe Flasche geleert. Froh darüber, dass kein bekanntes Gesicht zu entdecken war, dem dieser jämmerliche Anblick geboten wurde. Kurios, aber plötzlich verspürte er kaum noch den stechenden Schmerz in der Wade. Zu sehr saß ihm offenbar der Schock seines Sturzes in den Gliedern. Die Nadelstiche setzten erst ein, als er in seinem Bett lag, das Bein seine Ruhe fand. Nicht einmal der Korn dämmte den Schmerz. Er gab ihm aber das sehnlichst erwartete Wohlgefühl und vertrieb die innere Stimme, die ihm mahnend mitgeteilt hatte, dieses abnorme Verhalten sei eigentlich nicht mehr zu erklären. Oder doch?

Später sollte er in einem Buch folgendes lesen: Als ein Trinker von einem Freund gedrängt wurde, sich vom Alkohol zu trennen, sagte dieser: Wäre ein Fässchen Rum in der gegenüberliegenden Ecke des Raumes und würde ein

Geschütz unentwegt Kugeln zwischen dem Fass und mir abfeuern, könnte ich mich nicht zurückhalten. Ich würde versuchen, trotz der mir um die Ohren pfeifenden Kugeln an den Rum zu gelangen. Binder hätte auch im dichtesten Schneesturm die Fahrt zum Kiosk unternommen, notfalls zu Fuß.

Jana rief an und sagte, dass sie sich bereits Sorgen gemacht habe, weil er nicht ans Telefon gegangen sei.

»Was meinst du, was ich anstellen musste, um ins Bad zu kommen«, log Frank. Und wieder kreisten die Gedanken um seine Hilflosigkeit. Wohin mit der Flasche? Wie lange würde sie reichen? Hätte er womöglich doch zwei mitnehmen sollen? Einen erneuten Ritt zum Kiosk würde er nicht schaffen.

Über das unentwegte Grübeln, ohne vernünftige Antworten zu finden, schlief er ein. Und so fand ihn Jana, als sie nach Hause kam. In einem Tiefschlaf, die Jogginghose auf der Erde, die halbvolle Flasche auf ihrem Kopfkissen. Fassungslos angesichts dieses erschütternden Bildes. Sie knallte die Tür zu, woraufhin Frank erwachte und nicht minder bestürzt sein Umfeld betrachtete.

Er lauschte und hörte Jana hemmungslos weinen. »Verdammt! Was hast du dir bloß eingebrockt?«, erschrak er. Schläfrig rappelte er sich aus seinem Bett.

Das schmerzende Bein meldete sich. Hüpfend gelangte er ins Wohnzimmer. Sein Herz krampfte sich zusammen. Tränenüberströmt sah er Jana in einer Couch-Ecke zusammengekauert. Er wollte sie trösten, doch ihm fiel kein passendes Wort ein. Jana hob den Kopf und blickte ihn starr an. Sie sagte nur den einen Satz: »Du machst es mir unmöglich, dich noch zu lieben.« Nach einer Weile des Schweigens fügte sie hinzu. »Hör auf mit dem Trinken. Ohne wenn und aber. Ich kann nicht mehr.« Sie steckte die Schlüssel ein und ging aus dem Hause.

Es dauerte nicht lange, da stand Arne vor seinem Vater, der immer noch auf der Couch saß. »Ich lasse nicht zu, dass du uns alle fertig machst«, schrie er in seiner Erregung, die den Vater zusammenzucken ließ. So hatte er seinen Sohn noch nie erlebt. Binder sah in Arnes gerötete, tränende Augen. Er hörte wie aus der Ferne dessen Worte. »Sowie du halbwegs auf den Beinen bist, schleppe ich dich zu einem Arzt. Du musst dich entscheiden.« Ohne den Blick zurückzuwenden, ging sein Sohn zur Tür. »Mutter braucht mich dringender.«

Der Schmerz in der Wade war wie weggeblasen. Den Zurückgelassenen überfiel ein Gefühl absoluter Leere. Rein mechanisch hüpfte er ins Schlafzimmer und setzte die Flasche an. Legte sich aufs Bett und starrte an die Decke. War das das Ende? Oder stand er kurz vor dem Abgrund? All die Selbstzweifel, die ihm immer wieder gekommen waren, bündelten sich nun ungeordnet in seinem Kopf. Ein Trinker? Ein Alkoholiker? Ein Säufer? Die Leichtigkeit, mit der er diese Fragen bislang verneint hatte, war verflogen. Und die Sorglosigkeit, mit der er seiner Frau zig Mal versichert hatte, er könne ohne Alkohol problemlos auskommen. Er hob die Flasche abermals an. Und dachte sich. »Mein Gott, wie weit ist es mit dir gekommen. Dreh jetzt nur nicht durch.«

Zugegeben, die unmissverständlichen Worte seiner Frau und seines Sohnes hatten diese Unordnung in seinem Kopf provoziert. Nicht sein Intellekt, sondern sein natürlicher Verstand sagte ihm: Mit einem, der sich, fast auf allen Vieren kriechend, zum Kiosk schleppt, ist in der Tat nicht mehr alles in Ordnung. Er musste sich von seinem in jeder Lebenslage scheinbar so selbstlosen Helfer aus der Flasche und den Pillen in Reserve trennen, bevor er gänzlich abrutschte. Binder wollte nicht alles verlieren, was ihm lieb und teuer war.

Zögerlich klopfte diese Einsicht an, gegen die er sich energisch gewehrt hatte. Nicht ahnend, welche Kraft diese Trennung kosten würde, welche Schläge er noch einstecken müsste.

Monate später ging Binder noch gelegentlich zum Kiosk. Er verlangte ein Magazin. Er war nicht mit dem tarnenden Stoffbeutel gekommen, um darin seine Flaschen zu verstauen. Und der Vietnamese? Er sah ihn wie stets freundlich an und wünschte einen »Gutten Tach«. Als wäre nichts geschehen.

Ein heilsamer Schock
in der »Klapperbox«

Krankenhäuser lösen wohl bei jedem Beklemmungen aus. Sie werden verursacht durch den unverkennbaren Geruch von Desinfektionslösungen, durch eine eigenartige Stille. Die Weißbekittelten wirken respekteinflößend, nicht minder die verstellbaren rollbereiten Betten und die mehr oder weniger Leidenden, die in ihnen liegen. Und falls man schon ein solches Gebäude aufsuchen muss, dann möchte man es lieber als Besucher und nicht als Patient.

Die einzige Ausnahme bildet bestenfalls eine Entbindungsstation. Da sprudelt Leben, da wird gelacht und vor Freude geheult. Die von Wehen erfassten Mütter müssen rein und die Väter drängt es hinein.

Dort, wo Binder lag, war weder das eine noch das andere vorzufinden. Die Station erschreckte ihn im Verlaufe seiner Anwesenheit mit einem widersinnigen Mischmasch von Ruhe, grölender Ausgelassenheit und schreiendem Elend. Den inneren Protest aufgebend, hatte er sich in eine Klinik einweisen lassen, die den Patienten das Elixier entzieht, mit dem sie sich beschwingt durchs Leben zu schlängeln gedenken. Er wird von seinen Zaubertränken und den Wunderpillen befreit. Oder entgiftet, wie der Mediziner es nennt. Vehement hatte Binder versucht, das Trinken und die Tabletten mit teils ambulanter Hilfe und aus eigenen Zwängen heraus zu lassen. Die für Jana hoffnungsvollen Pausen waren jedoch nicht von langer Dauer.

Eine erste Untersuchung und Befragung hinterließ bei dem

höchst erregten Neuling nur ein schwer zu entschlüsselndes Kauderwelsch medizinischer Begriffe. Nur das begriff er. Er habe einen Blutdruck wie nach einem Marathonlauf und 1,5 Promille intus. Reste eines Besäufnisses der letzten Nacht, die er allein in der Wohnung verbrachte, da Jana völlig entnervt und entsetzt zum Sohn Arne geflohen war. Frank Binder trank sich in den Rausch eines zutiefst Enttäuschten, der einsehen musste, dass er wie Don Quijote einen fiktiven Gegner bekämpft hatte. Die Flasche hätte er mit einem Hieb zertrümmern können, sein Verlangen nicht.

Arne, der ihn in die Klinik brachte, nahm den Dunst regungslos zur Kenntnis. Jana war des Appellierens, Klagens und Leidens überdrüssig geworden. Sie konnte nicht mehr, sie wollte ihren Mann nicht ins Krankenhaus bringen.

Dass er ohne Zweifel ein Spiegeltrinker sei, offenbarte ihm bereits seine ambulant behandelnde Suchtärztin. Er konnte es aus eigenem Erleben nachvollziehen, beständig einen gewissen Pegelstand an Alkohol halten zu müssen. Doch anders als bei der natürlichen Gewalt eines Hochwassers, hatte er selbst unmerklich den Höhenmesser manipuliert und die sich nähernde Flutwelle ignoriert. Die Ärztin hatte sich auch für die sofortige Einweisung Binders eingesetzt, da er ihrem ständigen Anraten und dem Drängen seiner Frau und seines Sohnes endlich nachgab. Die Gunst der Stunde wollten sie alle nutzen. Zu schnell hätte seine Stimmung umschlagen können.

Ein Wunder, dass ein Bett frei war. Denn Einrichtungen dieser Art sind das ganze Jahr über ausgebucht wie ein preiswertes, sich in bester Strandlage befindliches, Ostseehotel während der Hochsaison.

Seltsam berührt verfolgte der neue Patient das weitere Aufnahmeprozedere. Ihm wurde nichts von seinen persönlichen Sachen gelassen. Ausgenommen die

Toilettentasche, die allerdings erst gründlich untersucht wurde. Selbst das Haarwasser prüfte die ältere Schwester genauestens, indem sie die Flasche öffnete und daran roch. Freundlich beruhigte sie ihn. Das sei reine Routine. Wie Binder erfahren sollte, verfügte so manches Wasser zur Pflege von Haut und Haar über einen dermaßen hohen Alkholgehalt, der Anlass gab, solche Fläschchen dem Patienten vorsorglich zu entziehen.

»Und nun ab ins Bett«, forderte ihn die Frau resolut auf, die sich als Schwester Gertrud vorstellte. »Das Beste, Sie schlafen und versuchen, ruhiger zu werden. Vergessen Sie nicht das Trinken. Das ist wichtig. Und ansonsten absolute Bettruhe. Natürlich können Sie aufs Klo«, sagte sie, nachdem sie nochmals den in die Höhe schnellenden Blutdruck und den rasenden Puls gemessen hatte.

An Schlaf war nicht zu denken. Er nahm das Zimmer in Augenschein. Schlicht. Ein einfacher Tisch mit drei Stühlen. Kein Schrank. Wozu auch? An der Decke hing eine in die Jahre gekommene Leuchtstoffröhre. Auf seinem Nachttisch befanden sich eine volle Teekanne, ein Glas und eine Flasche Selters. Er stutzte. Das Fenster war vergittert.

Erst jetzt erblickte er seine beiden Zimmergenossen. Der eine schnarchte leise vor sich hin. Der andere sah zu ihm herüber und begrüßte ihn mit einem »Hallo, willkommen in der Klapperbox. Trink mal einen auf deine Ankunft. Trinke, soviel du kannst. Das hilft dir über den Berg.«

»Klapperbox«, wiederholte Binder. »Was heißt das?«

»Das wirst du schon merken. Oder auch nicht, hoffe ich für dich«.

Die Tür war weit geöffnet. Gegenüber befand sich das Arztzimmer. Auf dem Gang herrschte Betriebsamkeit. Einige der Patienten in legerer Kleidung hielten kurz inne und nahmen Binder neugierig in Augenschein.

»So, nun gibt es kein Zurück mehr«, murmelte der Neue, an die Decke schauend, an der eine Fliege kreiste.

»Denke positiv«, hörte er die Stimme aus dem Nachbarbett. »Drei Tage musst du überstehen, oder vier, dann hast du das Gröbste geschafft. Morgen bin ich draußen, falls der Herrgott von Oberarzt nichts dagegen hat.«

So gut wie nichts wusste Frank Binder mit dem anzufangen, was mit einem Entzug einhergehen konnte. Nur das, was ihm seine Neurologin in der Ambulanz mit auf den Weg gegeben hatte. Neunzehn Tage. Die Zeit würde hart sein. Er dachte an jene Momente, in denen er zitternd und schweißgebadet zum Kiosk geeilt war und nach dem ersten Schluck eine wunderbare Erleichterung gespürt hatte.

»Ich glaube, ich ahne, warum das hier eine Klapperbox sein soll«, schaute er zu seinem wachen Nachbarn hinüber.

»Es dämmert also«, kam die lakonische Antwort. »Schau dir den Knaben an, der da so schön träumt. Der hat die letzte Nacht verrückt gespielt. Ist plötzlich aufgestanden, sagte Ahoi zu mir und rollte sein Bett auf den Flur. Was meinst du, wie lange der Nachtdienst zu tun hatte, um ihn ruhig zu stellen. Es hätte nicht viel gefehlt und er wäre auf der Intensivstation gelandet. Ich bin übrigens der Lutz.«

»Und ich der Frank. Ich dachte, das ist hier eine Art Intensivstation.«

»Die befindet sich in einem anderen Haus, für die besonders schlimmen Fälle. Unser Zimmer ist eher ein Nichtschwimmer-Becken. Hältst du dich drei Tage halbwegs gut über Wasser, lassen sie dich auf der normalen Station freischwimmen.«

Lutz forderte ihn auf, sich ein neues Glas Tee einzuschütten. »Trinke, und wenn's dir aus den Ohren wieder herauskommt. Trinke. Du bist das erste Mal hier?« Frank nickte. »Ich das zweite und letzte Mal«, zeigte sich Lutz überzeugt. »Ich habe endgültig die Schnauze voll.«

Er sei Lehrer an einem Gymnasium, erzählte er. Und es habe ihm mehr Qualen bereitet, das Trinken vor seinen Schülern zu verbergen als der Entzug in der Klinik. Ganz abgesehen von seiner derzeit zerrütteten Ehe. Es sei ihm nicht gelungen, den Schnaps in kleinen Dosierungen zu überlisten und längere Pausen der Enthaltsamkeit einzulegen.

Während Binder unverkennbare Ähnlichkeiten zu seiner Person in den Sinn kamen, war das Zimmer schlagartig besetzt von Ärzten und Schwestern. Dem neuen Patienten, der schlotternd in seinem Bett lag, erschien der sich als Oberarzt Keller vorstellende grauhaarige Mann wie eine Gottheit, und in den Schwestern sah er Erlösung bringende Engel. Der liebe Gott hatte aber nicht viel zu sagen. Man rieche es, warum er hier sei, meinte er in Anspielung auf seine restlichen Promille. Etwas genauer besah er sich den unentwegt Röchelnden. Eddy komme schneller auf die Beine, als er es momentan zu träumen vermag, sagte der Oberarzt vor der versammelten Mannschaft. Der stecke das weg wie eine Magenverstimmung. Oder auch nicht, wer wisse das schon.

»Eddy beehrt uns das elfte Mal mit seinem Besuch«, wandte sich der Oberarzt an Binder. »Vielleicht ist es sein Letzter. Denken Sie darüber nach, wenn Sie Ihre Sinne wieder beisammen haben, wofür wir schon sorgen werden. Wir haben noch genügend Gelegenheit zu reden.« Einer Schwester gab der Chef Anweisungen über die Medikamente, die man Binder zu verabreichen habe.

Irgendwann schlummerte er ein, wurde jedoch mit einem lauten Schrei aus dem leichten Schlaf gerissen.

Eddy stand splitternackt mitten im Zimmer und faselte

unverständliche Sätze. Er trommelte gegen die Toilettentür und schrie, warum der Fahrstuhl schon wieder im Arsch sei. »Verfluchte Scheiße noch mal, wer hat meine Schuhe geklaut? Dieses Gesindel, alles Diebe.«

Binder lag erstarrt in seinem Bett. Er wagte einen flüchtigen Blick zu dem völlig außer Rand und Band Geratenen.

Oberarzt, eine Schwester und ein Pfleger eilten ins Zimmer. Der Pfleger, ein kräftiger junger Kerl, war offenbar nicht umsonst auf dieser Station tätig. Nur mit Mühe gelang es ihm, den Mann, der Eddy hieß und das elfte Mal hier war, zu bändigen und aufs Bett zu wuchten. Der Arzt schien die Ruhe selbst.

»Trink erst mal einen Schnaps, den Fahrstuhl bringen wir gleich in Ordnung«.

Er schaffte es, dem am ganzen Körper zitternden Wesen Mensch, das Glas mit einer Flüssigkeit einzutrichten. Innerhalb weniger Augenblicke war der Widerspenstige gezähmt.

Die ganze Zeit über hatte Binder an die Decke gestarrt, sich einen Flecken gesucht, den er unentwegt fixierte. Die Hände unter der Bettdecke waren krampfhaft zu Fäusten geballt. Als Ruhe einkehrte, war Eddy nicht mehr im Raum. Die Verbliebenen waren aufgewühlt genug, um dieses horrende Ereignis allein mit sich zu verarbeiten. Eine eigenartige Stille, in der immer noch die Schreie nachklangen.«

»Jetzt weißt du, was eine Klapperbox ist«, vernahm Binder schließlich die Stimme des Lehrers. Frank solle gnädig mit ihm sein und nicht auch noch anfangen zu spinnen. Einen nächsten Aussetzer würde er nicht verkraften.

»Um Himmelswillen, mir reicht schon der eine«, stöhnte der Angesprochene und fragte sich fast flüsternd, ob ihm das auch zustoßen könne.

»Hey! Schwester Vera ist hier«, wurde Frank in die Gegenwart gerissen. »Das war der Schreck in der Abendstunde«, versuchte sie ihn zu besänftigen. Die junge Frau mit den kurzgeschnittenen schwarzen Haaren stellte ihm ein Tablett auf den Tisch. Binder sah die belegten Brote. Ihn erfasste Ekel. »Glauben Sie mir Schwester, ich bekomme keinen einzigen Bissen hinunter.«

»Drei müssen es wenigstens sein, denn als Nachtisch erhalten Sie Ihre erste Tablette. Die wird Sie ein bisschen ruhiger machen.« Sie strich ihm über den schweißigen Schopf und sagte mit einem verschmitzten Lächeln, sie müsse ihn erst einmal trockenlegen.

Im Nachhinein weiß Binder die Feinfühligkeit einer Schwester zu schätzen, mit der Entsetzen durch das einzige Wörtchen »trockenlegen« gemildert werden kann. Darin unterschied sich diese Station wohl kaum von denen anderer Krankenhäuser.

Schwestern werden in Hexen und Engel unterteilt, in Feldwebel und sanftmütige Wesen in weißer Uniform. Das war aber vordergründig abhängig von der seelischen Verfassung des Patienten. Manche brauchten vielleicht sogar eine Hexe, die ihnen Kummer und Schmerz mit dem Besen austrieb. Binder bevorzugte einen Engel wie Schwester Vera. Sie machte so manche Stunde erträglicher, da sie zuhören konnte. Jedenfalls legte sie den neuen Patienten trocken, indem sie das vom Schweiß durchnässte Bettzeug wechselte und ihm ein frisches Nachthemd reichte.

Aus purer Dankbarkeit brachte er es fertig, einige Bissen in den Magen zu pressen. Die Tablette zeigte Wirkung. »Schönen Gruß übrigens von Ihrer Frau. Sie hat vorhin angerufen. Ich habe ihr gesagt, Ihnen gehe es ganz gut«, sagte Schwester Vera.

Binder hätte sie umarmen können. Die Nachricht von Janas Anruf kam wie eine Erlösung. Er bemerkte, wie seine Augen feucht wurden.

Glückselig schlief er ein und wurde mitten in der Nacht durch einen älteren bulligen Pfleger geweckt. Der stopfte ihm mit seinen bloßen fleischigen Fingern die nächste Tablette in den Mund.

Im Unterbewusstsein ertappte sich Binder bei dem Gedanken, dass der ihm bis dahin Unbekannte jedem Patienten auf diese abstoßende und unwürdige Weise die Kapsel verabreichen würde. Unwillkürlich musste er sich schütteln. Doch er besaß in seiner, sich auf dem Tiefpunkt befindlichen Verfassung, nicht die Stärke, sich dagegen zu wehren. Außerdem lechzte er nach dieser Kapsel, denn das Verlangen nach Schnaps, der die Klapperbox in ein gemütliches Zimmer verwandelt hätte, war riesig. Er fühlte sich wie ein Verirrter in der Wüste, der auf allen Vieren kriechend nach einem Wasserloch suchte. Er entdeckte schließlich eines, das sich als Fata Morgana entpuppte.

Für ihn, der hin und hergerissen war von dem schrecklichen Erlebnis, blieben alle Personen im Kittel vorerst weiter die Götter und die Engel, die ihn davor bewahren sollten, einen solchen Zusammenbruch von Körper und Geist mittels einer Fata Morgana zu erleiden. Die höllische Angst davor wich nicht aus seinem Kopf.

Das dritte Bett war leer geblieben. Als Binder erwachte, sah er, dass es bereits neu bezogen war. Lutz, der Lehrer, war hellwach, bereits gewaschen und gestriegelt. Er sei guter Hoffnung, die Hölle nach der Visite verlassen zu können. Vorab wünschte er Frank, dass er ihm unversehrt folgen möge. Er würde sich darauf freuen, mit ihm außerhalb der Klapperbox reden zu können. Denn er habe den Eindruck, sie beide hätten das gleiche ehrliche Ansinnen, wegzukommen vom Alkohol.

Wie groß musste die Enttäuschung gewesen sein, als ihm Oberarzt Keller mitteilte, einen Tag würde er noch in dieser »Suite« verbleiben. Es klang für Lutz wenig plausibel. Auf der Station wäre kein Bett frei. Beruhigend fügte Dr. Keller hinzu, dass der fassungslose Lutz und Binder am nächsten Tag gemeinsam ein Zimmer belegen könnten.

Der Oberarzt sah Binder an. »Ich nehme an, Sie haben den Schrecken von gestern halbwegs überwunden. Zumindest scheint ihr Kreislauf langsam aus der Achterbahn-Kurve zu entweichen. Sonst etwas, dass ich wissen müsste?«

»Mein Herz rast immer noch und den Schock habe ich längst nicht verdaut«, wagte der Patient einzuwenden. »Auch gut. Dann bleibt das Erlebte länger in Ihrem Gedächtnis haften. Wissen Sie, ein Schock kann auch heilsam sein.«

»Wissen Sie«, damit eröffnete der Arzt fast jeden Satz. Das klang, als würde ein Schulmeister alter Prägung seinen Zöglingen mitteilen, ihnen täte ein Nachhilfeunterricht in Sachen Schnaps gut. In dessen Stimme lag etwas Belehrendes. Womöglich war die monotone Art der Mitteilung auch nur eine Folge der Arbeit am Fließband der Entzugsanstalt, die der Doktor hier verrichtete. Das Haus war immer voll. Verschwand der eine Patient, stand schon der nächste in der Tür. Zeit für persönliche seelische Qualen gab es nicht. Alle waren für ihn Unwissende, ob Neulinge oder Stammkunden, die zum Nachsitzen herkamen.

Schwester Gertrud brachte nach der Visite einen Nachfolger für Freddys Bett, von dem niemand wusste, was mit ihm geschehen war. Im Grunde wollten es Lutz und Frank nicht wissen. Es konnte sein, dass es ihn gar nicht mehr gab. Möglich aber auch, dass er an irgendwelchen Tröpfen und

Apparaturen hing. Wozu musste man wissen, ob dessen Leber versagt hatte, wenn man noch nicht einmal die Funktionstüchtigkeit der eigenen kannte. Das würde erst das Ergebnis der Untersuchung ergeben, die beide hinter sich hatten.

Besorgnis erregte der Neue, der das Zimmer wieder komplettierte. Dieser war wie besagter Eddy nicht das erste Mal in der Klapperbox. Ein Nachsitzer also. So hatte es den Anschein. Ganz selbstverständlich übergab er dem Pfleger seine Tasche mit den persönlichen Gegenständen, reichte der Schwester seine Wässerchen für Haut und Haar zur Prüfung. Sie hatte ihn ohnehin in vertrautem Tone begrüßt. »Nanu, unser Gemüsehändler ist ja auch mal wieder da. Wie lange haben wir uns nicht gesehen?«

»Ungefähr ein Jahr«, lautete die Antwort. Der Gemüsehändler legte sich aufs Bett, sagte »Tag auch«, um die Zimmergefährten sofort mit einer neuerlichen Schreckensnachricht zu versehen. »Der Rückfall war wohl zu heftig«, sagte er. »Ich hab es auf eigene Faust versucht und bin heute früh zusammengeklappt.«

»Was?«, wollte Frank mehr wissen.

»Ganz einfach. Ein epileptischer Anfall«.

Die beiden sahen sich unsicher an und jeder dachte dasselbe. Auch das noch, da würde einer möglicherweise zappelnd mit schäumenden Mund vor ihnen liegen. Der Gemüsehändler unternahm den Versuch, ihnen jegliche Furcht vor diesem Anblick zu nehmen. »Keine Bange, ich habe meine Spritze erhalten. Nach sieben Tagen bin ich sowieso wieder draußen.«

In der folgenden Nacht erwachte Binder, weil er Stimmen und Musik zu hören glaubte. Aber auf dem Flur war es totenstill, die beiden anderen schliefen fest. »Herrgott, geht es nun bei dir los«, schoss die Furcht durch seinen Kopf. Er lauschte, die Stimmen blieben, die Musik nahm an Lautstärke zu. War dies eine Fata Morgana, wie sie ein Verdurstender in weiten, trockenen, hitzeflimmernden Savanne oder einer Wüste aufsteigen sah? Er stieg aus dem Bett und taumelte zur Toilette. Die Massen von Tee hatten ihn ohnehin beständig in Bewegung gehalten. Er sah in den Spiegel und erblickte sein Gesicht. Alles normal. Vor ihm stand Frank Binder, mit klatschnassen Haaren. Wieder suchte er nach den geheimnisvollen Klängen. Sie waren weg. Erleichtert legte er sich wieder hin und lauschte. Nichts. Und was war das? Er hörte einen Hubschrauber. »Junge, bleib ruhig. Zum Teufel, reiß dich zusammen.« Das waren Halluzinationen, die der Oberarzt als mögliche Begleiterscheinungen des Entzugs genannt hatte.

Der bullige ältere Pfleger an seinem Bett entsprang keineswegs einer Sinnestäuschung. Er war echt. Dessen Finger ebenfalls, die Binder erneut eine Tablette in den Mund stopften. Während im Kopf rasch Ruhe einkehrte, wechselte der Mann die schweißgetränkte Bettwäsche und versorgte ihn mit dem neuen Nachthemd. Es war wohl der dritte Wäschewechsel. Oder der vierte.

Zaghaft fragte Binder nach vermeintlichen Hubschraubern, die über dem Haus kreisten. Gleich nebenan befände sich ein Unfallkrankenhaus mit einem eigenen Landeplatz, erlöste ihn der Pfleger aus seinen schlimmsten Ängsten. Die Stimmen und die Musik? Kämen nur im Traum vor, unterstrich der Pfleger sein Desinteresse an jeglicher Unterhaltung.

Vorsichtig schaute Binder zu dem Gemüsehändler hinüber. Der schlief brav, weit entfernt von einem seiner Anfälle. Sein Blick glitt zum Fenster. Und was war das? Schemenhaft nahm er eine Frau wahr, umhüllt von einem grünlichen Schleier. Für einen Moment verschwand sie, dann schwebte sie erneut am Fenster vorbei. Binder sprang aus dem Bett.

»Das war bestimmt die Gardine, die vom Windzug bewegt wurde«, versuchte er, eine Erklärung zu finden. »Unsinn, am Fenster hing keine Gardine, du fängst an, Gespenster zu sehen«, vermutete er entgeistert. Er wollte schreien, doch die Kehle war wie zugeschnürt. »Nicht durchdrehen, Junge! Nicht durchdrehen«, hämmerte es in seinem Schädel. Er ging abermals ins Bad und schaute in den Spiegel. Er sah in seine zuckenden Augenlider. Die Fee mit dem grünen Schleier entdeckte er nicht. Wie lange er auf der Klobrille hockte und immer wieder prüfend in sein verzerrtes Konterfei starrte, interessierte ihn in keiner Weise. Die ständigen testenden Blicke waren automatisiert. Aber eine Uhr hätte man nach den Takten nicht stellen können.

Vorsichtig tastete er sich schließlich ins Halbdunkel des Zimmers zurück. Er legte sich aufs Bett und lugte zum Fenster. Kein grüner Schleier, keine Fee.

In den Schlaf kam Frank Binder nicht mehr in dieser Nacht. Ihn hatte die Sehnsucht befallen, diesen vier grauenvollen Wänden zu entkommen. Diese verdienten den Namen Klapperbox allemal. Nichtschwimmer-Becken hörte sich nicht so gefährlich an. Ihm fielen andere Begriffe ein, die mehr sein gestörtes seelisches Gleichgewicht und seine körperliche Verfassung ausdrückten. Schwitzbad. Oder Trockenkammer, Gruselkabinett, Teufelsloch oder einfach Schocksuite, die locker gefasste Umschreibung des Oberarztes aufnehmend, der Lutz entgegen seiner Erwartung noch einen Tag dort behielt.

Egal, wie man es betitelte, eigenartig war für Binder die Tatsache, dass die Begriffe Dunkel und Hell eine völlig andere Bedeutung gewannen. Hell, das bedeutete dem überaus

Verängstigten Hilfe und Hoffnung. Andererseits provozierte das vergitterte Fenster tagsüber den Vergleich mit einer Zelle, deren Tür stets so verführerisch offen stand. Und doch war dem Insassen der Weg ins Freie verwehrt.

Die Dunkelheit war schwerer zu ertragen, da sie bei dem Wachen eine unerträgliche Stille aufkommen ließ und den Monolog in unermessliche Dimensionen steigerte. Die Angst und die Unruhe trieben den Schweiß aus den Poren. Binder fühlte sich unbeschreiblich einsam, keine Hilfe zum Anfassen war da. Seine Gedanken schwirrten ziellos umher. Er erfasste wohl erst jetzt die Wirklichkeit, in der er sich befand. Eine halbe Stunde Autofahrt und er könnte neben Jana liegen, von wohliger Finsternis umgeben. Doch an diese Version mochte er nicht weiter denken. Zu belastend erschien noch das jähe Ende mit Janas Weggang.

In dieser Gemütslage, die mehr von Ungewissheit als von Hoffnung bestimmt war, empfand Binder selbst die klobigen Finger des Pflegers, der ihm zum wiederholten Male eine Pille in den Mund schob, als belebende Begegnung. Er wurde sich dessen bewusst, dass er auf die Medizin schon sehnsüchtig gewartet hatte. Die Zeitabstände der Verabreichung dieser spannungslösenden weißen Kapseln würden jedoch größer werden.

Obwohl er die Nacht mit seinen Gedanken durchzecht hatte, spürte er weder Müdigkeit noch einen Kater. Lutz und Frank wurden am Nachmittag in ein anderes Zimmer verlegt. Verglichen mit der Klapperbox erschien es tatsächlich wie eine Suite. Schon deswegen, weil es keine schwedische Gardinen am Fenster hatte, sondern welche aus üblichen stofflichem Gewebe. Ein Schrank stand auch im Zimmer. Die beiden durften nach drei Tagen das erste Mal duschen. Sie ließen sich ausgiebig berieseln, als wollten sie mit dem auf der Haut klebenden Schweiß sämtliche Überreste der Klapperbox wegspritzen. Keine noch so beharrliche Dusche kann das Gedächtnis von hässlichen Flecken der Erinnerung befreien.

Nun war es Binder, der sich in seinen Jeans und dem Polohemd wie neugeboren fühlte, und der an der Klapperbox innehielt und sah, dass sein Bett bereits wieder belegt war. Dem Auferstandenen fehlte allerdings noch eines, die erste Zigarette nach drei Tagen. Der Raucherraum lag etwas abseits.

Als er die Tür öffnete, schlug ihm Lärm entgegen. Eine Qualmwolke nahm ihn in ihre Arme, obwohl das Fenster weit geöffnet war. Die einen spielten Skat, andere begeisterten sich johlend an einem Witz, dessen Pointe er nur in Fetzen auffing. Keiner reagierte auf sein Kommen. Nur einer der Skatbrüder grinste ihn an. »Hallo mein Bruder. Kannst du für mich einspringen?«

Binder schüttelte den Kopf.

»Bist wohl mit deinen Gedanken noch in der Klapperbüchse?«

Erst jetzt nahmen ihn die anderen wahr. Sie taxierten den Hinzugekommenen mit versteckten oder aufdringlichen Blicken. Was für einer hatte sich nun eingefunden? Der Neue musterte den Raum. Wände und Decke waren beigefarben. Kleinere Flecken deuteten daraufhin, dass den ursprünglichen weißen Anstrich eine Nikotin-Tapete überzogen hatte. Er zündete sich eine Zigarette an, drückte sie nach den ersten Zügen schnell wieder aus, da ihn ein heftiger Schwindel erfasste, der ihn zur umgehenden Flucht veranlasste. Schwankend erreichte er sein Zimmer und ließ sich aufs Bett fallen. Kurz danach erschien Lutz mit ähnlichen Symptomen und äußerte, wenn sie die eine Sucht besiegen wollten, könnten sie die andere auch gleich einbeziehen. Das wäre ein Abwasch. Beide unterließen es, da der zweite Zigarettentest schwindelfreier ausfiel.

Strahlend schlurfte Schwester Vera mit ihren Pantoletten ins Zimmer. Ihr Anblick erfreute Binder zutiefst, da der Engel die nächste Kapsel brachte. Sie setzte sich neben ihn aufs Bett und freute sich ehrlich mit ihm, dass er die ersten Tage halbwegs gut überstanden habe. Die ominösen Stimmen, die Musik und die Fee fielen Frank ein, die ihn nächtens in Unruhe versetzt hatten. Er verriet das der Schwester.

»Die Sinne waren verwirrt«, sagte der Engel. Er solle sich nicht verrückt machen. »Keine Sorge, wir behalten Sie im Auge.« Neckisch fügte sie an, er habe einen neuen Rekord im Teetrinken aufgestellt. Binder hatte den von allen möglichen Personen geäußerten Rat so ernst genommen, dass er eine Kanne nach der anderen leerte, als ginge es um eine Meisterschaft. »Toll«, sagte Schwester Vera. »Ich schätze, Sie haben drei Kilo abgenommen.« Sie musterte seinen Bauch. »Kann nichts schaden. Aber vom Fleisch müssen Sie uns auch nicht fallen.«

Ermuntert durch sie und durch die Wirkung der Kapsel kam sogar ein gewisses Hungergefühl auf. Doch beim ersten zivilisierten Abendessen bekam er kaum einen Bissen hinunter. Er saß mit Lutz an einem Tisch und einem Schrank von Mann, den alle Krautbart nannten. Binder erkannte sofort, dass die Station ihre eigene Hierarchie hatte. Die Neuen mussten mit dem Krautbart vorlieb nehmen, mit dem keiner am Tisch sitzen wollte, weil der Unmengen verschlang und manches an seinem Bart hängen blieb. Weder Lutz noch Frank animierte dies zum Essen, sodass es nur bei dem kümmerlichen Unterfangen blieb, dem Körper etwas Essbares in Form von Brot und Weißkäse zuzuführen. An Wurst oder Fleischsalat war angesichts der fettigen Finger des Krautbartes nicht zu denken.

Dieser schlang genüsslich, ohne einmal aufzublicken. Womöglich hatte er niemanden, der in seine Essgewohnheiten eingriff. Oder der Alkohol hatte seine Manieren am Tisch schrumpfen lassen wie bei anderen die Leber. Erklärungen fand Binder nicht, da der Bärtige weitgehend anonym blieb. Dessen Bart war nicht als Zierde gedacht. Er glich eher einem wildwuchernden Busch in der Gesichtslandschaft oder der übrig gebliebenen Behaarung unserer urzeitlichen Vorfahren, deren Gewohnheiten der Nachkömmling Mensch im Zoo bei den Affengehegen beobachten konnte.

Wenn Binder sich gegenüber ehrlich war, so musste er sich eingestehen, dass auch ihm einige zivilisierte Eigenschaften abhanden gekommen waren. Das alkoholfrisierte Abbild betrog ihn zunehmend, wenn er in den Spiegel schaute. Er übersah die strähnigen ungepflegten Haare und wunderte sich, dass ihn Jana drängte, den Friseur aufzusuchen. Ihm überkam erst in diesem Augenblick ein Gefühl des Ekels, wenn er daran dachte, wie er sich auf den Feierabend zu Hause vorbereitet hatte. Eine Flasche Kräuterlikör und beim Fleischer gekauftes gewürztes Hackfleisch lagen auf den Beifahrersitz. An einer ruhigen, kaum einsehbaren Stelle inmitten einer Siedlung hielt er den Wagen an, goss den Likör hinunter und verschlang das Gehackte direkt aus dem Einwickelpapier.

Wäre Jana nicht gewesen, hätte er allein die simpelsten Dinge, wie geputzte Schuhe, Hemden ohne Speckkragen, saubere Fingernägel, aus der alltäglichen Normalität gestrichen. Insofern reagierte Binder auf den Krautbart angewiderter, da ihn dieser zum ungetrübten Blick in sein Spiegelbild zwang. Und das tat weh.

In quälender Ungewissheit saß Binder auf seinem Zimmer. Würde Jana kommen? Er hatte zu Hause angerufen und auf dem Anrufbeantworter die Kunde hinterlassen, dass er wieder frei sei. Doch die Frau, die zaghaft an die Tür klopfte, gehörte Lutz. Anstandslos räumte Frank das Zimmer, ging mit seinen Zigaretten in die Räucherkammer, um sie nach einigen Zügen umgehend zu verlassen, da die Lautstärke kaum zu ertragen war.

Er lief den langen Flur auf und ab, ging am Ärztezimmer vorbei, in dem Oberarzt Keller an einer Tafel damit beschäftigt war, Namen und Zimmernummern zu ordnen. Der Chef behielt sich die Entscheidung vor, wer mit wem am besten auskommen würde. Er kam einem in dieser Funktion vor wie ein Hotel-Manager, der an der Rezeption die Belegung des Hauses fest im Griff hatte.

Binder wählte einen Stuhl auf dem Gang, der ihm den Blick zur Ecke gestattete, die jeder passierte, der dem Fahrstuhl entstieg. Das klapprige Gefährt hörte man, sobald es sich in Bewegung setzte. Jedes Mal hob der Wartende den Kopf, gespannt darauf, wer um die Ecke biegen würde.

Dann schwenkte Jana ein. Unsicher begrüßten sie sich mit einem Kuss auf die Wange. Sie sah gut aus, fand Binder. Am hinteren Ende des langen Ganges standen zwei Sessel. »Dort sind wir ungestört«, sagte er, um gleich nachzufragen, ob sie überhaupt soviel Zeit hätte.

»Ich möchte nicht allzu lange bleiben«, antwortete Jana. »Es war ein anstrengender Tag«. Sie verschwieg ihm, dass sie diese ersten Tage neben sich gestanden hatte wie er. Sie erzählte nichts davon, wie sie ständig zwischen Büro und Toilette hin und her geeilt war. Der für Jana typische Ausraster des Darmes, wenn sie im Zustand höchster Erregung und nervlicher Anspannung war. Irgendwas hemmte ein ungezwungenes Gespräch. Dafür hatten sie trotz der langen Ehejahre kein Verhaltensmuster parat.

»Dir geht's gut, hat mir eine Schwester am Telefon gesagt.

Eine sehr aufgeschlossene Frau«, suchte sie, das Schweigen zu unterbrechen.

»Ja, ja mir geht es soweit ganz gut.« Binder vermied es, auch nur ein Wörtchen über die Tage in der Klapperbox zu verlieren. Er erzählte nur, er habe mit Lutz, dem Lehrer, einen angenehmen Zimmerpartner. Dieser hatte seine Frau längst verabschiedet und war im Klubzimmer verschwunden.

Er zeigte Jana sein Zimmer, sie leerte ihren Beutel mit Obst und Fruchtsäften. Aus ihrer Handtasche holte sie ein Buch hervor. »Das hat mir Arne mitgegeben. Damit du auf andere Gedanken kommst. Er bestellt beste Grüße.«

Es war ein neues Buch, in dem es um den geheimnisumwitterten Tod des Bruders von Reinhold Messner während einer Expedition zum Mount Everest ging. Darüber hatten Sohn und Vater bereits einige Darstellungen gelesen und stundenlang miteinander geredet. Arne hatte es möglicherweise mit Bedacht gewählt, da es um Menschen in extremen Situationen geht, um Willensstärke, Ausdauer, Entscheidungen und Ehrlichkeit. Sein Vater befand sich in einer außergewöhnlichen Lage. Er freute sich, dass ihm Arne mit diesem Buch einen unaufdringlichen Denkanstoß geben wollte.

Jana versprach, am nächsten Tag früher zu kommen, dann könnten sie wenigstens ein bisschen durch die Parkanlage gehen. Frank ahnte, dass auch die Enge der Station nicht unwesentlich zu diesem mehr oder weniger einsilbigen Gespräch beigetragen hatte. Und der Krach, der unüberhörbar aus dem Raucherraum nach außen gedrungen war.

Aufgewühlt ging er in die verqualmte Zelle, die alles andere als Ruhe und Geborgenheit ausstrahlte. Eigentlich böte das Fluidum wirklich die beste Gelegenheit, auch dieses Laster abzulegen. Doch es gab Momente wie diesen, in denen Binder eine Zigarette brauchte, um seiner inneren Anspannung Herr zu werden. Andererseits empfand er den Lärm nach Janas Besuch merkwürdigerweise sogar beruhigend.

Die Tonstärke am Skattisch bestimmte ein hagerer Typ, der aus unerfindlichen Gründen jede Karte auf den Tisch knallte, als hätte er das Spiel des Jahres gemacht. Es knallte auch, wenn er verlor. Der Hagere sollte Binder noch des öfteren auffällig werden. Einmal schrie er inbrünstig, den Sieg (gemeint war das Skatspiel) widme er dem Führer. Binder wusste mit dem Schreihals nicht viel anzufangen. Entweder hatte er einen Teil seines Verstandes schlichtweg versoffen oder in seinem Regal zu Hause stand wirklich Hitlers »Mein Kampf«.

Just dieser hagere Krakeeler verwandelte sich Tage später in ein frommes Lämmchen, als er mit seiner Frau eine Audienz beim Oberarzt hatte und danach strahlend verkündete, er würde das Saufen lassen. Kein Problem.

Ein Sonderling mit erschreckender Ausstrahlung. Aber war nicht jeder auf seine Art ein Sonderling? Die Lautstarken wollten die Unsicherheit und die Furcht vor der Zukunft schreiend loswerden oder sie sehnten bereits den ersten Schnaps nach der Klinik herbei. Andere tauschten sich unentwegt Witze aus. Eine Art von Galgenhumor. Furcht kann aus Menschen Komiker wie Heilige machen.

Die Sprache, in der sich manche verständigten, trug gossenmäßige Auswüchse. Obwohl keinem anzusehen war, dass der Alkohol ihn in die Gosse getrieben hatte. Zu den Stillen gehörten Binder und sein Zimmergenosse Lutz. Sie wollten ergründen, was sie in diese Klinik gebracht hatte, und ob sie überhaupt das Leben eines Abstinenzlers annehmen würden. Und auch die beiden fanden für die Beschreibung ihrer derzeitigen Lage nichts passenderes: Beschissen, beschissen, beschissen.

Dabei hatten sie eigentlich eine der wichtigsten Mutproben ihres Lebens bestanden, sich freiwillig in ein Irrenhaus zu begeben. So umschrieb Dr. Keller gelegentlich in seinen Vorträgen süffisant diese Klinik, wenn er über die Ursprünge der Trunksucht und die mittelalterlichen »Heilungsversuche« plauderte. Routinesache. Fließbandarbeit eben. Da passte Wort an Wort, als liefe ein CD-Player. Binder konnte sich des Eindrucks nicht erwehren, dass Keller auf Anhieb jeden seiner Vorträge bis aufs Komma genau aufsagen könne – wie andere Schillers »Glocke«.

Dr. Keller fiel auch durch sein hochrotes Gesicht auf. Das konnte an einem viel zu hohen Blutdruck liegen. Von der Hand zu weisen waren auch nicht etwaige Solariumbäder, durch die sich der eitel wirkende, in die Jahre gekommene Arzt zu verjüngen gedachte. Manche der Stammkunden munkelten, der Doc genehmige sich gerne einen, und das nicht zu knapp. Jeder konnte nach seiner Fasson eine Begründung für das Aussehen des Mannes finden.

Spontan entschloss sich Binder, Jana anzurufen. Er wollte ihr einfach noch etwas Nettes sagen, nachdem der erste Besuch so befremdlich verlaufen war.

Im Haus befanden sich zwei Münzautomaten. Den einen im Erdgeschoss wollte er meiden, da dieser gleich neben dem Fahrstuhl an der Wand hing. Der andere eine Etage höher erschien ihm intimer. Er war ebenfalls nur mit dem Aufzug zu erreichen und nicht so überlastet, wie ihm jemand gesagt hatte. Er konnte noch nicht wissen, dass im Obergeschoss eine geschlossene Abteilung für geistig und körperlich behinderte ältere Menschen ihr Domizil hatte.

Das Telefon hing gleich neben der gläsernen Eingangstür. Er wolle Jana nur eine gute Nacht wünschen, sagte er, als sie abhob. Dann schüttete er all das an Gefühlen aus, wozu er während ihrer Anwesenheit nicht in der Lage gewesen war. »Es war nicht schön, sich so fremd zu begegnen«, sagte er verlegen. »Dabei hätten wir uns soviel zu sagen gehabt.«

»Ich war zu aufgeregt, wusste ja nicht, wie ich dich vorfinden würde«, antwortete Jana. »Jetzt bin ich schon beruhigter, weil ich weiß, dass es dir gut geht und du gut aufgehoben bist. Ich möchte nur eines, den Frank wieder um mich haben, den ich liebe. Ich freue mich schon auf morgen.« Münze um Münze klickte in den Automaten. Als Frank Tschüs sagte, hörte er Janas gedämpfte Stimme: »Es ist schön, dass du angerufen hast.« Ein schmatzender Laut erklang. »Ein Gute-Nacht-Kuss«, vernahm er.

Die ganze Zeit über hatte ein alter Mann hinter der Glasscheibe der verschlossenen Station regungslos gestanden und Binder angestarrt. Selbst als er in den Fahrstuhl stieg, verfolgten ihn die Blicke der teilnahmslosen Augen. Was für ein Elend, dachte der wie umgewandelte glückliche Patient aus der unteren Etage, der in diesen Tagen von einer bislang nicht gekannten Sensibilität erfasst worden war.

Lutz lag wach in seinem Bett. Frank kam wiederum nicht in den Schlaf. Seinen Berechnungen nach würde er die nächste Wunderpille erst gegen drei Uhr erhalten. Die beiden hatten genügend Stoff fürs Gespräch, da ihre Frauen gekommen waren. Lutz meinte, es würde sicher einige Zeit dauern, bis ihre Ehe wieder in geordnete Bahnen käme. Seine Frau werde jedoch zu ihm halten, falls er von der Flasche lasse. Diese Art von Liebeserklärung helfe ihm sicher, die Klinik zu überstehen und trocken zu bleiben.

Er könne sich nicht erklären, warum er dem Alkohol so verfallen war. Zum Schluss waren es nur noch die Schüler, die ihn scheinbar zum Trinken veranlassten, und seine Angst, nicht so cool und allwissend zu wirken, wie die es von ihrem

Lehrer erwarteten. Dabei unterrichte er Physik und Mathe, also Fächer, die logisches Denkvermögen erforderten. Er aber habe es gar nicht wahrgenommen, dass ihn sein eigenes logisches Denken allmählich im Stich ließ.

Seinen Schülern war Lutz ein wichtiger Vertrauter. Sie verlangten von ihm mehr als mathematische Formeln und physikalische Gesetze. Sie wollten Antworten auf die sich häufenden Fragen, was sie in der Zukunft erwarte. Jahrelanges Pauken, Studium und dann? Parkanlagen harken, öffentliche Toiletten reinigen oder nach Australien gehen? Die Angst vor der Zukunft schwang in den Fragen seiner Schüler mit.

Was sollte er ihnen antworten, wenn manche diese Gesellschaft auf einen Haufen korrupter, großmäuliger, unfähiger, machtgeiler Politiker und geldgieriger Manager reduzierten? Er war ja selbst durch die Lügen der Politik verunsichert. Blühende Landschaften, weniger Arbeitslose, mehr Bildungsplätze. Lutz kannte die Zustände an den Schulen. Er fürchtete sich vor den Fragen seiner Schüler und versuchte, die Anspannung mit Alkohol zu mindern. Natürlich bemerkten seine angehenden Abiturienten dies. Mehr und mehr blieben die Fragen aus. Allein die reine Logik hätte ihm die Einsicht bringen müssen: Einem Lehrer der trank, vertrauten seine Schüler nicht.

Beide waren sich darüber einig, dass es schwierig war, auf diese Fragen Antworten zu finden. In der Flasche jedoch würde man vergeblich nach ihnen suchen. Er sei aber auf dem besten Wege, seine Klarheit wieder zu finden, war Lutz überzeugt. Logisch sei, dass die Folgen des Trinkens für einen Abhängigen auf Dauer halb so schlimm erscheinen wie die der Nüchternheit. Den besten Beweis würde diese Klinik mit ihrer Klapperbox liefern.

Die halbe Nacht war vorbei. Der Pfleger stand vor Binders

Bett und wollte ihm die Wunderpille in den Mund quetschen. Der verweigerte aber diesmal die Art und Weise der Einnahme. Er forderte eine neue Kapsel in einem Gläschen und dazu noch eine Flasche Wasser. Den scharfen Blick des verdutzten Mannes zur Kenntnis nehmend, fügte Binder hinzu, andernfalls beschwere er sich. Missmutig erschien der Pfleger wenig später mit einer Schachtel, entnahm ihr eine Pille und ließ sie in das Gläschen plumpsen. »Bitte Hoheit«, formulierte er seinen Groll und verschwand. Lutz hatte das Ganze amüsiert verfolgt.

»Ich bin wieder ein Mensch«, frohlockte Binder.

Einer Visite im Krankenhaus sieht wohl nahezu jeder Betroffene mit gemischten Gefühlen entgegen. Doch die in der Suchtklinik war durch ein besonderes Merkmal geprägt. Sie fand im großen Kreis der Gruppe statt und der einzige, der eine gewisse Triebkraft entfaltete, war der Oberarzt. Die im Halbkreis sitzenden Patienten warteten andachtsvoll. Kein Laut, kein Räuspern, versteinerte Mienen. Es waren die einzigen Augenblicke eines Tages, in denen sich die Krakeeler, die Witzigen, die Stillen in keiner Weise voneinander unterschieden.

Dr. Keller hatte den Stapel von Akten vor sich, der jedem Respekt einflößte, da er die aktuellen Befunde der körperlichen und geistigen Befindlichkeit jedes einzelnen enthielt. Die Blutentnahme gehört auf dieser Station zur täglichen Routine. Das besondere Interesse galt selbstverständlich den Leberwerten und den jüngsten speziellen Untersuchungen anderer Innereien und des Gehirns, die bei manchem erforderlich waren.

Mappe für Mappe ging der Oberarzt durch. Nur im Unterbewusstsein nahm Binder das zur Kenntnis, was über andere verkündet wurde. Nur flüchtig hörte er, dass sich der hagere Schreihals mit dem Führerkomplex einer äußerst bedrohlichen Schrumpfleber, sprich Zirrhose, näherte. Einem anderen wurde absolute Diät, Verzicht auf Alkohol natürlich vorausgesetzt, empfohlen. Ansonsten fände er sich irgendwann mit seiner kaputten Bauchspeicheldrüse in der Pathologie wieder. Brutaler konnte man wohl keine Diagnosen formulieren.

Binder verfolgte die Bekanntmachungen des Arztes plötzlich aufmerksamer, da sie ihn unvermittelt vor Augen führten, was das Trinken anrichten konnte. Gelesen und gehört hatte er darüber schon einiges. Aber nun saßen die Gefährdeten leibhaftig vor ihm. Dass bei einem irgendwelche gestörten Nervenstränge das Gehvermögen eingeschränkt hatten, musste der Doktor nicht erst medizinisch begründen. Jeder sah den älteren Mann auf dem Flur ungelenk laufen wie ein kleines Kind.

Endlich schaute der Oberarzt zu Binder hinüber, der seinen pochenden Herzschlag nicht unterdrücken konnte. Er sei erstaunt, meinte der liebe Gott von Arzt. Außer einer leichten Fettleber hätte man bei ihm nichts feststellen können.

»Bleiben Sie trocken, dann sind Sie bald wieder im grünen Bereich«. Diese Worte kamen einem Befreiungsschlag gleich. Ebenso die Randnotiz, sein Blutdruck bewege sich bereits in normalen Regionen. Lutz und einige andere kamen ebenfalls glimpflich davon. Aber jeder in diesem Raum hätte nach dieser Visite den Eid darauf geleistet, keinen Tropfen mehr zu trinken, dachte Binder.

Wirklich jeder? Als der lange Hagere entlassen wurde und sich locker und laut wie gewohnt in ihrem Zimmer verabschiedete, stellten Lutz und Binder einen Hauch von Alkohol fest. So empfindsam waren ihre Geruchssinne innerhalb weniger Tage geworden, und manch einer brauchte noch nicht mal einen Tag, um einen Meineid zu begehen.

Das tägliche Gruppengespräch folgte, in dem Binder seine Trinkbrüder und Trinkschwestern, mehr oder weniger redselig, zur Kenntnis nahm. Es waren jedoch nicht die Penner aus der Gosse, die in Frank Binders Vorstellungswelt existiert hatten. Nur ein einziger derjenigen war unter ihnen. Der Krautbart, mit dem keiner an einem Tisch essen wollte, lebte in einem Bahnhof. Neben Binder saß Lutz, der Lehrer. Die Runde vervollständigten ein Polizeikommissar, ein arbeitsloser Ingenieur, ein Maurer, eine Chefsekretärin, eine alleinerziehende junge Frau, die von Sozialhilfe lebte, ein Rentner, ein Steuerberater, ein Maler und ein Abgeordneter, der aus nachvollziehbaren Gründen weder das Parlament noch seine Partei nennen wollte.

Menschen, die nur einen Vornamen hatten. Die meisten jedoch hätten auch Frank heißen können, denn deren Trinker-Karrieren unterschieden sich in der Regel nur in Nuancen von der seinen. Es waren Abhängige, die nie in einer Bild-Schlagzeile auftauchten wie ein Harald Juhnke. Die Prominenz würde für etliche Tausender in abgeschirmten privaten Kliniken abtauchen, hatte Schwester Vera Binder anvertraut. Ein Klientel, von dem die meisten auch nicht so dumm waren, sich dem Boulevard preiszugeben.

Der Tag war geprägt durch feste Termine. Blutentnahme fürs Labor, Visite, das Gruppengespräch und ein Vortrag des Oberarztes. Fasziniert und gleichermaßen entsetzt verfolgten Binder und die meisten anderen Patienten die Auslassungen Dr. Kellers über Entstehen und Folgen des Trinkens. Dieser konnte einen epileptischen Anfall dermaßen überzeugend vorführen, dass man am liebsten nach einem Arzt gerufen hätte, doch der symptomatische Schaum vorm Mund fehlte. Die Stammkunden der Klinik empfanden diese

Schreckensbilder eher als unterhaltsames Schauspiel. Eine Hauptrolle auf Lebenszeit. Wie lange und wie oft mag sie Keller, der augenscheinlich bald in Rente ging, schon gespielt haben?

Andererseits erfassten Binder Zweifel, wenn Keller über ein sogenanntes Jellinek-Modell des Alkoholismus sprach. Das entstammte dem Jahre 1942. Sollte die Wissenschaft bei Jellinek stehen geblieben sein?

Einzig das Warten auf die beruhigende Kapsel und auf Jana am Abend beschäftigten Binder vordergründig. Er wusste genau, wann er sein Medikament erhielt, wurde unruhiger, wenn sich die Schwester verspätete. Er hatte den Eindruck, dass ihn Schwester Gertrud, die ihn am ersten Tag in Empfang genommen hatte und nicht unbedingt zu den Engeln zählte, bewusst zappeln ließ. Janas Besuche hingegen waren ihm wichtiger als die Pille. Sie beide hatten sich aus der ursächlichen Verkrampfung gelöst, konnten wieder miteinander reden. Doch Binder ahnte nichts von den Zuständen der Erregung, die sie immer noch umklammerten. Und sie erfuhr nichts davon, dass ihr Mann nächtelang wach lag und aus dem Grübeln einfach nicht heraus kam. Je wacher sein Geist wurde, desto erschreckender erschien ihm die Erkenntnis, was Jana durchgestanden haben musste. Er nicht, er hatte ja das wundersame Mittel, die Realität zu verklären.

Unverhofft kam der Moment, in dem ihm alles aus den Gleisen geriet. Es war ein sogenannter Sozialtag, an dem Patienten von Amts wegen ein Stück der Wirklichkeit, die sie nach ihrer Entlassung empfangen würde, probieren konnten. Zwei junge Männer aus einer anderen Gruppe hatten sich für einen Gang zum Arbeitsamt eintragen lassen. Das war mittlerweile zwar in eine Agentur für Arbeit umgetauft worden, doch an den Wartezeiten hatte sich nichts geändert.

Die beiden hatten also ausreichend Freigang. Am späten Nachmittag kehrten sie zurück.

Auf seinem Bett liegend, vernahm Binder das angeregte leise Gespräch der beiden nebenan, das durch die dünnen Wände drang. Nur soviel bekam er mit: Die lockeren Vögel waren nicht auf Arbeitssuche, sondern hatten anderen zu einem mittäglichen Job verholfen. Sie waren in einem Puff gewesen, weshalb der eine von ihnen so aufgeregt plauderte, denn es war sein erstes Erlebnis als zahlender Freier.

Der unfreiwillige Zeuge kochte innerlich. Während Millionen von Menschen verzweifelt nach Arbeit suchten und sich bei jedem erfolglosen Versuch ihrer Würde mehr und mehr beraubt sahen, schlief er Wand an Wand mit solchen Parasiten. Die spielten nun wieder die folgsamen Patienten und begrüßten abends liebevoll ihre Frauen. Binder wehrte sich dagegen, weiter zu denken.

Als er es später Lutz erzählte, schüttelte der nur verächtlich mit dem Kopf. »Mach dich nicht noch zusätzlich fertig. Du bist hier, um dein eigenes Problem zu lösen!«

An diesem Abend konnte Jana nicht kommen. Binder und Lutz sahen sich im Klubraum einen banalen Film an. Irgendwann wollte Frank aus dem Zimmer eine neue Flasche Wasser holen. Auf dem sonst leeren Flur stand eine junge Frau, fast noch ein Teenager, an ihrer Tür gelehnt. Er begegnete ihr das erste Mal. Grüßend wollte er an ihr vorbeigehen und sah die eigentümlich verdrehten Augen. Wie aus heiterem Himmel schlug sie kopfüber hin und begann am ganzen Körper zu zittern. Er schrie nach der Schwester, die herbeieilte und Binder wiederum anschrie, er solle die Frau so gut wie möglich festhalten, um ein Aufschlagen des Kopfes zu verhindern. Sie hole schnell eine Spritze. Aus dem Mund der Frau drang ein schaumartiges Gebilde.

Die Schwester stürmte mit der Spritze heran und bat ihn, den zuckenden Arm festzuhalten. Nur mit Mühe gelang es ihr, die Nadel einzuführen. Inzwischen war die zweite Schwester zur Stelle.

»Brauchen Sie mich noch?«, fragte der verschreckte Binder.

»Danke, wir machen das schon.«

Mit weichen Knien flüchtete er in den Raucherraum, stellte sich ans offene Fenster und atmete tief durch. Er rauchte gleich zwei Zigaretten hintereinander, doch die Erregung ließ nicht nach. Er vernahm nur wie aus weiter Ferne, dass die geballte Faust eines Skatspielers auf den Tisch schlug. Um ihn herum schien niemand zu sein. Er verharrte im Raum, hatte nur die zitternde Frau vor seinen Augen. Schluss, länger hältst du es nicht aus, schoss es ihm durch den Kopf. Morgen unterschreibst du alles, was sie wollen. Nur raus hier!

Er hatte noch Münzen in seiner Hosentasche, ging zum Fahrstuhl und fuhr nach oben. Der alte, verwirrte Mann stand wie eh und je an der gläsernen Tür. All das störte Binder nicht. Als sich Jana meldete, brach es erneut aus ihm heraus. »Ich will raus. Morgen sage ich es dem Oberarzt.«

Entgeistert fragte seine Frau, was passiert sei. Er versuchte, ihr das soeben Erlebte wiederzugeben, schlitterte jedoch in zusammenhanglose Sätze. Jana konnte denen nur schwer folgen.

»Ist was mit dir?«, fragte sie zurück.

»Nein, bin nur ziemlich durcheinander.«

Jana versprach, am nächsten Tag zeitiger zu kommen. Er solle ihr in Ruhe alles erklären. »Versprich mir, nichts Unbedachtes zu unternehmen, hörst du«, flehte sie ihn an.

»Bis morgen«, schloss er.

Binder guckte um die Ecke. Der Flur war frei. Als er am Schwesternzimmer vorbeikam, hielt er inne. Er klopfte und fragte, ob er ausnahmsweise eine Kapsel bekommen könne. Die Schwester blickte auf die Patiententafel. »Ihre Therapie ist abgelaufen. Sie stehen nicht mehr auf der Liste. Tut mir leid, keine Ausnahme. Aber besten Dank noch für Ihre Hilfe, es war ein epileptischer Anfall.«

Lutz schlief bereits. Sein Zimmerkollege hingegen fand keine Ruhe. Morgen sei ja Freitag, fiel ihm ein. Frühestens könnte er am Montag die Klinik verlassen. Noch ein ganzes Wochenende. Und auch diese Nacht wollte einfach kein Ende nehmen.

Schlaftrunken teilte er dem Oberarzt nach der Visite mit, dass er um vorzeitige Entlassung bitte. Dieser zeigte sich zwar sehr verwundert, aus welchen Gründen auch immer Binder gehen wolle, aber wenn schon, dann geschehe es nur auf eigene Verantwortung. Er müsse das auch mit einer Erklärung quittieren. »Überlegen Sie es sich. Patienten, die früher unser Schiff verlassen, sind in der Regel schneller wieder hier als sie denken.«

Lutz, dem Binder seinen Entschluss kundtat, runzelte mit der Stirn. »Das mit der Frau muss nicht gerade unterhaltsam gewesen sein. Aber deshalb gleich die Segel streichen?«

Aus allen Wolken fiel Binder, als er jenes Mädel, das am Abend zuvor scheinbar halbtot vor ihm gelegen hatte, paffend in dem Raucherverschlag traf, einen Tropf mit sich herumrollend. Das war kein Geist, und er litt auch nicht unter Halluzinationen.

Nachmittags erschienen Jana und Sohn Arne, sichtlich aufgewühlt. Gemeinsam gingen sie durch den Park. Binder wusste noch nicht, dass die beiden zuvor beim Oberarzt gewesen waren. Sie suchten eine leere Bank.

Im Nu platzte es aus Jana heraus: »Falls du wirklich Montag nach Hause kommst, bin ich weg. Du nimmst mir den letzten Rest des Vertrauens. Wenn du so schnell die Flinte ins Korn wirfst, nehme ich es dir nicht ab, mit dem Trinken aufhören zu wollen. Du hast es mir allzu oft versprochen. Ich will das nicht noch einmal durchmachen, ich kann es nicht.« Sie bebte am ganzen Körper und fing an zu weinen.

Ihr Mann saß widerspruchslos da und versuchte zu begründen, warum er vorzeitig aus dem Krankenhaus wollte. Jetzt konnte er über das Erlebte verständlich berichten.

»Alles Quatsch, Vater«, hob Arne an. »Was gehen dich diese Schweine mit ihrem Puff an? Was denkst du denn, wo du bist, wenn welche abklappen? So schlimm das sein mag: Du bist nicht in irgendeinem Kino, das du jederzeit verlassen kannst, weil dir der Film nicht gefällt. Wenn du jetzt aufgibst, erwarte keine Hilfe mehr von mir. Dass es eine harte Zeit wird, hast du vorher gewusst. Wir wollten mit dir darüber reden, ob du nicht im Anschluss gleich eine Reha-Kur beantragst. Aber das hat sich ja nun erledigt.«

Arne erzählte, sie hätten vorher mit dem Oberarzt gesprochen. Der habe ihnen in etwa das gleiche gesagt. Jana unterbrach ihren Sohn: »Genug, ich mag nicht mehr. Glaub mir Frank, ich liebe dich noch immer. Aber mit diesen Ängsten kann ich mit dir nicht leben.«

Völlig entnervt vernahm Binder die Ankündigung seiner Frau, sie werde sich auf jeden Fall eine Wohnung suchen. In einem Jahr vielleicht könne man weiter sehen. Kaum eines Wortes fähig, brachte Binder die beiden zum Ausgang. Er hatte ebenfalls Tränen in den Augen und sagte beschwörend, er wolle Jana nicht verlieren.

»Wir wollen dich auch nicht verlieren«, schluchzte sie. »Aber so geht es nicht weiter!«

Was alles musste sich bei seiner Frau und seinem Sohn angestaut haben, das zu dieser Explosion der Gefühle geführt hatte, kam es ihm in den Sinn, als er sich kraftlos auf sein Bett fallen ließ. Ganz zu schweigen von dem Chaos, das seine Seele erfasst hatte. In leiser Vorahnung fragte Lutz zaghaft, ob was vorgefallen war. Frank entlud sich, sein Zimmerfreund war der einzige, dem er sich anvertrauen wollte.

»Tut mir leid für dich«, sagte dieser, um sofort energischer zu werden. »Tritt dir selbst in den Hintern, da musst du durch. Ertrinke nicht in deinem Selbstmitleid. Zuerst wirst du dem Keller mitteilen, dass du bis zum Schluss bleibst. Komm, lass uns eine Runde durch den Park gehen. Atme tief durch, Sauerstoff beruhigt.«

Lutz erzählte dem noch immer verwirrten Binder seine Geschichte. »Meine Frau war drauf und dran, mich auch zu verlassen. Sie war sogar schon vorübergehend zu ihrer Mutter gezogen. Hätte ich mich gehen lassen und erneut zur Flasche gegriffen, wäre sie längst nicht mehr bei mir. Wir sind nun fünfundzwanzig Jahre verheiratet. Solch eine Zerreißprobe hatten wir also auch schon. Bleib hier, Junge!«

Lutz, der wieder Herr seiner Logik war, brachte es auf den Punkt. »Es gibt ja nur zwei Möglichkeiten. Entweder, ich streiche den Alkohol, oder meine Frau wird meine beste Trinkkumpanin. Da letzteres von vornherein ausscheidet, bleibt also nur die eine Möglichkeit übrig.« Lutz schaffte es nicht, ihn mit dieser grotesken Beigabe aufzumuntern.

Sie gelangten in die Nähe des Unfallkrankenhauses und hörten ein herzerfrischendes Lachen. Es gehörte einer hübschen jungen Frau, die in einem Rollstuhl saß und sich mit ihrem Besuch vergnügte. Beide sahen, dass ein Bein bis zum Knie hin fehlte und mit einem Verband versehen war. Das Bild sollten sie sich bewahren, sagte Lutz nachdenklich. Sie hätte ein Bein verloren und strahle eine Lebensfreude aus, die Frank und ihn eigentlich peinlichst berühren müsse. Sie könnten laufen, wie winzig würde doch ihr Schicksal erscheinen.

»Du hast ja Recht«, sagte Binder, der seine Fassung allmählich wiedergewann.

Binder ging anschließend zu Dr. Keller. Mit ausdruckslosem Gesicht vernahm dieser, dass der Patient nicht flüchten werde. »Okay, dann bleiben wir eben noch ein bissel.« Das war seine einzige Reaktion.

Neun Tage verblieben ihm. Acht Nächte, die erst Erleichterung brachten, wenn die Morgendämmerung einsetzte. Einzig Schwester Vera fühlte sich berufen, ihn damit zu trösten, sie könne sich irgendwie in seine Frau hineinversetzen, angesichts seiner Kurzschlussreaktion. Es würde sich schon alles einrenken.

Natürlich hatte es unter dem Personal die Runde gemacht, dass wieder mal eine Trennung erfolgen werde. Jede Schwester kommentierte dies mit einem zweifelsfreien Mienenspiel. Schwester Gertrud mit einem hämischen Grinsen, eine andere mit Nichtachtung.

Der Engel Vera erzählte Binder eines Nachts, er solle nicht glauben, die Schwestern hätten keine Seele. Manche seien auch nach dem zehnten epileptischen Anfall nach außen hin so cool, als würden sie einen belanglosen Splitter aus der Hand entfernen. Andere wiederum warteten nur darauf, woanders eine Stelle zu finden, da sie nervlich fertig waren. Das Schlimmste seien Delirien wie der von Eddy. Der löste bei Binder den ersten Schock aus.

Eben dieser Ausgerastete übrigens tauchte plötzlich wieder in der Station auf. Er saß zusammengekauert in einem Rollstuhl.

Vergebens versuchte Binder Abend für Abend, Jana zu erreichen. Nur der Anrufbeantworter meldete sich. Er rief

Arne an. Der sagte ihm nur, er solle ihr mal ein paar Tage Ruhe gönnen. Er müsse sich aber keine Sorgen machen. Was Binder nur noch mehr in die Ungewissheit trieb.

Drei Tage vor seiner Entlassung erschien Jana. Sie wirkte irgendwie verändert, gefasster, entspannter, mit einer gesunden Bräune im Gesicht. Sie gingen durch den Park und Jana erzählte. Sie sei mit Karin, ihrer Freundin, ein paar Tage an der Ostsee gewesen.

»Ich musste einfach weg, um selbst Klarheit in meinen Kopf zu bekommen. Ich war in Bansin, du weißt, dort hatten wir unseren ersten gemeinsamen Urlaub.«

»Und?«, fragte Frank zögernd nach.

»Die Tage dort haben mir das Schöne unseres Zusammenseins ins Gedächtnis gerufen«, gab seine Frau zu. »Ich glaube, man braucht solche Orte der Erinnerung, um in Ruhe zur Besinnung zu kommen. Ich bin mit Karin abends die Steilküste entlang gewandert. Und ich dachte plötzlich daran, wie wir uns an einer einsamen Stelle nach einem Bad geliebt haben. Ich hatte wieder den begehrenswerten Mann vor mir, der mir jetzt abhanden gekommen ist. Das war ja nicht dieser wunderschöne Urlaub allein. Deine ganze Persönlichkeit hatte ich vor Augen. Und ich habe mich gefragt, ob dieser Frank wieder so sein kann, wie er war.«

Dieser spürte, dass seine Augen feucht wurden. »Und? Was denkst du nun?«

»Ich will dich nicht verlassen. Ich bin überzeugt, ich geriet genauso wie du in Hektik. Vielleicht müssen wir uns gegenseitig helfen, den Neuanfang zu wagen. Und was hältst du von einer Kur, auch wenn sie drei Monate dauert?«

»Bitte lass uns erst einmal zur Ruhe kommen«, bat Frank. »Ich weiß nicht, was ich sagen soll. Es ist so unbegreiflich schön, dass du bei mir bleibst. Das ist das Allerwichtigste. Ich brauche dich mehr denn je! Ich muss alles gründlich verdauen. Daran werde ich, werden wir noch einige Zeit zu knabbern haben. Was mir jetzt fehlt, ist meine Arbeit.«

Drei Tage später stand Frank Binder endlich unsicher mit seiner Tasche in der Hand am Ausgang des Krankenhauses und wartete auf seine Frau. Vor ihm lag die Welt mit all ihren Freuden und ihren Ärgernissen, mit all ihrer Komik und Tragik. Vor ihm lag die heile Welt des Korns und des Kräuterlikörs. Für eine der beiden musste er sich entscheiden.

Vorurteile oder die
Unwissenden und die Arroganten

Wenn Albert Einstein überzeugt davon war, ein Vorurteil sei schwerer zu spalten als ein Atom, dann lädt dieses Genie geradezu ein, sich ein wenig ausführlicher mit dieser Formel menschlichen Daseins zu beschäftigen. Sie klingt so schön einfach, was jedoch letztendlich nur relativ zu sehen ist, um bei Einstein zu bleiben.

Wer wollte von sich behaupten, frei von Vorurteilen zu sein. Ohne sie wäre das Leben wahrscheinlich etwas langweiliger. Die einen sind mehr oder weniger amüsant, die anderen hingegen können einen Menschen seiner Würde berauben, ihn schlimmstenfalls schon zu Lebzeiten umbringen. Weniger übel sind wohl diese: Wer mit dem Auto nach Polen fährt, überprüft vorher noch einmal seine Police, ob das Gefährt wirklich ausreichend gegen Diebstahl versichert ist. Man sucht sich dort einen Parkplatz, der möglichst doppelt und dreifach gesichert wird.

Jeder Reiseführer vermerkt unter dem Stichwort »Offene Worte«, dass man nach Italien am besten eine Gurttasche für das Geld mitnimmt, in Kapstadt spätabends nicht mehr auf die Straße gehen und in Tunesien das Gedränge auf dem Basar vermeiden solle. Folglich müsste man in jedem Polen einen Automarder vermuten, in jedem Südafrikaner einen Gewaltverbrecher, in jedem Italiener oder Tunesier einen trickreichen Dieb. Besser, man bleibt doch gleich zu Hause.

Diese Art von Vorurteilen sind erträglich, ein bisschen verwertbar sicher auch, wenn man wirklich an einen Ganoven gerät und seine Geldbörse ausreichend geschützt hat. Allerdings ist das kaum landestypisch. Wie sonst sollte man diese Ansichten rechtfertigen, wenn sogar einem Berliner Polizeipräsidenten das Auto geklaut, das Kaufhaus des Westens am helllichten Tage überfallen wird, ein Taxifahrer aus Berlin unsereins genauso übers Ohr haut wie sein Kollege aus Rom und sich die Leute in manchen Gegenden spätabends nicht mehr auf die Straße trauen. Alles ist relativ.

Vorurteile erzeugen die unterschiedlichsten Gestalten – von der lächerlichen Witzfigur bis hin zum abstoßenden Monstrum. Geht man ihnen näher auf den Grund, dann werden sie in der Regel durch Unwissenheit, Arroganz, Irrtümer oder schlichtweg durch Dummheit gesät. Frei nach dem Motto: Ich habe von Frau Hahn gehört, dass der Sohn von Frau Schulz eine Schwarze zur Freundin hat. Ist ja auch kein Wunder, denn die Eltern haben sich eh nicht um den Bengel gekümmert.

Lustiger hingegen sind jene Vorurteile, dass Frauen miserabel einparken oder Mallorca eine Insel der grölenden Ballermänner ist. Wie sollen Frauen einparken, wenn sie von ihren Männern erst gar nicht ans Lenkrad gelassen werden? Und Mallorca? Mal abgesehen vom Ballermann gibt es dort viele traumhaft stille Ecken, die nicht von millionenschweren Modepüppchen und Tennispensionären eingezäunt sind.

Vergnüglich lesen sachkundige Meteorologen in einer Illustrierten, dass es in England mehr regne als in Italien. Klingt dem Touristen gefühlsmäßig plausibel, ist aber falsch. In London fallen pro Jahr 590 mm Niederschlag, in Rom aber 760, in Mailand 1000 und in Genua sogar 1100 mm. London taucht in den Statistiken als eine der trockensten Städte Europas auf. Erstaunt wird so mancher Reisende aus England zurückkehren, dass er nicht ein einziges Mal den Regenschirm, der zu einem zünftigen Lord ebenso dazu gehört wie die Melone, gebraucht hat. Er flog nur mit dem Vorurteil des Nebels und des Regens an die Themse.

Ein anderes Blatt verkündet, wenn sich Männlein wie Weiblein täglich drei Glas Rotwein genehmigen, reduzieren sie das Todesrisiko im Vergleich zu Abstinenzlern auf die Hälfte. So mancher Gewohnheitstrinker wird diese Nachricht erfreut zur Kenntnis nehmen. Ein Abhängiger, der unsicher zwischen Enthaltsamkeit und Versuchung taumelt, könnte im Nu weich werden. Die Frage erübrigt sich, zu welchem Preis sich dänische Mediziner für diese Studie hergegeben haben. Im Wein liegt nicht immer die Wahrheit. Oder. Wer denkt, eisiger Winterskälte erfolgreich mit einem Grog oder härteren Getränken zu begegnen, befindet sich auf dem Holzwege. Alkohol löst zwar innerliche Wärme aus, weitet jedoch die Blutgefäße und öffnet der Kälte erst recht die Türen. Die wissenschaftlich verbriefte Folge: Je mehr man trinkt, desto leichter kann man bei strengen Frösten erfrieren.

Binder sieht sich solchen Irrtümern und Unwahrheiten ausgesetzt wie jeder andere Otto-Normal-Verbraucher. Nur, dass er manches anders bewertet. Er machte mit Vorurteilen Erfahrungen, über die er später lachen konnte, die jedoch auch Betroffenheit auslösten. Im Grunde schuf er sogar seine eigenen und strickte sich geschickt ein ganzes Arsenal von Alibis, sich mit dem Alkohol als Seelentröster und unentwegte Frohnatur zu verbrüdern. In dieser Zeit hätte er die besagte Studie über den lebensverlängernden Wein geradezu aufgesogen. Für ihn, der bereits regelmäßig trank und den Gedanken immer wieder verdrängte, dass es langsam ein Problem wurde, blieben Alkoholiker die verlotterten Säufer in den Bahnhofsgegenden.

Für ihn war Harald Juhnke ein Abhängiger aus der feineren

Ecke der Gesellschaft, über dessen Eskapaden Boulevard-Medien besonders anschaulich berichteten und ihm das echte Porträt eines Trunkenboldes vermittelten. Frank Binder lief nicht mit aufgedunsenem, zerschrammten Gesicht Amok, er kokettierte nicht mit peinlichen Aussetzern, er tauchte unter in der Masse von Leuten, die gern einen zur Brust nahmen.

Binder machte nichts anderes, als Vergleiche heranzuziehen, bei denen er bestens abschnitt. Eine Eigenschaft übrigens, die leicht auf die unterschiedlichsten Lebensbereiche übertragbar ist. Ein fauler, bequemer Typ findet allemal Faulenzer, die ihn vergleichsweise als schaffensfreudigen Menschen erscheinen lassen.

Ausnahmen in seinem näheren Umfeld gestattete er. Ein typischer Trinker war aus seiner Sicht Klaus. Ein Kollege. Als Binder neu in diese Zeitungsredaktion kam und ihm in einem vertraulichen Gespräch alle Mitarbeiter vorgestellt wurden, erfuhr er, dass Klaus leider an der Flasche hinge, sonst jedoch ein guter Schreiber sei. Dieser blühte im ganzen Gesicht, sobald er getrunken hatte. Dessen Antlitz war fast immer fleckig, wie Binder feststellen konnte. Jeder wusste es, und nahezu jeder tolerierte den allmählichen Verfall des an sich liebenswerten Kollegen. Wenn dieser vierzehn Tage fehlte, war so gut wie sicher, dass er wieder mal in der Klinik lag. Zum Entzug, wie diese Gesundheitsmaßnahme genannt wird.

Und dann erhielten sie eines Tages die Nachricht, dass Klaus plötzlich verstorben war. Obwohl sie anfangs keine näheren Einzelheiten erfuhren, waren sich die meisten einig, dass Klaus sich endgültig zu Tode getrunken hatte. Später verlautete, der arme Kerl wäre bei einer Wanderung in der Sächsischen Schweiz ums Leben gekommen. Vorurteile säen Gerüchte, Gerüchte bestärken Vorurteile. Denn schon gingen die verschiedenen Versionen in Umlauf. Klaus sei volltrunken von einem Felsen gestürzt. Andere wussten, er habe sich im Wald erhängt. Klaus war von einem rasenden Motorradfahrer angefahren worden. Das Vorurteil über einen Trinker hinterließ selbst dann noch Zweifel. Es floss auch keine Träne, nicht einmal bei den sensibelsten Kolleginnen. Klaus war einfach weg.

Nun wurde jemand gesucht, der einen kurzen Nachruf in der Zeitung verfassen sollte. Alle hatten aber Dringenderes zu tun. Nicht einmal die Mitstreiter, die ihn jahrelang kannten, fanden sich bereit, ein paar Zeilen zu schreiben. Ausflüchte gab es reichlich. Und Binder, der immerhin zur Leitung des Ressorts gehörte? Wie oft hatte er Klaus während des Spätdienstes überrascht, wenn dieser eilfertig eine Flasche in seinem Schreibtisch verschwinden ließ. Wie oft hatte er mahnend auf ihn eingeredet, sich von »dem Zeug« zu trennen. Binder steckte in einer Zwickmühle, denn er hatte inzwischen den eigenen Weinbrand in seinem Schreibtisch. Wie derjenige, über den ein Nachruf verfasst werden musste. In dem zumindest mit einem Nebensatz vermerkt werden würde, dass der Verstorbene einen guten Schluck nicht verschmähte. Für die Denkschrift fand sich schließlich noch jemand.

Binder hatte kurzerhand einen wichtigen Termin gefunden, sich dieser Aufgabe zu entledigen. Beim Nachdenken über den Inhalt des kleinen Beitrages war ihm Klaus mit seinem Schicksal bedrohlich nahe gekommen. Und er war nicht bereit, sich solchen Gewissenskonflikten auszusetzen. Noch klammerte er sich an seinen Vorurteilen, wie ein Trinker auszusehen hatte.

Andererseits erwartete Binder genaugenommen die bevorstehende Katastrophe, da ihn seine Frau und sein Sohn Arne in ihrer Verzweiflung ultimativ aufforderten, Hilfe zu suchen und anzunehmen. Das erste Mal in seinem Leben ging er in die Sprechstunde einer Fachärztin, die vorrangig Suchtkranke behandelte. Zögernd und skeptisch. Er landete in eben jener Klinik wie sein einstiger Kollege Klaus. Lange genug hatte er sich dagegen gewehrt. Den echten Trinker konnte man nicht mittels eines Vergleiches von Mengeneinheiten an Schnaps oder Bier ermitteln. Weder an der Bügelfalte der Hose, den blank gewienerten Schuhen oder dem blitzsauberen Hemd, noch an der Anzahl der Zahnlücken, der roten Nase, der Länge des ungepflegten Bartes oder des rüden Umgangstones.

In der Klinik begegnete Binder Leuten, die sich mit den gleichen Vorurteilen gerechtfertigt hatten. Das Elend des Entzuges teilte er mit ihnen. Es gibt weder echte noch unechte Trinker, teilte ihm sein Verstand mit.

Binders Klinik-Aufenthalt war Redaktionsgespräch. Und der Zufall wollte es, dass er am gleichen Tag erwartungsvoll an seinen Arbeitsplatz zurückkehrte, an dem auch eine jüngere, aufstrebende Kollegin nach einem halben Jahr Pause wieder anfing zu arbeiten. Sie hatte sich im Ski-Urlaub einen komplizierten Beinbruch zugezogen. Ihr Schreibtisch war mit Blumen und Konfekt dekoriert. Binder wurde mit einem verhaltenem »Guten Morgen, auch wieder hier?« begrüßt.

Nur einige wenige sagten ehrlichen Herzens, sie würden sich freuen, ihn wieder so wohlbehalten zu sehen. Das beruhigte, baute Unsicherheit ab. Aber jeder wollte jede Kleinigkeit darüber erfahren, wie das Schienbein von Kerstin verheilt sei. Manche vermieden es sogar, in Binders Nähe zu geraten, um nicht in ein Gespräch verwickelt zu werden. Eine andere Konstellation stellte der nunmehrige Alkoholiker fest. Der verstorbene Klaus hatte nie an geselligen Trinkgelagen teilgenommen. Er leerte einsam seine Flaschen. Mit dem Leiter Binder hob man gern ein Glas. Das beförderte Vertraulichkeit und sollte Wohlwollen dem Untergebenen gegenüber erzeugen. Jetzt erschien es klüger, auf Distanz zu gehen. Denn der Chef war abgelöst worden. Die Oberen hatten ihm einen »Schonplatz« zugewiesen. Binder befand sich nun im hinteren Teil der Hierarchie.

Sogar Tobias beließ es beim Zusammentreffen im Fahrstuhl bei einem flüchtigen »Hallo Frank«, um dann verlegen an die Decke zu starren. Er war sichtlich erleichtert, als er seine Etage erreichte und aussteigen konnte. Dies wurde auch der Ausstieg aus einer lockeren Freundschaft mit einem gelegentlichen Umtrunk. Binder dachte an seinen Kollegen Klaus. Dessen Sucht war ein offenes Geheimnis. Die meisten waren überzeugt, dass eines Tages seine Leber versagen würde. Vielleicht waren sie überrascht, dass mit Binder plötzlich wieder der sportliche Typ vor ihnen stand. Eventuell waren manche verunsichert oder sogar enttäuscht, dass er ihrer Vorstellung von einem Abhängigen nicht entsprach und sie wussten mit dieser Erscheinung erst einmal nichts anzufangen.

Als Demütigung empfand es Binder, dass er von einigen offenkundig gemieden wurde wie jemand, dessen üble Krankheit zwar nicht sichtbar war, aber im Körper steckte. Blicke können Abscheu und Zuneigung verraten. Ihm fiel aus heiterem Himmel der Film »Philadelphia« ein. Die Szene, als Tom Hanks dem Anwalt (Denzel Washington) die Hand zur Begrüßung entgegenstreckte und der Anwalt nur beim Wort Aids mit seiner Hand erschrocken zurückzuckte. Ein weither geholter Vergleich. Doch genau dieser kennzeichnete seine Gefühlslage. Er hatte keine Blumen oder andere Aufmerksamkeiten erwartet. Eine würdige menschliche Aufnahme schon. Zwischen der genesenen Skifahrerin und dem Alkoholkranken lagen Welten, stellte Binder verbittert fest.

Das Ressort feierte Wochen später. Die Stimmung war ein wenig gelöster. Die Vertrautheit kehrte nur bei einigen zögerlich zurück. Dagegen hielt sich bei anderen wacker die Zurückhaltung. Binder nippte an seinem Orangen-Saft und überlegte, aufzubrechen. Doch das hätte möglichen Gerüchten nur Nahrung gegeben. Er blieb.

Und dann geschah etwas für ihn Unerwartetes. Zu fortgeschrittener, feuchtfröhlicher Stunde vergaßen manche, den gebührenden Abstand zu Frank Binder zu halten. Sie belagerten ihn förmlich und wollten wissen, welche Überwindung es ihn kosten würde, den Sekt oder den Braunen nicht anzurühren.

Eine der jüngeren Mitarbeiterinnen bekundete sogar einen Hauch von Mitleid. »Sie sind ja übel dran. Wie lange dürfen Sie denn nichts trinken?«

»Lebenslänglich«, antwortete Frank Binder. »Ausgenommen natürlich Orangensaft und Wasser.« Den Zusatz konnte er sich nicht verkneifen.

Die Praktikantin schaute verdutzt auf und seufzte nach einem Moment des Überlegens. Sie hätte sicher keine richtige Freude mehr am Leben, wenn sie für immer auf ein gutes Glas verzichten müsste. Das gehöre einfach zu einer Party wie geile Songs. Die bloße Vorstellung ob solcher drastischen Opfer sei ihr schon verhasst.

Da war die Neugier gegenüber dem Aussätzigen. Oder war es das natürliche menschliche Verlangen, über Dinge zu reden, die im normalen Alltag Tabu waren, zu intim, zu aufdringlich? Binder musste lernen, diesen mitunter erheiternd naiven Fragen nicht auszuweichen. Denn sie hatten ihn ja höchstpersönlich beschäftigt, ehe er sich nach langem Ringen eingestand, abhängig geworden zu sein.

Das schlimmste Vorurteil ist das stille, wortlose, das man

nur spürt. Es hielt sich wacker. Besonders bei einer Kollegin mittleren Alters, die über die neue, nicht gerade arbeitswütige und bequeme Chefin meckerte, sobald sich diese an stressigen Abenden mit einem charmanten »Ihr schafft das schon« aus dem Staube machte.

Morgens gehörte die Meckernde zu den Ersten, die ihre Leiterin überschwänglich umgarnte. Binder war aufgefallen, dass sich dieses kleine Schleimscheißerchen des öfteren unter irgendwelchen Vorwänden soweit über seinen Schreibtisch beugte, dass jeder den Atem des anderen spürte. Zweifellos unterlag er der plump getarnten Suche nach einer möglichen Schnapsfahne. Das wurde ihm zu bunt und er fragte bei der nächsten sich bietenden Gelegenheit, welches leckere Knoblauchgericht sie denn am Abend zuvor genossen habe. Erröteten Hauptes beteuerte die Frau ihr Bedauern, ihn mit dem Dunst belästigt zu haben. Damit waren die Annäherungsversuche fürs Erste eingeschränkt.

Von einer leitenden Redakteurin erzählte man sich, sie ginge ihrer Karriere wegen über Leichen und würde sich im Bett die Gunst mancher Chefs erkauft haben. Und da dies aus verschiedenen Richtungen kam, mag es der eine oder die andere als stimmige Erklärung des unaufhaltsamen Aufstiegs der Dame hingenommen haben. Doch keines dieser schnellgläubigen Geschöpfe hatte unter dem Bett besagter Redakteurin gelegen und den Nachweis erbringen können, dass es sich wirklich so verhielt.

Was blieb, waren die Vermutungen, die deshalb einen Nährboden fanden, weil die verdächtigte Person zweifellos eiskalt berechnende Charakterzüge offenbarte. Es tröstete ihn halbwegs. Gerüchte schwirrten umher wie Manuskripte. Wobei sich besagte Redakteurin in einer weit besseren Position befand. Denn die Mitarbeiter, die über sie tuschelten, schwadronierten gleichermaßen um sie herum. Sie hatte ja nicht das Brandzeichen einer »schlimmen Krankheit«.

Karl gehörte zu denen, die Frank noch wohlgesonnen waren wie eh und je. Er war es gewesen, der Binder nicht nur einmal fast beschwörend gebeten hatte, den Alkoholkonsum einzuschränken. Was ihm auffiele, bliebe auch anderen nicht verborgen. Dieser ältere, zurückhaltende Kollege mit den buschigen Augenbrauen hielt Binder jetzt auf dem Laufenden, was die Gerüchteküche über ihn hergab.

An einem Wochenende war Binder beim Holzhacken im Garten ein Scheit an den Kopf geflogen. Mit einem breiten Pflaster auf der Stirn erschien er am Montag zur Arbeit. Abends gab Karl den aktuellen Lagebericht. Man munkelte, es wäre nicht beim Holzhacken passiert. Binder solle während einer Kneipentour in eine Prügelei geraten sein. Wie absurd. Binder mied seid geraumer Zeit Kneipen und hasste Gewalttätigkeiten. Er hatte sich vorgenommen, wenigstens nach außen hin souverän zu bleiben. Als er während der nächsten Frühkonferenz im ruhigen Tone, aber innerlich ziemlich erregt, wissen wollte, wer denn das »man-Geschöpf« sei, das ihn aus einer Kneipe stürzend gesehen hätte, zeigten sich alle bestürzt ob solch gehässiger Nachrede.

Karl, bekannt für trockenen Humor, den er manchmal auch in seinen Texten aufblitzen ließ, reichte Binder danach ein Papier und schlug vor, dieses ans Pinnbrett des Großraumes zu heften.

Es waren einige Zeilen des Meisters der Ironie, Sir Peter Ustinow. Sie handelten von Winston Churchill, der sich noch im hohen Alter ins Parlament schleppte und einmal hörte, wie sich zwei Hinterbänkler die Mäuler über ihn zerrissen.

»Man sagt, er trinke nur noch Brandy«. »Man sagt, er rauche immer dickere Zigarren.« »Man sagt, er sei auch im

Oberstübchen nicht mehr ganz klar.« Da drehte sich Churchill mühevoll um und schnarrte die beiden an: »Man sagt auch, er höre immer schlechter«.

Treffender geht es nicht, lachten Frank und Karl laut auf. Schön. Sogar über Widerliches konnte man sich noch ausschütten. Beide einigten sich, auf das Pinnbrett zu verzichten. Binder rahmte das Papier ein und hängte es zu Hause in sein Arbeitszimmer, weil »man« überall und jederzeit anzutreffen ist.

Jana und Frank gewannen auch Klarheit darüber, wie verheerend Vorurteile gegenüber einem Trinker auf die unmittelbar Betroffenen wirken können. Jene Situation, als Binder kurzentschlossen seinen Aufenthalt in der Suchtklinik vorzeitig abbrechen wollte, hatte Jana in eine wohl größere Krise gestürzt als ihn. Sie suchte verzweifelt Hilfe. Etwa in der Suchtberatung. Eine Frau, die gezeichnet war von der Gegenwart und der Angst vor der Zukunft, wollte dort sozusagen seelisches Asyl finden. Letztendlich erhielt sie den Rat, ihren Mann, an dem sie noch immer hing, loszulassen. Er müsse allein auf die Beine kommen. So wie die Dinge lagen, erscheine dies jedoch ziemlich zweifelhaft, war die Beraterin überzeugt. Also Trennung.

Von all dem hatte Frank Binder nichts gewusst. Auch nichts von einem vertraulichem Gespräch seiner Frau mit einer Bekannten aus seiner Redaktion, die im Betriebsrat saß. Sie zeigte sich verständnisvoll und wissend, wie es jemanden erginge, der an der Seite eines Alkoholiker leben musste. Ihr Vater hätte ebenfalls gesoffen und seine Frau regelmäßig geschlagen. Sie, die Tochter, musste es mit ansehen. Die wohlgemeinte Absicht der Bekannten sei nicht in Abrede gestellt. Doch derartige schreckliche Visionen, die Jana hin und her rissen, bestärkten sie schließlich in ihrem Entschluss, den Mann zu verlassen und die Ehe einer Probezeit zu unterziehen.

Erst später erfuhr Binder, dass seine Frau selbst in der Klinik Rat gesucht hatte. Oberarzt Dr. Keller, der während Binders Entzug im Krankenhaus so überzeugend epileptische Anfälle demonstrieren konnte, sagte ihr gelassen: »Trennung? Warum nicht, wenn Sie es für richtig halten. Ich wundere mich überhaupt, warum Sie sich die Mühe machen und Ihren Mann jeden Tag besuchen.«

Jana Binder verließ ihren Mann nicht. Und im Nachhinein ist beiden bewusst geworden, dass vermeintlich gut ausgebildete Psychologen nicht frei sind von gefährlichen Vorurteilen. Die Dame in der Suchtberatung kannte Binder nicht. Sie hörte nur das, was ihr eine verzweifelte Frau erzählte. Sie blickte nur in die Momentaufnahme eines ihr fremden Lebens und einer Ehe, die fast drei Jahrzehnte bestand. Wie sollte sie den Menschen Binder beurteilen können?

Vielleicht hatte sie einen gestressten Tag hinter sich und unterlag dem versehentlichen Trugschluss, es gäbe nur eine Sorte von Trinkern. Natürlich. Nach Alkohol stinken oder riechen sie alle. Aber jeder Abhängige hat seine eigene Geschichte. Und folgerichtig gibt es unendlich mehr Geschichten als Schnapssorten. Die Beraterin schlüpfte ungewollt in die Rolle einer Richterin, die im Schnellverfahren ein Urteil über eine Lebensgeschichte zu fällen hatte. Als eine Art von Eheberaterin war sie ohnehin unbrauchbar, legitimiert schon gar nicht. Mit ihrem Ratschlag hätte sie das Schicksal einer ganzen Familie besiegeln können.

Binder denkt heute als Aufgeklärter, dass es in der Behandlung von Suchtkranken, wie in der Medizin überhaupt, altes verstaubtes Bücherwissen und neue, moderne Ansichten und Heilmethoden gibt. Therapeuten, die er noch kennen lernen sollte, vertraten die Ansicht, so lange die Familie auch als intimste Selbsthilfegruppe noch intakt sei, sollte man sie erhalten.

Sicherlich: Die Psyche eines Menschen ist schwerer zu beurteilen als dessen Blinddarm. Sofern der entzündet ist, kennt der Chirurg genau die Stelle, an die er sein Messer ansetzen muss. Wo aber findet der Psychologe überhaupt erst einmal die Schnittstelle im Gehirn, wo den zu heilenden Flecken im gestörten Verhalten?

Besagter Oberarzt, der meinte, Frank Binder stecke die Trennung von seiner Frau weg wie etwa den Tod eines Hamsters, war mit seinen Gedanken eventuell schon mitten drin im Feierabend. Nicht wissend, dass seinem Patienten der Schock seines Absturzes mit jedem Tag gegenwärtiger wurde. Hatten seine Stammkunden und die tägliche Routine den Arzt zu der Fehlannahme geleitet, dass die hoffnungslosen Fälle überwogen? War Binder bereits achtlos in diese Schublade abgeladen worden? Im Kreise der Schwestern hatte Janas Hilferuf die Runde gemacht. Wieder eine Scheidung. Die einen bedachten Binder mit vielsagendem hämischen Grinsen, andere begegneten ihm mit leiser Betroffenheit. Erst jetzt fand er dafür eine plausible Begründung.

Die Bekannte aus der Redaktion erwies sich ebenso nicht sonderlich hilfreich. Ihre Geschichte über den trinkenden, schlagenden Vater verwirrte Jana Binder nur noch mehr. Sie produzierte nahezu das Vorurteil, jeder Alkoholiker werde über kurz oder lang zum Schläger. Binder war von Natur aus ein lebenslustiger wie ruhiger, verträglicher Mann, der umso stiller wurde, je mehr er trank.

Man muss keine großartige Phantasie entwickeln, um zu wissen, dass Ehrlichkeit nicht immer mit Beifall und

Anerkennung bedacht wird. Frank Binder hatte anfangs seine Probleme, sich in bestimmten Situationen zu seiner Abstinenz zu bekennen. Er griff eingedenk all dieser Vorurteile und Irrtümer zu Ausflüchten, keinen Alkohol trinken zu können. Medikamente gibt es genügend, die Alkohol nicht mögen, körperliche Befindlichkeiten ebenfalls, die man vorschieben kann. Doch die Notlüge erweist sich schnell als ähnlicher Selbstbetrug wie das heimliche Trinken. Also blieb nur die Offenheit.

Das Bekenntnis, dass er im Kreise seiner engsten Bekannten kein trinkfester Geselle mehr sein konnte und sein wollte, trennte auch hier die Spreu vom Weizen. Es kam vor, dass er bei einer Gartenparty reflexartig seinen Cognac vor sich hatte. Er erinnerte sich, wie einer seiner besten Freunde, Rainer, mit dem er so manche Flasche geleert hatte, das Glas wieder fix abräumte. »Den nehmen wir dir mal schnell wieder weg«, tönte er. »Hinten ist das Tablett mit Säften und Wasser. Mix dir, was du willst«. Es war für Binder wohltuend. Keiner in dieser angestammten Runde nahm auch nur die geringste Notiz von seinem Saftglas.

Man feierte wie gewohnt. Rainer und seine Frau Vera brachten das Verständnis auf, das sich Binder von allen erhoffte. »Mach dir nichts draus, es gibt Schlimmeres. Du bist schon mit ganz anderen Dingen fertig geworden«, flachste der leicht angesäuselte Rainer nach einem ernsteren Gespräch.

Die beiden sprachen lange miteinander und sinnierten darüber, warum Frank in die Abhängigkeit gerutscht war und Rainer nicht. Eigentlich hätten sie sich nicht wesentlich von ihren Trinkgewohnheiten unterschieden, fanden sie.

»Tut mir leid. Ich habe keine Antwort«, sagte Binder. »Ich weiß nur, irgendwann begann es. Ich verschwand schweißtriefend und zitternd aus der Redaktion und holte mir in dem Tante-Emma-Laden gleich in der Nähe einen Flachmann. Den habe ich gleich im nächsten Hausflur in einem Zug geleert. Das ging dann Tag für Tag so.«

»Herrje, das habe ich nicht gewusst. So schlimm ergeht es einem dann?«, hinterfragte Rainer. »Obwohl. Vera hat mich ein paar Mal angesprochen, ob mit dir etwas nicht stimme. Ich habe nichts darauf gegeben. Gut, ich trinke einen nach Feierabend. Mal etwas mehr, mal weniger. Das weißt du ja, aber ich muss nicht unbedingt. Du hättest mit mir reden können«.

»Das war das Dilemma. Ich wollte mich keinem anvertrauen, nicht mal meiner eigenen Frau«. Selbstsicher fügte Binder hinzu. »In dieser Hinsicht bin ich inzwischen ein bisschen schlauer. Trinke mal zwei Wochen gar nichts. Wenn du locker drauf bleibst, dann hast du diesen kleinen Test bestanden. Wenn nicht, dann sag es mir. Und das mit den zwei Wochen. Ist wirklich nur eine Probe.«

»Da treffen sich ja unsere Geister. Seit kurzem genehmige ich mir nur noch am Wochenende einen«, rief Rainer aus. Damit war das Problem vom Tisch. Wenn es überhaupt eines war.

Anders reagierten Rolles, die gleich um die Ecke wohnten. Keine Feier ohne Binders. Bernd Rolle pichelte gern einen, besonders mit Leuten wie Frank. Mit dem konnte man schnell unter irgendeinem Vorwand in die Werkstatt verschwinden. Dort befand sich Bernds Getränkelager. Die Frauen mussten ja nicht wissen, was man trieb. Rolle vergewisserte sich vor anstehenden Feierlichkeiten stets mindestens zweimal, ob Binders auch kämen. Es war im Grunde eine dicke Freundschaft, der Urlaub zu viert ein Erlebnis. Doch dann blieben die Anrufe urplötzlich aus, nachdem Jana den beiden reinen Wein eingeschenkt hatte. Im Supermarkt traf man sich ab und an und redete nur ein paar belanglose Worte miteinander. Das erschien allen peinlich genug. Rolles hatten sich von guten alten geselligen Partnern getrennt und Binders vermeintlich gute Freunde verloren.

Wohl bis zu ihrem Lebensende weigerten sich Binders Eltern, die Abhängigkeit ihres Sohnes als Krankheit anzuerkennen. Als erfolgreicher Journalist war er der ideale Vorzeigeknabe. Aber dann war es da, das Vorurteil des Aussätzigen. Des Gescheiterten. Des Labilen. Binder fiel bei irgendeiner Gelegenheit ein, als seine Eltern ihm zur Jugendweihe eröffneten:»So mein Junge jetzt kannst du einen mit uns trinken!« Da war er vierzehn und es folgte der erste kleine Rausch seines Lebens. Gab es Streit in der Familie, stellte Mutter die Flasche auf den Tisch.»Jetzt trinken wir einen, und dann ist alles vergessen«. Auf diese Weise konnte man unangenehmen Auseinandersetzungen aus dem Wege gehen.

Zu Weihnachten oder zum Geburtstag erhielt Frank die traditionelle Flasche eines teuren Weinbrandes. Das waren keine überraschenden wohlüberlegten Geschenke, sondern eher Nachfüllpackungen für jemanden, von dem sie wussten, dass der Bedarf vorlag. Überrascht wäre der Sohn gewesen, wenn seine Eltern ihm statt der Flasche plötzlich zwei Konzertkarten geschenkt hätten.

Alkohol spielte in der Familie keine dominierende Rolle. Er hatte seinen festen Platz zu bestimmten Ereignissen. Ohne dass Binder deshalb den Versuch unternommen hätte, darin je die Ursache seiner Abhängigkeit zu suchen.

Wie groß mag die Enttäuschung und das Unverständnis der Eltern gewesen sein, nachdem sie erfuhren, dass ihr Sohn ernsthafte Probleme hatte und deswegen sogar ins Krankenhaus musste. Im Nu wussten es alle Onkels, Tanten,

Cousins und Bekannten. Sie drückten den Eltern gegenüber ihre Anteilnahme aus, als wäre der Sohn gestorben. Binders Vater rief Jana an und fragte zögerlich, ob ein Besuch im Krankenhaus angebracht wäre. Mutter würde sowieso nicht mit kommen. Sie sei fix und fertig. Er hätte auch sagen können, über die Schwelle dieser Anstalt setzen wir keinen Fuß.

Entlassen aus der Klinik besuchte der Sohn seine Eltern. Ihn empfing eine befremdliche Atmosphäre. Keine Frage nach dem Befinden, keine Frage nach dem Warum und dem Wie. Mutter wollte wie immer wissen, ob sie einen Kaffee machen solle. Den Schnaps hatte sie gestrichen. Vater fragte, wie es im Garten aussehe und wie Frank das Länderspiel gegen die Tschechen gefunden hätte. Belangloses Zeug.

Ein zaghafter Versuch, offen mit den Eltern zu reden, scheiterte, da der Sohn merkte, dass beide nichts darüber hören wollten. Er selbst hatte die Gefahren ja jahrelang ignoriert. Wie sollten seine Eltern, die Mitte siebzig waren, dies alles verstehen? Sie hatten sich Sorgen gemacht und zum Telefonhörer gegriffen, wenn Frank mit 39 Grad im Bett lag. Nach einer Meniskusoperation war Vater ins Taxi gestiegen und hatte seinem Sohn Mutters Apfeltorte ins Krankenhaus gebracht. Das war nicht die Klinik für Alkoholkranke.

Erschreckend und belustigend zugleich verlief das nächste große Familientreffen. Die Goldene Hochzeit der Eltern. Alle waren gekommen. Aus Berlin, aus Hamburg, Dresden, Cuxhaven, Flensburg. Die Begrüßung seiner vielen lieben Verwandten fand Frank weniger herzlich als gewohnt. Mehr abschätzend und vorsichtig umarmte man sich. Das Glas Sekt zum Anstoßen wurde serviert.

Frank bemerkte, dass Onkel Theo mit einem heimlichen Seitenblick auf ihn starrte. Welches Glas auf dem Tisch würde er wählen, das mit dem Sekt oder das mit dem Wasser? An solche Blicke hatte er sich mittlerweile gewöhnt. Sie steckte er weg. Der Sohn stieß mit Wasser an und manch einer mag sogar enttäuscht gewesen sein, weil die Spannung raus war.

Sein Vater hatte eine Rede gehalten und alle lauschten andächtig. Tanten wischte sich die Tränen aus dem Gesicht. Der goldene Bräutigam lobpreiste die Ehe und seine Frau, mit der er durch dick und dünn gegangen sei. Er erinnerte an schwere Zeiten des Krieges und der Krankheiten. Und an schöne Ereignisse, wie die Geburt des Sohnes. Das war es. Beiläufig hatte der Vater erwähnt, die Ehe hätte auch einen Sohn hervorgebracht. Kein Wort des Stolzes, dass aus dem etwas geworden war. Der inzwischen seine eigene Familie hatte. Kein Wort über seine Schwiegertochter und über den erwachsenen Enkelsohn. Kein Hinweis darauf, dass Frank womöglich auch einen schwierigen Abschnitt durchlaufen musste.

Vater redete über ein halbes Jahrhundert, von dem sie mehr als zwanzig Jahre zu dritt unter einem Dach lebten. Frank versuchte, den Kloß im Hals loszuwerden. Es gelang nicht.

Betreten schauten er und Jana sich an. Nun gut, es war nicht ihr Festtag. Doch nicht zum ersten Mal kam der Gedanke auf, der überaus penible, strenge, teils verschlossene Vater und der lockere, aufgeweckte und tolerante Sohn hätten wahrscheinlich gar nicht näher zueinander finden können und wollen. Die Nähe zur Mutter? Die bestimmte jener Spruch, den sie ihren Kindern und dem Enkel bei jeder sich bietenden Gelegenheit offerierte. »Nach uns die Sintflut«. Und die Eltern lebten ganz offensichtlich nach dieser Philosophie. Ihr Sohn war gerade im Begriff, einer weniger teuflischen Abart von Sintflut zu entkommen.

Bis spät in die Nacht hatte Binder seine stillen Beobachter, die mittlerweile fröhlich akzeptiert hatten, dass auch der Dritte der Binders unter ihnen weilte, der keinen einzigen Schnaps trank und trotzdem tanzte. Irgendwann nahm ihn sein Onkel Heinrich zur Seite und klopfte ihm auf die Schulter. Onkel Heinrich war ein Scherzbold, bekannt für sein freches Mundwerk. »Dein Senior hat dich in seiner langen Rede glatt unterschlagen. Lass mal gut sein, mein Junge. Der Mann war aufgeregt wie eine Jungfrau vor der ersten Nacht. Ich wünsche dir alles Gute.«

Der angetüterte Onkel Heinrich aus Hamburg brachte es wirklich fertig, alle aufzufordern, das Glas zu erheben, um auf Frank, Schwiegertochter Jana und Enkelsohn Arne zu trinken. Niemand wagte, dem Versager das »Prosit« zu verweigern.

Drei Jahre später verstarb die Mutter, kurz vor dem 83. Geburtstag der Vater. Beide hatten Krebs. Der Sohn umsorgte vor allem den Vater bis zum letzten Tag. Wie selbstverständlich nahm dieser dessen Hilfe und Fürsorge an. Selbst, als es ihm noch relativ gut ging, befolgte er die Ratschläge seines Sohnes widerspruchslos. Was im bisherigen Leben schier undenkbar gewesen war. Frank empfing eine späte Genugtuung, dass sein Vater allenfalls zum Ende seines Lebens merkte, dass auf seinen Sohn Verlass war, wenn er ihn brauchte.

Zur Beerdigung sah Binder das letzte Mal seine große, ehemals unzertrennliche Familie. Und selbst zu diesem Anlass verspürte er die Zurückhaltung mancher Verwandten, von denen einige beim Umtrunk sogar erneut die prüfenden Blicke darauf warfen, was Binder nun trank. Wacker hatte sich das Vorurteil über den Sohn, der vom rechten Wege abgekommen war, gehalten.

Die Krankheit eines Trinkers kann bösartiger von der

Umwelt aufgenommen und reflektiert werden als ein Krebsgeschwür. In beiden Fällen handelt es sich um Kranke. Und die Betroffenen? Während der eine mit Fürsorge und Anteilnahme bedacht wird, muss sich der andere damit abfinden, dass ihm möglicherweise Teilnahmslosigkeit oder gar Ächtung begegnen. Man muss deshalb kein Genie und kein begnadeter Physiker oder Psychologe sein, um dem Wortspiel Einsteins folgen zu können. Es ist schwerer, ein Vorurteil zu spalten als ein Atom. Es sei denn, ein Mensch wie Binder revidiert sich aus eigenem Erleben und kann wenigstens dieses eine in seinem Kopf zertrümmern. Sein ursprünglich fabriziertes Gemälde eines Trinkers erwies sich als eine Fälschung.

Misstrauen und Missverständnisse

Der größte Nebenbuhler des Vorurteils ist das Misstrauen mit einer ganzen Sippschaft von Zweifeln im Gefolge. Im Gegensatz zum schmierigen Rivalen kann er sich rechtfertigen, weil er bis zu einem gewissen Grade messbar ist und auf eigenen Erfahrungen basiert. Das ist im Alltag und in den unterschiedlichsten Bereichen der Gesellschaft sehr wohl nachvollziehbar.

Misstrauen ist gerechtfertigt, wenn Händler schon ihre Sommerschnäppchen anbieten, bevor diese Jahreszeit überhaupt in Schwung kommt. So manchem Zeitgenossen wäre zu empfehlen, weniger gutgläubig in einen Baumarkt zu gehen. Dann würde er sich kein Sonderangebot an Wandfarbe andrehen lassen, bei der sich herausstellt, dass er dreimal nachstreichen muss. Argwöhnisch sollten Frauen teure wie preiswerte Cremes beäugen, die angeblich Gesichtsfalten im Handumdrehen entzerren. Besondere Vorsicht ist angebracht, sobald einem Elektronikartikel »billig wie nie« angepriesen werden. Die sollen sich dazu noch mit allen anderen Markengeräten gut verstehen –. sprich allseits kompatibel sein. Der Reinfall ist programmiert.

Überall werden Räumungsverkäufe inseriert. Man hat manchmal den Eindruck, ganze Branchen würden aussterben. Gewiss müssen viele Händler Insolvenz anmelden. Doch nicht wenige »Räumungsverkäufe« entpuppen sich schnell als Ramschverhökerung.

Binders suchten eine neue Polstergarnitur. Sie streiften durch verschiedene Möbelhäuser. Einige Verkäufer entlarvten sie als Schlitzohren. Gelangten sie nämlich nur in die Nähe einer Garnitur höherer Preisklasse, versicherte ihnen der Berater, just diese Stücke würden zufällig bereits über Jahre wie neu auch in seinem Wohnzimmer stehen. Bei näherer Prüfung handelte sich um Modelle, die gerade in den Handel gekommen waren. Ein vertretbares Maß an Misstrauen in jeder Lebenslage kann nichts schaden.

Binders wohnen in einer Siedlung am Rande Berlins. Mit einem Netz gleichberechtigter Straßen. Und nicht selten schnellen von links kommende Autos vorbei, als gäbe es Binders Straße überhaupt nicht. Mehr als einmal hat es an dieser Kreuzung bereits gekracht. Da ist es allzu verständlich, wenn Jana oder Frank argwöhnisch nach links schauen, bevor sie nach rechts abbiegen. Ein im wahrsten Sinne gesundes Misstrauen. Kein Wunder, dass sie sich an allen Kreuzungen die Zweifel erhalten, ob der zu Wartende auch weiß, dass er ihnen den Vortritt lassen muss.

Freilich ist die Grenze zwischen Misstrauen und Vorbehalten nicht immer deutlich abgesteckt. Wie aus dem vorangegangenen Kapitel ersichtlich wird, können sich beide sogar verbrüdern. Verwirrende Gedankenspiele. Sie lassen sich jedoch in der Regel ganz simpel auf einen Punkt bringen und verständlich erscheinen.

Der Vater einer Kollegin Binders war Säufer und prügelte seine Frau. Dieser Umstand verführt schnell zu der vorgefertigten Meinung, alle Alkoholiker wären Rambos. Denen sollte man mit äußerster Vorsicht begegnen, ihnen am besten gänzlich aus dem Wege gehen. Ein Trugschluss, der Menschen schnell als hoffnungslose Fälle ins Abseits stellen kann. Denn spinnt man den Faden weiter, sollte jeder Suchtberater und erst recht jede Beraterin einen eigenen Leibwächter haben. Und in den speziellen Sucht-Kliniken müsste das Mobiliar regelmäßig erneuert werden, weil Trinker ihre Aggressionen loswerden müssen.

Bleiben wir lieber weniger gehässig beim normalen Misstrauen, dass jedem innewohnt. Gelangt ein Alkoholiker zu der Einsicht, fortan abstinent zu leben, um sich und seine Familie zu retten, wird seine Absicht erst einmal zweifelnd aufgenommen. Binder unterlag dem Irrtum, mit seinem Bekenntnis zu dieser tückischen Krankheit und zum Verzicht auf den Flachmann würden sich jegliche Randerscheinungen verflüchtigen, wie seine Schnapsfahne.

Doch Misstrauen, das einen jahrelang begleitet und sich verfestigt, kann man nicht einfach von einem Tag auf den anderen ausknipsen. Dafür hat die Natur im Gehirn des Menschen offenbar keinen Schalter eingerichtet.

Jana traute dem Frieden nicht. Zweifel waren geblieben, die Ängste vor erneuten Enttäuschungen. Die Wurzeln des Misstrauens waren noch stark genug, junge Triebe des argwöhnischen Überwachens ihres Mannes zu bilden.

Manchmal erwischte sie sich dabei, prüfend in die Augen ihres Mannes zu blicken, wenn er nach Hause kam. Oder beim flüchtigen Kuss wieder den Geruchssinn walten zu lassen. Um dann erleichtert festzustellen, seine ungetrübten Augen hatten den frechen Ausdruck, den sie so mag. Der Atem war frisch, nicht künstlich gestylt durch Pfeffis und Kräuterpillen.

Ein nicht vorhergesehener Rollentausch. Nun war es Jana, die ein Geheimnis mit sich herumtrug. Und das ihr Gewissensbisse bereitete. Dabei hätte sie sich dem arglosen Frank gegenüber offenbaren können. Was sie abhielt, vermochte sie nicht zu ergründen.

Es entsprach ihrem Wesen, Sorgen und Freuden nicht spontan freien Lauf zu lassen. Sie zog es vor, ihre Gefühle zu verbergen. Ehe sie sich öffnete, war manchmal sogar der Siedepunkt erreicht, der unweigerlich zu einem mehr oder minder schweren Vulkanausbruch führte.

Frank erinnerte sich an Janas Magenoperation. Ein routinemäßiger endoskopischer Eingriff, die der Chefarzt höchstpersönlich vorgenommen hatte. Erst einen Tag nach ihrer Entlassung erzählte Jana ihrem Mann mit tränenerstickter Stimme, dass der so selbstsichere und erfahrene Chirurg die Milz zur Hälfte zerstört habe. Der Herrgott Chefarzt sorgte getreu seines Eides auf Hippokrates dafür, den Mantel des Schweigens über seinen Fehler zu decken. Das ging solange gut, bis sich neben Janas unerträglichen Schmerzen auch noch Fieber einstellte und eine erneute Untersuchung nicht mehr zu vermeiden war. Ein sogenannter Milzinfarkt war nicht mehr zu vertuschen.

So war Jana. Sie wollte ihrem Mann schonend beibringen, was passiert war. Und schob es bis zum letztmöglichen Zeitpunkt hinaus. Frank stellte den Arzt wutentbrannt sofort zur Rede, der Allmächtige saß vor ihm wie ein Häuflein Elend. Er könne sich diesen Fehlschnitt einfach nicht erklären. Die folgende Klage, die Binders einreichten, wurde von der Ärztekammer mit einem eleganten Gutachten abgewiesen.

Eine logische Folge. Binders sind seither gegenüber Ärzten misstrauisch. Das umso mehr, seit sie wissen, dass man hierzulande als Laie dem professionellen Mediziner einen Kunstfehler (so wird Schlamperei juristisch umschrieben) nachweisen muss. Janas einzige Sorge während dieser anrüchigen Episode war, dass ihr Mann angesichts der eigenen Ohnmacht nicht wieder zur Flasche griff.

Vielleicht scheute sie sich auch deshalb davor, ihren Mann ob ihres anhaltenden Misstrauens einzuweihen. Er hatte ihr erzählt, welche Vorurteile ihm in der Redaktion begegneten. Dass er als einfacher Redakteur in ein anderes Ressort versetzt worden war, störte ihn nicht so sehr. Wohl aber das Verhalten seiner neuen Chefin, Julia. Sie hatte eine zeitlang unter seiner Leitung gearbeitet. Er achtete sie als eine nette Kollegin, die allerdings mehr mit den Fähigkeiten einer genügsamen bequemen Beamtin ausgestattet war – weniger mit den Merkmalen einer engagierten kreativen Journalistin. Behutsam hatte es Frank ihr auch zu verstehen gegeben. Sie lebte nach der Devise, die vielen Mitläufern eigen ist. Wer weniger tut, macht weniger Fehler und fällt demzufolge seltener auf. Wer seine rhetorischen Künste galant an passender Stelle einsetzt, kann sich wirksamer präsentieren. Wer den fraulichen Charme gegenüber dem Chefredakteur geschickt spielen lässt, erzielt mehr Pluspunkte als mit einem mittelmäßigen Artikel. Julia rutschte dank dieser Methode auf einen Chefsessel.

So gesehen kam ihr der als Trinker enttarnte Binder gerade recht. Sie kannte ihn ja nur zu gut. Ein ehrgeiziger Arbeiter, der nicht auf die Uhr schaute und sehnsüchtig auf den Feierabend wartete. Falls etwas schief ginge, hatte sie den Sündenbock.

Frank kniete sich vollends in sein neues Betätigungsfeld hinein. Er war eigentlich froh über diese Fügung. Denn er musste nicht mehr die Artikel anderer bis zum letztmöglichen Termin redigieren, um ihnen noch einen halbwegs originellen Anstrich zu geben. Das hatte er jahrelang gemacht. Und das hatte nicht nur geschlaucht, sondern schließlich auch den Grund für so manchen Frust-Trunk geliefert.

Er verantwortete nur noch sein eigenes Tun, stellte jedoch schnell fest, dass seine Chefin Julia ihm jetzt einiges von dem zurückgab, was er ihr vermeintlich angetan hatte. Genüsslich legte sie ihm ein ums andere Mal seine Beiträge auf den Tisch, die sie nun überarbeitet hatte. Nicht mit funkelnden Augen, sondern mit dem ihr eigenen künstlich aufgesetztem Lächeln.

So kurios auch manche Korrekturen waren – Frank

versuchte es, gelassen wegzustecken. Die Chefin hatte das Sagen. Nur wenn ihre Redigierversuche allzu sinnlos wurden und offenkundig einen rachelüsternen Anstrich hatten, legte er Einspruch ein. Einmal wäre ihm doch fast der Kragen geplatzt. Aus einem »mühevoll« wurde kurzerhand ein »müheselig« fabriziert. Mit dem Hinweis auf den Duden gestattete sich Frank die Konterkorrektur: »mühselig«. Solche Peinlichkeiten machten Julia Beer vorsichtiger, ihre latenten Besserwissereien und Sticheleien hielten sich in Grenzen.

Dabei hatte er mit solchen Dingen seine eigenen Erfahrungen gemacht. Seine Angewohnheit, ihm übergebene Manuskripte mit dem Kugelschreiber in der Hand anzunehmen, um flugs über selbige herzufallen, brachte so manchen seiner Mitarbeiter stillschweigend auf die Palme. Inge etwa. Sie war eine liebenswerte und zuverlässige Kollegin. Sie gehörte nicht zum erlauchten Kreis der »Edelfedern« in der Redaktion. Ihre Stärken lagen darin, dass sie ohne zu knurren auch die undankbarsten Aufträge annahm und ihr Herzblut in jede Zeile steckte.

Einmal hatte sie sich gereizt bei ihrem Chef beschwert, der bereits mit gezücktem Kuli begann, ihren Artikel zu überfliegen.

»Weißt du Frank, wie verletzend diese Pose auf mich wirkt? Du sitzt da und gehst von vornherein davon aus, dass ich irgendwelchen Scheiß geschrieben habe. Ich fühle mich wie ein Schulmädchen.«

Zutiefst erregt verließ sie schluchzend den Raum. Am gleichen Tag noch erzählten ihm Kollegen, welche Mühe sie aufbringen mussten, um die heulende Inge zu besänftigen.

Beiläufig erwähnte Binder abends diesen aus seiner Sicht harmlosen Vorfall im Gespräch mit seiner Frau. Die hörte sich alles in Ruhe an und brauste ebenfalls auf. »Du bist wirklich ein kleines Arschloch, das hätte ich dir gar nicht zugetraut«, entfuhr es ihr.

»Warum, ich will doch nur eine gute Zeitung machen«, versuchte der Getadelte sich zu rechtfertigen.

»Aber nicht auf diese abstoßende Art«, antwortete Jana in barschem Ton. »Ich stelle mir vor, du würdest mit deinen Fingern kontrollierend über die Möbel wischen, nachdem ich Staub gewischt habe. Was würde ich wohl machen?«

»Was denn?«, wagte Frank nachzufragen.

»Ich würde dir den Staubwedel in die Hand drücken. Nein, ich würde dir das Ding vor die Füße werfen und sagen. Mach es allein!«

Das reichte. Die Anklage zweier Frauen an nur einem Tage zeigte Wirkung. Binder legte von diesem Moment an den Stift zur Seite. Nicht nur, wenn Inge kam. Doch nun erlebte er selbst den überaus kränkenden Effekt solcher Art von Nichtachtung, der umso drastischer erschien, da die Gründe der Korrektur-Wut seiner neuen Leiterin unverkennbar waren.

Natürlich erzählte er Jana diese banal anmutenden Geschichten. Sie schloss jedoch daraus, eben jene entwürdigenden Nuancen könnten Frank wieder in bekannte Schwierigkeiten bringen.

Das Misstrauen hatte zusätzliche Nahrung erhalten, da die beiden immer wieder Fundstücke in den Händen hielten, die besonders Jana aus der Fassung brachten. Ob im Keller, in der Wohnung, aber besonders im Garten stießen sie wiederholt auf leere oder angebrochene Schnapsflaschen. Es waren schlichtweg Relikte, die verdeutlichten, wie viele Verstecke angelegt wurden.

Während Frank seine Funde offenherzig zeigte, wurde Jana im Angesicht mancher Reste nachdenklich. Waren es wirklich Altlasten oder diese und jene Flasche nicht doch neueren

Datums? Wie sollte er ihr diese Zweifel nehmen? Frank fand Rechtfertigungen oder Beteuerungen fehl am Platze. Das hatte er in der Vergangenheit zur Genüge praktiziert und seine Frau stets aufs Neue enttäuscht. Er reagierte mit stoischer Ruhe. Weil er sich fernab jeglicher Schuldgefühle befand. Entweder sie nahm es hin, oder nicht.

Irgendwann mussten ja die Funde erschöpft sein. Und je weniger Flaschen zum Vorschein kamen, desto größer wurde Franks Zuversicht, dass das Misstrauen dem ursprünglichen vertrauensvollen Umgang miteinander weichen würde.

Ein Zufall sollte diesen Hoffnungsschimmer leider jählings unterbrechen. Seinen kleinen Reisekoffer benutzte Frank selten. Eigentlich brauchte er ihn nur während seiner Messereisen, die zweimal im Jahr anstanden. Er war aus Platzgründen auf den Hängeboden verbannt worden. Jana jedenfalls hatte dort eine Wäscheleine gesucht. Um an diese zu gelangen, musste sie den Koffer anheben. Darin klapperte etwas. Das Geräusch kannte sie zur Genüge. Sie holte den Koffer vom Boden und öffnete ihn. Betroffen betrachtete sie jenes Stück, welches das Klappern verursacht hatte. Eine angebrochene Flasche Kräuterlikör. Wie von selbst hatte der Argwohn wieder die Oberhand und ihr versichert, es bestünde wohl kein Zweifel mehr, dass ihr Mann in der alten Spur gelandet war.

Spät kam Frank nach Hause. In der Annahme, Jana würde schon schlafen, schloss er leise die Tür auf. Im Wohnzimmer brannte jedoch noch die kleine Tischlampe. Ohne den geringsten Ansatz eines Grußes blieb Jana im Sessel sitzen. Nach so vielen Ehejahren kannten sich beide nur zu gut, um Blicke, Körperhaltungen und Gesten zu deuten. Es waren die Augen seiner Frau, die ihn abwesend musterten.

»Was ist denn los«, fragte Frank nach, als Jana ihm den

Kuss verweigerte. »Ist dir irgendwas über die Leber gelaufen?«

»Das solltest du am besten wissen«, antwortete Jana mit abweisendem Blick.

»Du hast ja recht. Ich wollte dich anrufen, dass es später wird. Und dann habe ich's wieder vergessen. Gab ne Menge zu tun«, versuchte er einzulenken. »Ich verspreche es dir immer wieder, mich zu melden. Nimm es mir bitte nicht allzu übel.«

»Du hast mir schon viel versprochen«. Herausfordernd sah Jana ihren Mann an.

»War denn sonst noch was«, hakte Frank nach, ohne über den Sinn ihrer Worte nachzudenken.

Er ging in die Küche. Er sah den Kräuterlikör und schmunzelte. Nahm das überhaupt kein Ende?

Mit der Flasche in der Hand ging er ins Zimmer. »Wo hast du denn die aufgegabelt?«

»Lass das dumme Gerede. Meine ist es nicht«, erregte sich Jana. »In deinem Koffer habe ich sie gefunden. Und dann schau mal auf den Kalender. Vor drei Monaten warst du in Frankfurt zur Messe. Die Flasche hat wahrscheinlich der Heinzelmann versteckt. Erzähl mir nicht, sie stamme aus uralten Zeiten.«

Frank war sprachlos. Er ging auf den Balkon und versuchte, den rätselhaften Fund zu erklären. »Verflucht noch mal. Nahm das denn überhaupt kein Ende«, machte sich bei ihm ein Gefühl der Enttäuschung breit. Weiter kam er nicht in seinen Überlegungen, welchen Ursprung dieses antike Stück haben könnte.

Jana war grußlos ins Bett geflüchtet und hatte das Licht gelöscht. Unentwegt grübelte Frank. Umsonst. Sein Gedächtnis war in den Streik getreten. Ihm gelang es nicht, seine dienstlichen Reisen Revue passieren zu lassen. Die Messen. Er hatte dort tüchtig zugelangt. Das waren stets

Trinkfeste. Aber sie gehörten der Vergangenheit an. In Frankfurt hatte er keinen Tropfen angerührt.

Der Morgen danach verlief einsilbig. Jana verabschiedete sich mit den Worten. »Ich hoffe, du weißt, was du tust.« Frank wusste nichts.

Er saß in der Redaktion an seinem PC und war nicht fähig, einen klaren Satz zu formulieren. Wie war die Flasche in den Koffer gekommen? Keine Antwort. Dann gelang es ihm doch, die letzte Messetour gedanklich noch einmal durchzugehen. Was hatte er eingepackt? Was hatte er an Broschüren und Büchern mit nach Hause genommen? Natürlich. Einen ganzen Stapel von Papier. Das Material befand sich noch im Keller, in dem er sich einen eigenen Schrank eingerichtet hatte.

Die Erleuchtung schlug wie ein Blitz aus heiterem Himmel ein. Er hatte ja die blaue Reisetasche mit. Aber klar doch! Vor geraumer Zeit war der unhandliche Reisekoffer ausrangiert worden. Die Flasche entstammte also noch einer seiner letzten Messe-Zechtouren.

Erleichtert und entspannt griff er zum Telefon und rief seine Frau an.

»Mein Gott, wie dumm habe ich mich benommen«, hörte er sie in befreiendem Tonfall sagen. Er meinte zu ahnen, dass ein paar Tränen kullerten.

»Komm bitte zeitig, ich lade dich zum Abendessen ein«, vernahm Frank eine fast euphorisch klingende Stimmlage seiner Jana.

Doch wie kann man die Aussetzer überhaupt begründen? Am besten gelingt dies mit der Vorstellung, dass unser Gehirn eine Datenbank speichert, die in etwa so funktioniert wie ein Computer. Uns wird im alltäglichen Einerlei nicht bewusst, welche Unmengen darin gespeichert sind. Im Gegensatz zum PC jedoch scheint unsere Festplatte keine begrenzte Kapazität zu haben. Selbst die Denkfaulen haben in ihrem Archiv mehr Platz als sie ahnen. In einer Beziehung ergeht es uns aber nicht anders als dem Computer. Die allseits befürchtete »Error«-Meldung kann uns auch in die Verzweiflung treiben. Nur besitzen wir keinen Monitor, der uns den Denkfehler oder Gedächtnislücken unmissverständlich anzeigt. Wir haben auch keine Taste zur Verfügung, auf Fehlersuche zu gehen.

In einer Zeitschrift war zu lesen, unser Langzeitgedächtnis habe ein Fassungsvermögen von ungefähr zweitausend Gigabyte. Weiß der Teufel, wie Gehirnforscher auf diese Summe gekommen sind. Man wagt nicht, die Zahlen zu Papier zu bringen, selbst wenn man sie .in Frage stellt. Es bleiben etliche Milliarden. Unvorstellbar.

Eben diese Tatsache macht uns ja so nervös, wenn wir immer hektischer nach einem verlegten Schlüsselbund suchen oder nach unserer Geldkarte. Wir können zwar unserem Kopf hastig das Suchwort »Schlüssel« oder »Geldkarte« eingeben, der Versuch einer Rekonstruktion des Vorganges endet eben nicht selten mit einem »Absturz« im Gehirn. Doch einen Neustart unserer Zellen nimmt uns kein elektronisches Betriebssystem ab. Wir besitzen auch keine Suchmaschine, die es uns erleichtert, mal fix aus den Milliarden ein winziges Detail herauszulösen.

Nicht anders erging es Jana und Frank Binder mit ihrer Suche nach der Herkunft einer Flasche. Was im Übrigen nicht nur das eine Mal zu Spannungen führte. In Kenntnis besagter Datenmengen sollte man sich andererseits beruhigt zurücklehnen. Es kommt die Sekunde, da sich die verschollen geglaubte Datei öffnet.

Noch ein Beispiel? Ein Frühjahr kündigte sich an. Binders putzten ihren Bungalow für die bevorstehende Garten-Saison heraus. Just unter dem Bett ihres Mannes fand Jana eine volle, noch verschlossene Flasche Campari. Wieder flammte die Vermutung auf, ihr Mann hätte sie hintergangen. Wenngleich das Misstrauen im Grunde bereits in der hinteren Kammer ihrer »Datenbank« abgelegt worden war. Ein ernsterer Konflikt drohte erneut, da Frank inzwischen auf festem, trockenem Boden stand. Davon war er überzeugt.

Jana ihrerseits erinnerte sich, dass beide einst an Wochenenden gern mal einen Campari-Mix genossen hatten. Zu einer Zeit, da ihr Mann einen guten Tropfen noch genießen konnte und nicht danach lechzte. Das ungute Gefühl steigerte sich in den Verdacht, ihr Mann hätte dieses Getränk deshalb hinterlistig gewählt, um sich mit dem Verweis auf die Vergangenheit besser tarnen zu können. Misstrauen ist steigerungsfähig und kann in unvorstellbare gedankliche Zwänge geraten.

Jedenfalls war die Gartenzeit fürs erste vergessen. Frank tauchte wieder ein in seine Datenwelt und suchte krampfhaft nach möglichen Lösungen. Ihm fiel ein, dass Arne des öfteren mit seiner Freundin im Gartenhäuschen übernachtet hatte. Doch sein Sohn konnte mit dem Campari nichts anfangen. Er bevorzugte ein Gläschen Rotwein.

Ein wenig tröstlich war der lockere Umgang seines Sohnes mit dieser sich verschärfenden Sachlage.

»Sorgen habt ihr. Dafür gibt's bestimmt eine ganz simple Erklärung. Ehrlich gesagt traue ich Vater keinen Rückfall zu. Ergo. Setzt euch zusammen und denkt mal nach. Wenn ihr nicht klarkommt, ruft mich wieder an«.

Nur widerwillig war Jana bereit, ihr Gedächtnis in aller Ruhe und ohne Vorbehalte zu ordnen. Sie versuchten, den letzten Sommer Wochenende für Wochenende aufzurufen.

Frank griff zum Kalender und ging seine dienstlichen Reisen durch. An vier Wochenenden war er unterwegs gewesen. Wen hatten sie zu Besuch gehabt? Das war wichtig für diese detektivische Kleinarbeit. Wenn Gäste kamen, wurde auch Alkohol ausgeschenkt. Das hatte Frank zur Bedingung gemacht. Niemand sollte seinetwegen auf ein gutes Gläschen verzichten müssen. Nur so wollte er seine Krankheit beherrschen. Sich immer wieder der Selbstprüfung zu unterziehen, um selbstsicherer zu werden.

Ihnen gelang es tatsächlich, den letzten Sommer aus der entsprechenden Datei im Kopf zu holen. Bei Karin, Janas engster Freundin, blieben sie stecken. War sie nicht an einem Wochenende auf dem Grundstück, als Frank in Nürnberg eine Messe besuchte?

Das Durchstöbern der Gigabytes hatte Erfolg, da es ja an ein einziges Stichwort gebunden war – mit einem unverhofften Ergebnis. Jana hatte den Wermut gekauft, um mit Karin ein Glas zu leeren. Doch davon waren sie wohl abgekommen, weil sie sich viel zu viel zu erzählen hatten und darüber die Flasche vergaßen. Aus welchen Gründen auch immer war diese unter Franks Bett hinter dem Staubsauger gelandet. Da spielte abermals ein Funken Misstrauen mit. Sie verbarg diesmal etwas vor ihrem Mann, das ihn in Versuchung bringen könnte. Sie hatte den ungünstigsten Ort gewählt. Was musste sie erlitten haben, um Frank mit solcher Art von Vorsicht schützen zu wollen. Sie tat ihm in diesem Augenblick leid.

So widersinnig es ist: Janas argwöhnisches Verhalten löste bei ihrem Mann nicht mehr den geringsten Ansatz von Verwirrung oder gar Empörung aus. Denn seine Frau überschritt nicht die Grenze, besessen nach Anhaltspunkten zu suchen. Indem sich ihr Misstrauen in teils kuriose Missverständnisse auflöste, kehrte auch der vertrauensvolle Umgang miteinander zurück. Das Eheleben geriet wieder in geordnete Bahnen. Jene Konflikte, die manche Funde erzeugten, erwiesen sich durchaus hilfreich, die liebenswerten Eigenschaften gegenseitig neu zu entdecken. Jana verblüffte es, wie gelassen Frank nun auf ihre Vorwürfe und Verdächtigungen reagierte. Das war nicht mehr die tragische Figur eines Mannes, der resignierend auf irgendwelche Flaschen starrte und sich mit faden Sprüchen zu rechtfertigen suchte. Sie hatte ihren feinfühligen und freimütigen Partner wieder, der mittlerweile mehr als zwei Jahre abstinent geblieben war.

Obwohl sich das Misstrauen weiter im Verborgenen hielt. Es lauerte in einer gewissen Habacht-Stellung, jederzeit abrufbar.

Tänzer auf zwei Seilen
und ein perfekter Absturz

Gerade hatte Binder seine Serie mit sieben vollen Zeitungsseiten abgeschlossen. »Fitmacher gegen Dickmacher«. Diese Aktion hatte schon ein gehöriges Maß an Überredungskunst gekostet, die Idee seiner Chefin, Julia Beer, schmackhaft zu machen. Die genügsame Leiterin verspürte ansonsten keinerlei Ambitionen, sich mit solch umfänglichen Vorhaben übermäßig zu belasten. Mit denen könnte man einen Reinfall erleiden und an Image verlieren. Frank Binder drängelte solange, bis sie das Konzept in der Chefetage vorlegte. Wohl noch in der stillen Hoffnung, eine Absage zu erhalten.

Das Konzept wurde angenommen. Aus einer dicken Mappe von Recherchen entstanden sieben Teile, in denen Sportwissenschaftler, Psychologen und anderweitige Experten dem Leser körperliche Bewegung und vernünftiges Essen schmackhaft machten. Vom Joggen über sanfteres Nordic Walking bis hin zum Schwimmen, Radfahren und zur Ernährung. Binder kämpfte energisch darum, diese Seiten anzeigenfrei zu halten. Mit Erfolg. Einen besseren Beleg hätte es nicht geben können, dass die Serie auf Zuspruch stieß. Denn mit Anzeigen verdienen Medien einen nicht geringen Teil ihres Geldes.

Die erneut anhaltenden nervenden Korrekturversuche seiner Leiterin versuchte der Verfasser zu übergehen, da ihm die Zeit im Nacken saß. Jeden Tag eine Zeitungsseite. Er wollte sich nicht mit überflüssigen Streitigkeiten über kleinliche und belanglose Änderungen befassen. Vielmehr belastete Binder, dass er in dieser hektischen Zeit mit anderen Aufträgen traktiert wurde. Die hätte Julia Beer selbst erledigen können, ohne sich die Arme ausreißen zu müssen.

Andere aus seinem Ressort boten ihm Hilfe an, klopften ihm anerkennend morgens auf die Schulter, wenn sie die Zeitung mit seiner Seite aufschlugen. Vor Mitternacht kam Binder in diesen Tagen kaum aus dem Hause. Da war Madame Beer längst verschwunden. Punkt sechs klappte ihre Tür zu.

Zufällig aufgenommenen Bemerkungen in den Fluren der Redaktion konnte Binder entnehmen, dass seine Serie wohlwollend in der obersten Leitungsetage aufgenommen worden war. Kein Wort der unmittelbaren Vorgesetzten. Sie sonnte sich zweifelsfrei in seinem Erfolg. Und sie sprühte plötzlich vor Ehrgeiz, das abschließende Essay über die Rezepturen, den Speckröllchen den Garaus zu machen und den Kreislauf in Schwung zu bringen, unvorhergesehen selbst zu schreiben.

Die Bequemlichkeit in Person sinnierte über Trägheit. Was Binder furchtbar erboste. Sie empfahl den Faulen und Beleibten als ersten Schritt den Tritt in deren Allerwertesten. Angesichts der trägen Autorin wirkte das auf ihn, als würde eine Vegetarierin zu saftigem Schweinebraten raten. Zudem hatte sie mit diesem Schlusswort den Eindruck erweckt, die Serie sei ihrem Engagement zu verdanken. Kurz vor dem Ziel war sie noch auf den fahrenden Zug aufgesprungen.

Das Fass schien kurz vor dem Überlaufen zu sein. Jana, seine Frau, brauchte keine hellseherischen Fähigkeiten, um die Verfassung einschätzen zu können, in der sich ihr Mann befand.

»Sei doch einfach stolz auf dich«, versuchte sie ihn zu trösten. »Du solltest so was doch überlegen wegstecken können – auch wenn es Überwindung kostet.«

Frank überwand sich und lenkte ein. »Du hast ja Recht, Liebling. Das sind nun mal die Spielregeln.«

Der Autor befand sich damit nicht auf einsamer Spur. Die Missachtung der Leistung eines anderen scheint offenbar ein gesellschaftliches Übel zu sein, kam ihm in den Sinn. Nicht minder eine selbstsüchtig erschlichene Anerkennung. Das finde man überall – bei Politikern wie Managern, auch bei den Kleinstdarstellern der Gesellschaft. Die Chefin Beer gehöre in die letzte dieser missliebigen Sparten.

Man munkelte in der Redaktion sogar, dass sich jemand aus dem Hause öffentliches Schulterklopfen über organisierte Leserbriefe besorgte. Eigentlich eine rüde Nachrede, die bei näherer Betrachtung des in den Verdacht geratenen Kollegen so abwegig auch nicht erschien. Für Binder blieb es ein Gerücht. Denn er hatte keinen lobpreisenden Brief geschrieben. Er begnügte sich mit dem eigenen Erfolg. Sein Name stand schwarz auf weiß in der Zeitung. Eigenlob muss nicht in jedem Fall anrüchig sein.

Sogar Sohn Arne war vorbeigekommen und hatte seinen Vater beglückwünschend mitgeteilt, er habe sämtliche Teile der Serie gesammelt. Und das sollte etwas heißen. Arne, der Software-Spezialist in sicherer Position, sah das alles cooler als sein Vater. Er war mit seinen 25 Jahren gelassener gegenüber dem politischen Geschehen, moderner denkend, wie er meinte, lockerer, weil unverbraucht im Umgang mit Problemen. Und er war ein ziemlich kritischer und streitbarer Beobachter der journalistischen Ergüsse seines Vaters. Ein Lob aus seinem Munde hätte gelinde gesagt eine Anmerkung im Kalender verdient. Es gestattete folglich keinen Vergleich mit einer ohnehin unaufrichtigen Huldigung Julia Beers, falls sie sich dazu durchgerungen hätte.

Unbekümmert, wie Arne nun einmal die Dinge sah, schlug er seinen Eltern vor, einfach für eine Woche zu verschwinden. Urlaub hätten sie ja noch.

»Haut ab nach Djerba, lasst euch die Sonne auf den Pelz scheinen. Und du tobst dich beim Volleyball richtig aus«, wandte er sich an seinen Senior.

So unverhofft die Idee im Raume stand, so verlockend war sie. Es war Ende Oktober, eine gute Zeit, der Wärme hinterher zufliegen. Arnes Eltern konnten sich mit diesem Gedanken schnell anfreunden. Die ihnen wesenseigene ursprüngliche Unternehmungslust, zu oft eingeschlafen im Trott des Alltags, war erwacht. Und tags darauf sofort verflogen, da Jana so kurzfristig unabkömmlich war in ihrem Büro.

Frank hingegen erhielt den Segen der Julia Beer. Wenn auch mit dem Hinweis, er müsse soviel an Material vorproduzieren, dass man ohne ihn über die Runden käme. Also ging ohne ihn doch nichts.

So sehr er sich auch dagegen wehrte. Frau und Sohn überredeten ihn, allein eine Woche zu entspannen. Der Klick ins Internet hatte freie Plätze im Flieger und in einem Hotel zu einem durchaus günstigen Preis offenbart. Bevor Binder überhaupt zum Nachdenken kam, hatte Arne die Reise bereits gebucht. An zwei langen Abenden waren Beiträge für die Zeitung fertig.

Vier Tage später saß Frank im Flugzeug nach Djerba. Allein mit sich und seinen Gedanken, die er endlich sortieren wollte. Allein mit sich und seiner panischen Flugangst. Panikattacken hatte ihm ein Psycho-Facharzt attestiert, was sich entsetzlich anhörte, da man unwillkürlich an Herzattacken dachte.

Jahrelang hatte er die Angstzustände, die ihn auch in vollen Kaufhäusern und Bahnen mit schöner Regelmäßigkeit erwischten, erfolgreich mit Alkohol behandelt. Die Dosis richtete sich stets nach der Länge des Fluges oder der Anzahl der Kaufhäuser, durch die ihn Jana zu schleppen gedachte.

Seit es den Schnaps nicht mehr gab, versuchte sich Binder vor den Flügen damit zu beruhigen, die Crew im Flieger sei lebensbejahend wie er. Dem Herztrommeln den Kampf ansagend freute er sich nun auf das Wasser, den Strand und das Volleyball-Netz, sah aber wehmütig, dass sich auf dem Platz neben ihm nicht Jana befand, sondern ein fülliger Fremder. Dem standen während des Starts die Schweißtropfen auf der Stirn. Kein Zweifel, der Mann mochte auch keine Flugzeuge. Beim Start krallte er seine Hände von der Größe einer mittleren Bratpfanne in die Armlehnen. Alsbald holte er aus seiner Jacke einen Flachmann und kippte einen tiefen Schluck hinunter. Derart aufgelockert versuchte er, seinem Nachbarn ein Gespräch aufzudrängen. Innerlich machte Frank einen Luftsprung. Er saß im Flieger, ohne einen einzigen Tropfen getrunken zu haben. Die Angst war vorrätig. Das Verhalten seines Nebenmannes minderte sie jedoch.

Wie sich herausstellen sollte, hatte Arne zufällig jenes Hotel aus dem PC herausgefischt, in dem Jana und Frank ein Jahr zuvor gewesen waren. In der Eile hatte keiner Notiz davon genommen, wie die Anlage hieß. Erst nach der Ankunft erkannte er die hellen Gebäude, mit ihren landestypischen Säulen und Rundbögen. Auf Anhieb nahm er den Hotel-Manager zur Kenntnis, der ihm einen perfekten Blumenstrauß besorgt hatte, da der Hochzeitstag in diese Reise gefallen war. Frank erinnerte sich, dass an genau diesem Tag wie zur Krönung des Ereignisses ein Berberfest stattgefunden hatte. Und sie in dieser eigenartig verwirrenden Atmosphäre ein Pärchen aus Wuppertal kennen lernten, das ein rundes Ehe-Jubiläum feierte. Die Wuppertaler hatten mit Sekt angestoßen,

Binders mit alkoholfreien Cocktails.

Er war das erste Mal in seinem Leben runde zwei Jahre trocken. Ausgenommen selbstredend seine Kindheit mit der Windelphase und die pubertäre Zeit, in der trocken und nass wahrlich eine andere Bedeutung haben. Mit dem Wörtchen »trocken« aber tat er sich schwer. Er zog das »abstinent sein« vor, weil es rein gefühlsmäßig schonender klang. Dabei war das Spiel der Worte im Grunde nichtig, wichtig hingegen der Wille, den Alkohol grundsätzlich zu meiden, wie der Teufel das Weihwasser. Gegenüber Eingeweihten gebrauchte er ohne die geringste Scham die schonungslose Variante der Trockenheit.

Der Kellner fragte ihn vor dem Abendessen, ob er einen Einzelplatz oder einen Dreiertisch bevorzuge. Binder entschied sich kurzerhand für das weniger abseitige Angebot. Er brauchte Leute zum Reden.

Angenehm überrascht landete er an einem Tisch, an dem sich bereits zwei junge Frauen erfrischend lachend unterhielten. Zwei gefällige Erscheinungen, die der hinzugekommene Gast so um die Dreißig schätzte. Er, der ältere Herr, würde sie hoffentlich nicht enttäuschen.

Eine unbegründete Befürchtung, wie sich rasch herausstellte. Die beiden erwiesen sich als kontaktfreudige Wesen, mit denen er ohne zögerliches Abtasten gleich ins Gespräch kam. Sie waren Neulinge wie er, kamen aus Hannover und nahmen den Berliner anstandslos auf.

Die Blondine war Physio-Therapeutin, die Brünette Zahntechnikerin. Beide zeigten sich davon angetan, einen Journalisten am Tisch zu haben, der sicher ausreichend Stoff zum Plaudern liefern würde. Die Unterhaltung wurde im Verlaufe des Abends emsiger, da Frank Binder, nach seinem Tätigkeitsfeld befragt, seine Fit-Macher-Serie zur Sprache brachte, sachlich. Prahlerei mochte er nicht.

»Super. So einer hat uns gerade noch gefehlt«, freute sich die blonde Frau, die berufsmäßig so manchen Freizeitsportler durchknetete. Mit dem Blick auf das zweite Wasser, das Frank trank, hakte sie nach. »Kein Bier, kein Wein?«

»Muss nicht sein«, erwiderte er und lehnte dankend die Bitte ab, mit ihnen eine Flasche Wein zu teilen.

Die Abende auf Djerba sind zu dieser Jahreszeit viel zu kurz. Nach dem Abendessen kündigt sich die Dunkelheit bereits an, weswegen kaum Gelegenheit bleibt für einen ausgedehnten Strandspaziergang. Zu schnell verschwindet der grelle Sonnenball hinter dem Horizont. Den beiden Tischgefährtinnen war es nicht gelungen, ihn noch an die dicht umlagerte Bar zu locken.

Binder schlenderte zum Strand, lief danach durch die grüne, blumenreiche Oase des Hotels am Rande der Insel. Kunstvoll verzierte Laternen wiesen ihm den Weg.

Wie überflüssig können einem eigentlich Ärgernisse erscheinen, folgerte er nach diesem lebhaften Auftakt. Seine Tischdamen hatten ihn für kurze Zeit die angestaute Wut vergessen lassen. Die Gedanken kreisten um Jana. Gut, wenn sie jetzt bei ihm wäre. Denn über seine verdrießliche Stimmung, die in der herrlichen Stille, nur unterbrochen vom Rauschen des Meeres, erneut aufkam, wollte er mit seinen neuen, fremden Bekanntschaften nicht reden.

Als er zum Hotel zurückkehrte, durch das großzügige Marmor-Foyer ging und die Bar passierte, zuckte er angesichts des Lärms zusammen. Er beeilte sich, auf sein Zimmer zu kommen. Ruhe fand er nicht.

Womöglich war es keine gute Idee gewesen, ohne Jana auf die Insel zu fliegen. Das Grübeln ließ seine Gefühle in unbeabsichtigte abnorme Bahnen gleiten. Wie lange wohl würde er die Faulheit und die Demütigungen seiner Vorgesetzten noch ertragen, die ihre Macht offensichtlich bis an die Grenze des Vertretbaren auskostete? Allein die Vorstellung war abstoßend genug. Wie konnte er sich wehren? Fast alle in seinem Bereich dachten wie er. Und niemand hätte es im entferntesten gewagt, sich dagegen aufzulehnen. Sie alle waren klug genug, um zu erkennen, dass sie damit in festgefügte Hierarchien einfallen würden.

Mobbing. Ihm fiel dieser in Mode gekommener Begriff ein. Doch wie so oft bei Neuschöpfungen war es schwer, sie eindeutig und überzeugend zu definieren. Wie sollte jemand auch stichhaltig beweisen können, dass er an seinem Arbeitsplatz arglistig tyrannisiert wurde? Mobbte Julia Beer? Unsinn. Binder versuchte, seine Verbissenheit zu verscheuchen. Die entfernte sich immer weiter von der Wirklichkeit und näherte sich bedrohlich gewissen Gefühlen der Verbitterung, gar des Hasses, die ihm seinem Wesen nach völlig fremd waren. Vergebens.

Er schaute auf die Uhr. Es war kurz vor eins. Wie von einem imaginären Automaten ferngesteuert, ordnete er sich, fuhr mit dem Fahrstuhl abwärts und saß Minuten später an der Bar. Sie war nur noch von einer Handvoll lallender Leute besetzt.

Frank bestellte einen Whisky. »Doppelt bitte«, korrigierte er sich. Er nippte an dem Glas. Er tat es vorsichtig, und schüttelte sich fürchterlich. Dann goss er den Inhalt in einem Zug hinunter. Er spürte das ihm nicht unbekannte Brennen, das sich den Weg durch die Speiseröhre bis hinab zum Magen bahnte. Unverkennbar, wenig später erfasste die wohltuende Entspannung seinen Körper und seinen Geist. Nach dem zweiten Glas trat jegliche Verdrossenheit ihren Rückzug an. Nachdem er das Dritte getrunken hatte, überkam ihn ein

Gefühl der Glückseeligkeit und der Stärke. Flugs bezahlte er, da sich auch die andere Wirkung des Trunkes bemerkbar machte. Leicht benommen erreichte er den Fahrstuhl.

Ihm ging es gut, sehr gut sogar. Beschwingt ließ er sich ins Bett fallen. Die Redaktion, in der personellen Erscheinung der Julia Beer, hatte der Whisky verdrängt. Jana allerdings war in seinen Gedanken auch nicht mehr gegenwärtig. Er hatte vergessen, sie anzurufen.

Der nächste Tag langte und weilte ihn. Die Mädels aus Hannover waren schon in früher Stunde zu einer Safari gestartet, andere Gäste unternahmen eine Inselrundfahrt. Enttäuscht registrierte er, dass sich niemand außer ihm und zwei Animateuren am Volleyballfeld einfanden. Er ging verloren den Strand entlang, versuchte sich in ein Buch hineinzulesen. Aber die Humoresken von Kishon vermochten nicht, ihn zu erheitern. Erst der Abend hob seine Stimmung, da ihn die Fröhlichkeit seiner beiden zurückgekehrten Tischgesellinnen im Nu ansteckte. Sie belustigten sich nachträglich über den Ritt auf den Kamelen und das gefährlich anmutende Besteigen und Absteigen der Wüstentiere. Die ausgedehnte Jeeptour hatte ihnen ziemlich zu schaffen gemacht, sodass sie sich frühzeitig verabschiedeten.

Binder verkroch sich auf sein Zimmer und rief Jana an. Sie hatte schon auf sein Lebenszeichen gewartet. Treuherzig erzählte er von seinen jungen Tischdamen.

»Eine Therapeutin, da hast du mit deinen Wehwehchen ausreichend Gesprächsstoff«, flachste Jana. »Aber keine Privat-Massage, klar?« Sie freute sich bedenkenlos, dass er so gut drauf zu sein schien. »Vergiss die Redaktion und die Beer, versprochen«, ermunterte sie ihn.

»Ich ruf dich morgen wieder an«, sagte Frank. Den Einspruch seiner sparsamen Jana voraussehend, fügte er hinzu.

»Muss ja nur ganz kurz sein.« Seine Stippvisite an der Bar hatte er ihr unterschlagen.

Warum auch nicht. Binder fand, die drei Whisky hätten keinen Anlass zur Beunruhigung gegeben. Je mehr er an einer Analyse arbeitete, desto größer wurde die Zuversicht, mit einem abermaligen Besuch der Bar würde er beileibe nicht in alte Gewohnheiten abrutschen. Der stille Schlagabtausch über das Für und Wider endete mit einem Sieg der Verlockung.

Wenig später saß er auf dem Barhocker, nachdem er vorsorglich die Lage sondiert hatte. Keinesfalls mochte er den beiden Frauen über den Weg laufen, die sich vielleicht zu einem spontanen Schlummertrunk entschlossen hatten. Sie wollte er unbedingt in dem Glauben an den Abstinenzler belassen.

Der Whisky verursachte die Ausstrahlung wie am Abend zuvor. Erst der eklige brennende Geschmack, dann die ansteigende wohlige Stimmung im Kopf. Sein Nachbar befand sich bereits in einer fortgeschrittenen Etappe, was Binder zumindest dem glasigen Blick entnehmen konnte. Der sich bekennende Single im besten Mittelalter beklagte den Mangel an Frauen und an Action. Da bliebe einem nur der Trost an der Bar. Der Unbekannte gab sich als Geschäftsmann in der Elektronikbranche aus. Zu Hause sei ihm ein lukrativer Auftrag ins Netz gegangen, frohlockte der Schnauzbart.

Dennoch schimpfte er über die horrenden Preise für einen echten französischen Cognac. Tunesien benehme sich gegenüber dem europäischen Urlauber total unanständig. Es gäbe noch nicht einmal einen Supermarkt mit Schnaps. Er habe aber in Hount-Souk einen Laden ausfindig gemacht, in dem Touristen einheimischen Feigenschnaps und Dattellikör erstehen könnten. Spottbillig sei das Zeug, mit dem er sich heute ausreichend eingedeckt habe. Augenzwinkernd erläuterte der Mann seine Methode des preiswerten Trinkens. Auf dem Zimmer nehme er gewissermaßen zum Aufwärmen einige Feigen-Drinks, dann reiche ein Doppelter am Tresen völlig aus. Notfalls könne er in seiner Privatbar nachtanken. Ein typischer Geschäftsmann. Wohlhabend und knauserig, aber in seiner Naivität dem geistlosen deutschen Slogan folgend, dass Geiz geil sei.

Weder Geiz noch dumme Werbesprüche machten Frank hellhörig. Es war eher die Methodik des Trinkens, die ihn aufhorchen ließ. Begehrlich nahm er die Skizze entgegen, die sein Nachbar leichter Hand auf der Rückseite eines Bierdeckels angefertigt hatte. Binder müsse ein dreistöckiges hellgrünes Teppichhaus mit einem großen Innenhof finden. Abseits des Marktes. Das sei schnell auszumachen. Von dort ginge eine enge Gasse ab, durch die man zu einem unscheinbaren hellblauen Gebäude gelange. Falls sein aufmerksamer Zuhörer die Absicht hege, dort einzukaufen, dürfe er nicht seinen Pass vergessen. Er müsse sich auch dunkle Gestalten vom Leibe halten, die wie Schmeißfliegen an Touristen hingen, um gegen gute Bezahlung an eine Flasche zu kommen. Vorsicht sei übrigens bei dem wohlschmeckenden Dattellikör angebracht. Ein Glas zuviel, und der nächste Tag würde ausfallen.

Frank Binder war in eine aufgeheizte Gemütslage geraten. Nicht so sehr durch den Whisky, sondern mehr durch den verführerischen Gedanken, die aufkommende Begierde nach künstlich geschaffener Gelöstheit selbst steuern zu können. Dass er damit seine Urlaubskasse, deren Inhalt ja Jana kannte, schonen würde, war für ihn ein willkommener Nebeneffekt.

Indem ihn diese Idee mehr und mehr einfing, reduzierte sich die Signalwirkung seines Gehirns. Die Qualen seines alkoholischen Entzuges in der Klinik waren in Vergessenheit geraten, damit auch sein Schwur, kein Glas mehr anzurühren.

Der Geist war nicht bereit, an ein Erlebnis zu erinnern, das er mit dem Lehrer Lutz, seinem Zimmergenossen auf der Station, gehabt hatte. Während eines Spazierganges durch den Park waren sie in die Nähe des Unfallkrankenhauses geraten. Ein helles Lachen hatten sie vernommen, und eine junge hübsche Frau im Rollstuhl gesehen, der ein Bein amputiert worden war. Dieses vom Schicksal so hart getroffene Wesen hatte dennoch ihren lebensbejahenden Frohsinn nicht verloren.

Die Patienten aus einem anderen Haus konnten laufen und haderten aber mit ihrem Schicksal, nicht mehr trinken zu können. Hatten sie sich nicht vorgenommen, dieses Bild als eine Art Schutzschild mitzunehmen? Binder hatte es ausgerechnet hier nicht parat.

Die morgendliche Sonne strahlte durch das Zimmer. Binder richtete sich langsam in seinem Bett auf. Behutsam prüfte er den Zustand seines Kopfes und seines Körpers. Erleichtert stellte er fest, dass der Schädel nicht brummte und er sicheren Schrittes ins Bad gehen konnte. Unter der Dusche erwachte er gänzlich und vermerkte zufrieden seine Lust auf den Tag.

Der Whisky hatte ihm nichts getan. Auf dem Tisch lag der Bierdeckel, der ihn unweigerlich an Feigenschnaps und Dattellikör erinnerte. Binder verspürte Appetit auf einen kleinen Schluck, ließ aber die Tür der Minibar in seinem Zimmer verschlossen.

Gut gelaunt ging er zum Frühstück. Die beiden Frohnaturen aus Hannover begrüßten ihn schelmisch mit der Frage, ob er auch ohne seine Frau gut durch die Nacht gekommen sei. Erstens habe er schon in vielen fremden Betten allein geschlafen, erwiderte Binder ironisch in

Anspielung auf seine diversen Dienstreisen. Und zweitens habe man ihm an der Rezeption vertraulich mitgeteilt, das Hotel verfüge über einen Harem. Er habe sich für einen Anfänger-Kurs vormerken lassen.

»Sie und Anfänger«, kicherten die Blondine und die Brünette. Heute entkäme er ihnen nicht. Falls notwendig, würden sie ihn an die Bar schleifen. Sie stöhnten über den ersten Abend. Anzügliche Mannsbilder, ob angetrunken oder routiniert berechnend auf ein Abenteuer aus, hätten ihn gründlich verdorben. Das war eben die Schattenseite der Sonneninsel. Zu dieser Jahreszeit konnte man abends nichts mehr unternehmen. Hinter dem Hoteltor begann die Finsternis einer von Palmen unterbrochenen Wüstenlandschaft. Kein Boulevard mit einladenden Cafes, keine Geschäfte zum Schlendern.

Das vormittägliche Match genoss Frank Binder. Die Urlauber, die sich am Netz trafen, konnten mit dem Volleyball umgehen. Befriedigt stellte er fest, dass sich kein ungelenker Hundert-Kilo-Mann eingefunden hatte. Solche Typen würden das Risiko eines schmerzhaften Zusammenpralls mit unliebsamen Folgen für den weiteren Urlaub beträchtlich erhöhen. Auch Viola und Manu, so hießen seine Gefährtinnen für ein paar Tage, zeigten sportliches Geschick. Die blonde Viola spielte sogar im Verein, wie sie beiläufig in einer Pause erwähnte. Es machte einfach Spaß, sich richtig austoben zu können. Mit jedem gelungenen Schlag schmolz Binders Frust um ein weiteres Stück hinweg. Eine Ausgelassenheit, die auch die Barepisode und die Aussicht auf den blauen Laden kurzzeitig verdrängte. Diejenigen, die nicht ans Netz gehörten, fanden sich ohnehin an der Strandbar zum Frühschoppen ein.

Viola und Manu rückten nach dem Spiel ihre Liegen unbefangen an Binders Gestell heran. Er war kein unnahbarer

Spießer, hätte dennoch allzu gern gewusst, welche Stellung er in diesem Trio einnahm. Spielte er die väterliche Figur? Sollte er als Leibwächter fungieren und lästige Anmacher von vornherein abwehren? Penetrant waren die Annäherungsversuche der hinter den Ohren noch nicht trockenen tunesischen Strandburschen, die den Sitten ihrer Urahnen gemäß das weibliche Geschlecht als hübschen Gebrauchsgegenstand ansahen. Die sich so modern gebenden Lümmel blieben diesem, wohl nur noch in ländlichen Gegenden erhaltenen Ritus treu. Teilerfolge bei europäischen Frauen ließen die braungebrannten muskulösen Jungs nur noch selbstbewusster und zudringlicher werden. Um den hochgewachsenen, kräftigen Deutschen mit seinen beiden »Töchtern« machten sie einen Bogen.

Binder musste unwillkürlich grinsen. Ihm war unter den Urlaubern aufgefallen, dass einige ältere Kaliber von Mannsbildern mit ihren »Töchtern« seltsam galant und liebevoll umgingen. Wer vermochte auch in der heutigen Zeit noch eindeutig zwischen Vater, Großvater, Gatten oder Lover zu unterscheiden.

Der väterliche Leibwächter entschloss sich zu einem Strand-Spaziergang. Manu war tief in ihr Buch versunken, Viola bot sich an, ihn zu begleiten. Binder nickte freudig einladend. Die beiden sahen in einiger Entfernung ein Hotel mit schlossähnlichen Türmchen.

»Meinst du, ups, meinen Sie, dass wir es bis dahin schaffen«, fragte Viola.

Binder lachte. »Warum nicht du? Das haben wir doch schon beim Volleyball eingeführt.« »Aber das mit dem Schlösschen dahinten sollten wir lieber lassen.« Er erzählte, wie diese Tour mit seiner Frau ausgegangen war. Sie hatten sich absolut verkalkuliert in Zeit und Raum und mussten zurück ein Taxi nehmen. Bekleidet in Badehose und Bikini.

Während sie daherwandelten, musterte Frank seine Begleiterin, versteckt hinter der Sonnenbrille. Die kurzgeschnittenen blonden Haare unterstrichen zusätzlich ihre sportliche Erscheinung. Mit ihren blauen Augen, die ihm bereits aufgefallen waren, hätte man in ihr ohne Zweifel eine Frau aus dem Norddeutschen oder aus Skandinavien vermuten können. Was ihm außerdem gefiel, war Violas aufrechter Gang, der ihre wohlgeformte Figur noch hervorhob. Von der Erscheinung her wäre sie die ideale Schwiegertochter. Die Vorstellung gefiel ihm. Unzweifelhaft schien sich unter dem blonden Schopf ein kluges Köpfchen zu befinden.

Viola blinzelte zu ihm herüber. »An etwas Bestimmtes gedacht?«

»Nein, nur so«, antwortete er.

»Erzähl etwas über dich«, forderte ihn die junge Frau auf. Frank schilderte, wie unverhofft er zu dieser Reise gekommen war. Er hätte durch glückliche Fügungen beruflich wer weiß wie viele Länder bereist und sei nun dabei, verschiedene dieser Erdflecken gemeinsam mit seiner Frau gewissermaßen neu zu erkunden. Schritt für Schritt, immer den Kontostand unter Kontrolle behaltend.

»Und welche«, wollte Viola wissen.

»Hawaii und Sibirien, und noch ein paar andere Eckchen dieser Welt«, antwortete Binder spontan. Er befleißigte sich, sofort darauf hinzuweisen, dass er zwar seiner Frau eine Menge Videos mitgebracht hätte, das eigene Erlebnis allerdings könnten diese nie und nimmer ersetzen. Dazu wäre er zudem nicht gerade der geborene Filmemacher. Um sein Unvermögen zu demonstrieren, erzählte er, wie er einen Park am berühmten Strand von Waikiki gefilmt habe und plötzlich ein paar vermeintliche Papageien im Visier hatte. Beim

Näherkommen hätten sie sich als buntangestrichene Wasserhähne entpuppt. Die blonde Frau an seiner Seite hörte amüsiert zu. Neckisch fragte sie, ob die Sonne vielleicht Halluzinationen ausgelöst habe.

Halluzinationen? Entzug? Klapperbox? Das Wort hätte ihm anderweitige Bilder liefern können. Sie fielen ihm nicht ein. Er suchte nicht danach.

Frank geriet nach dieser kurzen Zeitreise um die halbe Welt wieder an den tunesischen Strand. »Das Dumme ist ja, dass ich bei aller Reiserei nun auch noch Urlaub mache ohne meine Frau. Dabei lieben wir beide das Meer. Aber der Rest der Familie war der Meinung, dass ich mal ein paar Tage ausspannen sollte.«

»Ein sympathischer Zug des Restes deiner Familie«, entgegnete Viola. »Ich glaube, du hast eine tolerante und verständnisvolle Frau. Wie ist sie sonst, oder werde ich da zu persönlich?«

Er überlegte. »Stimmt. Sie ist tolerant und zeigt viel Verständnis für meinen Beruf. Sie kann sehr lieb sein aber auch ein kleines Biest – ungefähr wie ich. Wir sind Widder.« Schmunzelnd musterte er Viola und fügte an: »Wenn ich jetzt mit der Kamera unterwegs wäre und würde dich in einiger Entfernung mit dunklem Haar auf dem Monitor haben, dann könnte ich dich fast mit meiner Frau verwechseln.«

Kichernd wurde ihm erwidert, sie beide ähnelten sich also wie Papageien und buntbemalte Wasserhähne. Frank lachte und versicherte seiner Begleiterin, dass Viola und seine Frau bezüglich der Größe, der Figur, des Haarschnitts und des Ganges wirklich Ähnlichkeiten hätten.

»Und die Hula-Mädchen auf Hawaii haben dir nichts angetan«, neckte die Blondine abermals.

»Nichts. Ich war offensichtlich nicht deren Typ«, sagte er

und witzelte, er sei treu wie ein Husky seiner Eskimo-Herrin.

»Es ist angenehm, mit dir zu reden«, meinte Viola. Unvermittelt ergriff sie seine Hand, ohne Anstalten zu machen, sie wieder loszulassen.

»Und du«, wechselte Binder die Seiten. »Was machst du, wenn du keine Männer verwöhnst, indem du deren Gelenke biegst und streckst oder deren Rücken kraulst?«

»Du wirst es nicht glauben. Aber mir geht es wie dir«, antwortete sie. »Mein Mann ist Sportlehrer an einem Gymnasium und musste zu Hause bleiben, da ein Kollege plötzlich ausgefallen war. Zum Glück hatte ich Manu in Reserve, allein wäre ich nicht hierher geflogen. Auf unsere Janin, sie wird sechs im Dezember, passen meine Eltern auf. Und mein Mann? Natürlich ist er ein sportlicher Typ. Sonst hätte ich ihn ja nicht genommen. Wenn ich dir zuhöre, stelle ich fest, dass ihr den gleichen trockenen Humor drauf habt. Das hat mich schon am ersten Abend verblüfft. So was mag ich«.

»Also nichts mit der Schwiegertochter«, dachte Binder belustigt.

Die Zeit verging wie im Fluge. Besagtes Schlösschen am Strand war bereits nahe genug, um Viola zu ermahnen, schleunigst den Rückmarsch anzutreten. Am eigenen Hotelstrand angekommen, befreiten sie Manu aus einem Tiefschlaf. Binder und Viola sprangen noch schnell ins Wasser, währenddessen die erwachte Freundin ins Hotel schlich.

»Danke für den unterhaltsamen Nachmittag«, sagte Viola. Sie drückte dem überraschten Mann, auf ihren Zehenspitzen stehend, einen Kuss auf die Wange. Er empfand diese Geste keineswegs anstößig, und störend schon gar nicht.

Ohne sich darüber im Klaren zu sein, befand er sich in

einer euphorischen Gefühlslage, die eine Mäßigung gut vertragen hätte. Sein Hinterstübchen im Haupt hätte ihm auch andeuten können, solche Hochstimmungen seien vor absehbarer Zeit noch Anlass genug gewesen, sie durch einen guten Schluck in einen berauschenden Zustand zu heben. Doch diese bitteren Erfahrungen waren in seinem Gedächtnis weiter entfernt als Djerba vom Mond, der sich bereits in seiner Halbform über der Insel zeigte. Signal für Signal überhörte er.

Ein knallroter Rücken reichte aus, um Franks Euphorie fürs Erste zu bremsen. Manu erschien mit einem unverkennbaren Sonnenbrand zum Essen. Sie wusste nicht, wie lange sie am Strand geschlafen hatte, während Viola und er unterwegs waren. Allein die hauchdünnen Träger ihres Kleides bereiteten ihr Schmerzen. Das kurze Kleidchen war in einem hellen Farbton gehalten. Dieser brachte die Röte der Schultern und des Rückens erst recht mitleidserregend zur Geltung. Viola hatte professionell Erste Hilfe geleistet und eine spezielle Salbe aufgetragen.

Manus Appetit jedenfalls hatte nicht unter der Sonne gelitten. Sie bestellte, Viola und Frank nahmen ihr den Gang zum Büffet ab.

Um die Geplagte ein bisschen zu erheitern, erzählte Binder, wie er mit seiner Frau die windigen Teppichhändler der Inselhauptstadt Hount-Souk überlistet hatte. Man müsse nur den Fuß über die Schwelle eines dieser Häuser setzen und schon gerate man in die Fänge der emsigen Verkäufer. Egal, ob man etwas kaufe oder nicht, man bekäme auf jeden Fall einen Tee angeboten. Da ihnen danach war, ließen sie sich in einen Laden ziehen. Der Tee wurde serviert, die Helfer rollten einen Teppich nach dem anderen aus. Ein weiterer Tee folgte nebst Gebäck. Beharrlich versuchte der Händler, seine potenziellen Käufer festzuhalten. Da fragte Frank in seiner

Not nach einem runden Teppich, der so ungefähr aussehen müsse, wie der quadratische, der vor ihnen lag. Woraufhin der Tunesier bedauernd die Schultern hob, runde Teppiche fertige man nicht.

Zum Leidwesen seiner Frau habe Frank dann noch drei Teepausen in anderen Häusern eingelegt und sie wären schneller als beim ersten Versuch davon gekommen, weil niemand einen runden Teppich hatte.

Die Frauen hörten vergnügt zu und Manu hatte den Einfall, das Ganze würden sie am nächsten Tag mit Frank wiederholen. Falls er mitmache. Viola war nicht minder begeistert. Das könne man gleich mit einem Ausflug in die Stadt verbinden. Frank war einverstanden. Er hoffte insgeheim, dass sich keiner der Händler an den listigen deutschen Sammler runder Teppiche erinnern würde. Ihm kam der blaue Laden in den Sinn. Die Lösung lieferte Viola, die den Nachmittag für die Tour vorschlug. Seinen Einkauf konnte er gleich nach dem Frühstück erledigen. Dafür würde er sogar Volleyball sausen lassen.

Niemand war da, der ihn warnte: »Stopp, mein Freund. Du näherst dich gewissen Turbulenzen. Die Folgen kennst du. Ist nichts vom dem hängen geblieben, was du erlebt hast?«

Von dem Ansinnen Manus, Frank nach dem Essen an die Bar zu schleifen, war keine Rede mehr. Sie entschloss sich, auf dem Zimmer den Hinterlassenschaften der Sonne Ruhe zu gönnen. Sie bestand jedoch darauf, keiner möge auf sie Rücksicht nehmen. Die beiden »Bleichlinge« würden auch ohne sie zurechtkommen.

Viola und Frank trafen sich ein wenig später an der Hotelbar. Sie wählten einen Tisch, der ein wenig abseits vom lauten Getümmel am Tresen stand. Der dunkelhäutige Barkeeper kam.

Viola bestellte ein Glas Sekt.

»Doppelter Whisky, wie gestern?«, blinzelte der dunkelhäutige Mann fragend den erschrockenen Binder an. Der gewann die Fassung schnell zurück und sagte, er würde doch lieber ein Tonic-Wasser ohne Eis bevorzugen.

»Eine Verwechslung«, war Viola überzeugt. Oder der schlaue Fuchs habe genügend Tricks auf Lager, um die teuersten Getränke an den Mann zu bringen. Binder stimmte ihr selbstredend zu. Unsicher schaute er dennoch in die Runde, ob der Geschäftsmann, der ihm den Tipp von dem Laden gegeben hatte, an der Bar hockte. Noch eine Verwechslung konnte er sich nicht leisten. Aber von dem war nichts zu sehen.

Übermütig musterte Viola Frank. »Was hältst du von einem bisschen Frischluft am Strand, sobald wir ausgetrunken haben?«

»Viel«, reagierte er zustimmend.

Nur ein spärliches Licht fiel auf den nun einsamen Strand. Vorsorglich warnte er Viola, falls sie eine liegende Gestalt wahrnehmen sollte. Das sei nur ein Hotelwächter. Abermals spürte Binder ihre Hand in der seinen, unsicher zudrückend. Sie trafen auf den Wachmann, der mit einer Kapuze über dem Kopf gespenstig wirkte. Freundlich grüßend gingen sie an ihm vorbei und liefen weiter durch den feinen Sand, blieben schließlich stehen und schauten schweigend auf den sternenklaren Himmel. Im Hintergrund schnaubten Pferde, denn das Hotel verfügte über ein eigenes Gestüt mit phantastischen Berberpferden.

Zögernd legte Frank den Arm um ihre Schulter. »Und was jetzt«, fragte er unsicher.

Viola sah ihn an und schmiegte sich fest an seinen Körper. Er spürte, wie ihr Herz pochte. Sie küssten sich lange, immer wieder strich er liebkosend über ihre Haare, ihre Schultern und über ihre prallen Brüste. Sie ließ ihn gewähren, drückte ihn noch fester an sich.

Als sie nach einer Weile zum Hotel zurückgingen, blickte Viola ihn fragend an. Minuten später waren sie in seinem Zimmer.

»Und jetzt«, entfuhr es ihm erneut. Er führte sie zur Balkontür und umfasste sie zärtlich. Sie sahen einander ratlos an, um möglichst herauszufinden, was im jeweils anderen Kopf vorging.

»Ich weiß es nicht, ich weiß es wirklich nicht«, sagte Viola mit leiser Stimme. »So sehr ich dich will.«

»Ich weiß es auch nicht«, gab Frank zu. Sie waren dabei, aus den Augenblicken des Glücks und der lustvollen Besessenheit schnurstracks in die Wirklichkeit zurückzukehren. Frank strich liebevoll über ihre Wange und meinte nachdenklich, dass sie beide es womöglich am nächsten Tag schon bereuen könnten. Besser, sie würden sich die Enttäuschung ersparen. Und die bohrenden Gewissensbisse, die sie unweigerlich mit nach Hause nehmen würden.

»Ich denke, wir schwanken im Moment wie zwei Seiltänzer«, sagte Frank, sie wiederum in den Arm nehmend.

»Sicher. Ein Fehltritt nur, und...«, stockte Viola. Sie küsste ihn heftig, dann suchte ihr Mund seine Wange. »Gut so«, fragte sie mit ihrem offenen, gewinnenden Lächeln.

»Gut so«, antwortete Frank.

Als Viola zur Tür ging, sagte sie freudig erregt, weil befreit von einer wohl bisher nicht gekannten Versuchung. »Es war ein schöner Abend, kommen wir lieber vom Seil herunter.«

Verwirrt blieb Binder zurück. Instinktiv schaute er auf die Uhr. Kurz vor zwei. Die Bar hatte längst geschlossen. Er öffnete die Mini-Ausführung in seinem Zimmer und entnahm ihr zwei kleinere Flaschen. Tief die frische Meeresbrise einatmend, setzte er sich auf den Balkon und leerte den ersten der Winzlinge. Ein eigenartiger süßlicher Geschmack blieb an seiner Zunge hängen. Das andere Getränk glich eher einem bitteren Klaren. Im Grunde waren ihm jedoch Aroma und Schärfe egal. Sie schufen die erhoffte Beruhigung. Binder erfüllte eine innere Regung der Zufriedenheit. Die Vernunft war stärker, so übermächtig die Versuchung auch gewesen sein mochte. Er war nicht der Typ für einen Seitensprung. Oder doch? Während seiner Reisen hatte sich schon die eine oder andere Möglichkeit geboten. Er nutzte sie nicht, da ihm sein Verstand davon abriet. Und Viola? Sie hatte ihn verunsichert. Sie war begehrenswert. Sie war Jana so ähnlich.

Schenkt man diversen Fernsehschnulzen und manchen öffentlich zur Schau gestellten Affären und Entgleisungen von Prominenten jeglicher Prägung Glauben, so waren Fremdgehen und spontane wie herzergreifende Wechsel der Partner durchaus gesellschaftsfähige Erscheinungen. Doch Viola war keine Ex-Gespielin irgendeines Formel-1-Bosses oder ein gewöhnliches Partyluder und Binder weder eine Sport-Gottheit, die ihren Lüsten in Hotel-Wäschekammern nachging, noch ein eitler Politiker in derweil vierter Ehe, der genügend Zeit und Geld zu haben schien, sich seine natürliche Haarpracht höchstrichterlich bescheinigen zu lassen und damit jedem untersagte, ihm die Färbung grauer Alterssträhnen zu unterstellen.

Nahm man allein die Heiratslust einiger prominenter Politiker in Augenschein, so wäre man nicht über eine Reform der Beziehungen zwischen Mann und Frau verwundert. Alles Mögliche wurde und wird reformiert. Warum soll bei diesem Drang des Umgestaltens nicht auch die Mehrfach-Ehe herausspringen? Das brächte eventuell sogar einen Zuwachs an Nachwuchs, und die Wirtschaftsweisen müssten neu nachdenken über unsere demografische Entwicklung mit all den Folgen. Verwirrende Moralvorstellungen einer Spaßgesellschaft. Das Wort gehörte auch in die Reihe von neu geprägten Begriffen, doch keiner wusste im Grunde, wo welcher Spaß anfing und wo er aufhörte. Freilich kannte Binder verheiratete Kollegen, die auch ohne staatlich verordnete Reform jedem Rockzipfel hinterher liefen.

Bei all diesen Abschweifungen übersah er allerdings, dass seine Besonnenheit gegenüber Viola ihn nicht davon abgehalten hatte, die Minibar zu öffnen. Er tanzte sorglos auf einem anderen Seil. Ohne auf die Balance zu achten. Doch diese offensichtliche Widersinnigkeit wies er strikt von sich. Er ignorierte einfach den lehrbuchmäßigen Seitensprung eines trockenen Trinkers. Erste Fehltritte hatten ihn noch auf dem Seil belassen.

Den Etiketten der kleinen Flaschen entnahm er, dass es sich um besagte Getränke handelte, die in dem blauen Laden erhältlich waren. Boukha hieß der Feigenschnaps, der mit 50 Prozent ausgewiesen war. Thibarine, der Dattellikör, vor dessen immenser Wirkung der Geschäftsmann an der Bar gewarnt hatte. Binder notierte die Namen auf den Bierdeckel mit der Lageskizze. Das würde beim Einkauf Zeit sparen.

Das Frühstück verschlief er. Hektik kam auf, da sein bis ins kleinste Detail durchdachter Tagesplan zu kippen drohte. Binder wählte bewusst den Dattellikör aus der Minibar, den er auf nüchternen Magen hinunterkippte. Der versprach die raschere Wirkung. Erwartungsgemäß war er die Ruhe selbst, als er an der Rezeption ein Taxi nach Hount-Souk bestellte.

In der Furcht, auf Manu und Viola zu treffen, wartete er vor dem Hotel auf den Wagen, der rasch vorfuhr.

Binder reichte dem kräftigen Berbertypen am Lenkrad den

Bierdeckel mit der Skizze, die dieser erst zu deuten wusste, als er die darauf gekritzelten Namen entdeckte.

»Ah, Boukha, Thibarine. Ich wissen«, schaute er seinen Beifahrer bedeutungsvoll an. Binder hoffte, die Taxis würden des öfteren dieses Ziel ansteuern. Schnell war die fünfzehn Kilometer entfernte Stadt erreicht. Hupend bahnte sich der Fahrer den Weg durch ein Labyrinth enger Gassen, bis er vor einem blauen Haus hielt. Volltreffer. Binder machte dem freundlichen Berber klar, dass er sofort wieder zum Hotel zurück wollte.

Während der Taxifahrer einige einheimische Gestalten mit seiner barschen Stimme lauthals vertrieb, betrat der Gehetzte den Laden, der nur für Touristen bestimmt war. Beim ersten Hinsehen glich dieser eher einem schmuddligem Trödlergeschäft. Die mit Flaschen gefüllten Holzkisten beseitigten jeglichen Zweifel. Binder legte eilfertig seinen Pass auf den Tisch und schaute prüfend zu den Kisten. In der Erregung kam er nicht dazu, bedächtig auszuwählen. Er kaufte pärchenweise. Jeweils zwei große Flaschen Dattel und Feige, zwei mittlere und vier von der kleinen Likör-Variante, die sich auch in seiner Minibar befand. Dazu noch vier Päckchen getrockneter Früchte. Der Verkäufer würdigte ihn keines Blickes. Er war sich seiner gehobenen Stellung bewusst, denn wer zu ihm kam, der würde auf alle Fälle etwas mitnehmen. Anders als in einem Teppichhaus.

Mit dem vollen klimpernden Plastikbeutel stieg Binder glücklich ins Taxi.

»Oh, Boukha für ganzes Hotel«, säuselte der Chauffeur kopfschüttelnd und gab Gas.

Sein Fahrgast dachte daran, dass er diesen Verschlag, wenn überhaupt, wohl erst nach Stunden gefunden hätte.

In seinem Zimmer schaute er auf die Mengen, welche er

gekauft hatte. Aber das war nichts anderes als die Vorkehrung, für alle Fälle gewappnet zu sein. Der Spritladen, paradoxerweise auch noch blau angestrichen, hätte aus irgendwelchen Gründen beim nächsten Mal Schließtag haben können. Binder trank in aller Seelenruhe eine der kleinen Flaschen Dattellikör und aß hinterher einige der getrockneten Früchte. So konnte er ganz locker zum Volleyball, da er dank des Berbers mit seiner kühnen Fahrweise wieder im Zeitlimit war.

Ihm fiel der gefaltete Zettel auf, den jemand durch den Türspalt geschoben hatte. »Wir haben dich beim Frühstück vermisst. Liebe Grüße Viola.«

Vorsichtshalber noch einen Kaugummi in den Mund schiebend, eilte er zum Strand und wurde mit einem »Hallo, auch schon auf den Beinen« begrüßt. Manu, die mit einem T-Shirt ihren Sonnenbrand schützte, fragte kess, ob ihm der Harem-Kurs zu sehr mitgenommen habe. Viola gab ihm einen Klaps auf den Hintern und flüsterte, sie habe sich schon Sorgen gemacht. Er war in allerbester Laune, von Müdigkeit nicht die geringste Spur.

Binder war dabei, sich für die versprochene Teppichhaus-Tour zu rüsten, als es zaghaft an seiner Tür pochte.

»Moment«, erschrak er und verstaute den Flaschenbeutel im Kleiderschrank. Viola stand vor ihm, als er öffnete.

»Darf ich kurz reinkommen?«, fragte sie.

»Natürlich.«

Die blonde Verführung wirkte entgegen ihrer sonstigen Unbeschwertheit schüchtern. Sie schaute verlegen zur Balkontür. »Mir geht der gestrige Abend nicht aus dem Kopf. Ich denke an zu Hause, und dann stehst du wieder vor mir. Wir hätten beinahe eine riesengroße Dummheit begangen, oder?«

»Du musst dir keine Vorwürfe machen«, erwiderte Frank. »Du hast keinen Mönch vor dir«, versuchte er es in laxem Ton. »Ich glaube, wir waren beide vernünftig genug, es zu lassen«.

Viola fand ihr Lächeln zurück. »Also bleibt es bei unserer Fahrt?«

»Klar, was sollte uns daran hindern. Es ist doch nichts passiert.« Binder legte seine Hände auf ihre Schultern und küsste ihre Wange. »Alles o.k.?«

»Alles«, sagte sie und verschwand.

Er nahm noch einen kräftigen Schluck Likör und verschlang hurtig die übrigen Datteln. Er putzte sich die Zähne, verstaute in den Taschen seiner Cargo-Hose zwei kleine Flaschen, die Kaugummis und seine Zigaretten. Spätestens in dieser Situation hätte es dämmern müssen, dass diese penible Art der Vorsorge, aus einem bestimmten Grund nicht auffällig zu werden, die Vorboten schlimmster Episoden gewesen waren. Doch Binder hielt beharrlich daran fest, alles unter Kontrolle zu haben.

Ungeniert schnüffelte Manu, als die Drei im Taxi saßen. Irgendein süßlicher Duft fliege durch das Auto, glaubte sie zu wissen. Frank hielt erstarrt die Luft an. Der Likör. Wiederholt hatte ihn Manu spaßig gepiesackt, ob er das Abstinenz-Gen geerbt habe. Viola fand diese Art von Hinterfragung weniger lustig. Sie trinke selten und ihr Mann so gut wie gar nicht. Sie musste Manu offenbar den Schalk ausgetrieben haben, denn diese Späße blieben aus. Den süßlichen Duft erklärte Frank, der seine Sicherheit zurückgewann, damit, dass er Datteln gegessen habe. Das Thema war abgehakt.

Bevor sie die teespendenden Teppichhäuser angriffen, nahm Frank den beiden vor Unternehmungslust sprühenden Frauen den Eid ab, ernst zu bleiben. Hemmungslose Ausbrüche von Heiterkeit seien tabu, er habe keine

Ambitionen, aus einem Laden zu fliegen.

Beim letzten Test, es war der vierte, überlies Frank der sich vergeblich wehrenden Manu die Regie. Um dies zu untermauern, suchte er kurzerhand die Toilette auf, die sich in einem wunderschönen begrünten Innenhof des Hauses befand. Er lehrte hastig die beiden Liköre, steckte sich gleich zwei Kaugummis in den Mund und fragte nach seiner Rückkehr den Händler, ob er statt der Kekse auch getrocknete Datteln oder Feigen anbieten könne. Dieser konnte, in Erwartung eines guten Geschäftes. Alle drei griffen tüchtig zu und Frank merkte plötzlich, dass die Warnung vor dem Likör seine Berechtigung gehabt hatte. Im Kopf kreiselte es leicht. Sie entkamen auch diesem Laden, da es nach wie vor keine runden Teppiche gab.

Viola und Manu ließen den angestauten Lachsalven endlich freien Lauf, als sie aus dem Haus kamen. Sie alberten mit Frank über den Markt, quittierten das aufdringliche »Guter Preis« der jungen und alten Händler mit frechfröhlichen Bemerkungen, die sowieso keiner verstand. Binder kostete seinen Erfolg aus, den er den beiden Begleiterinnen mit diesem Jux bereitet hatte.

»Das war absolute Spitze Frank«, jubelte Manu auf der Rückfahrt zum Hotel.

Die innere freudige Erregung steigerte er in seinem Zimmer mit einem Feigenschnaps, der Wirkung wohlschmeckender destillierter Datteln war er sich noch bewusst. Er zog seine Badeshorts an und ging mit dem Handtuch über der Schulter zum Strand. Je weiter er hinausschwamm, desto erfrischender wirkte das Wasser. Etwas abseits am Strand sah er Manu und Viola liegen. Ihnen wollte er mit seiner Fahne, die man unweigerlich bemerken würde, aus dem Wege gehen. Sie waren zu sehr mit sich beschäftigt, um ihn zu entdecken. Wie ein Dieb schlich er sich durch die Reihen der Sonnenschirme ins Haus. Er füllte ein Glas und besah die Vorräte. Er würde gar noch Reste hinterlassen. Alles im grünen Bereich.

Absichtlich erschien Frank später zum Abendessen, da die beiden dann bereits ein Glas Wein getrunken hatten. Seiner ursprünglichen Erfahrung nach würde sein verräterischer Atem nicht auffallen. Ohne auch nur im Ansatz daran zu denken, hatte er auf seine althergebrachten Regeln zurückgegriffen.

Viola und Manu hatten sich hübsch gemacht, dezent geschminkt und trugen aufreizend enganliegende und kurze Kleider. Er musterte die beiden mit einem offenen, unaufdringlichen Blick.

»Ihr macht mich sprachlos«, sagte er schließlich. Ein schlichtes Kompliment, das die Schönheiten ungeduldig erwartet hatten.

Sie würden Frank mitnehmen in die Disco im nebenliegenden Hotel. Widerstand wäre zwecklos, entschied Manu. Das sei ihr Dank für den verrückten Nachmittag. Frank geriet zwangsläufig wieder in Wallung. Violas Anblick und die Disco oder die Aussicht auf einen Feigenschnaps-Abend mit sich allein auf seinem Zimmer? Da er dermaßen bedrängt wurde, blieb ihm nichts anderes übrig, als die Einladung anzunehmen. Umso schneller hetzte er ins Zimmer, zog sich um, genehmigte sich einen ausgedehnten Schluck gleich aus der Flasche, bestäubte Mund und Rachen ausgiebig mit Mentholspray, welches er für diese Zwecke ursprünglich nicht eingepackt hatte.

Die Disco erwies sich als eine harmlose schummrige Tanzbar, die durch eine Live-Band beschallt wurde. Es dauerte nicht lange und Manu hatte einen Tänzer am Haken, einen der Volleyballer. Die beiden zogen sich, angeregt plaudernd, an die Bar zurück. Binder redete drauf los, da er genau das Maß an Feigen-Schnaps intus hatte, das ein ungezwungenes Gespräch ohne eine schwere Zunge zuließ. Der alkoholfreie Früchte-Cocktail vor sich machte ihn noch sicherer.

»Komm, lass uns tanzen«, unterbrach ihn Viola. Eintönige Kuschelmusik erklang. Sie schmiegte sich an ihn und legte ihren Kopf an seine Schulter.

»Alles in Ordnung«, flüsterte Frank ihr ins Ohr.

Sie schüttelte den Kopf. »Du strahlst eine unheimliche Ruhe und Sicherheit aus, die einen aus der Fassung bringen kann.«

Frank griff nach ihrer Hand. »Du irrst. Du machst mich unsicherer, als du denkst.«

Viola gewann ihre Ausgelassenheit zurück und zog ihn unentwegt auf die Tanzfläche. Manu kam irgendwann an den Tisch zurück. »Ciao ihr beiden. Wir gehen noch ein Stück.«

Viola und Frank wählten den Strand, als sie zurück zu ihrem Hotel gingen. »Das war wohl unser letzter gemeinsamer Abend ohne Manu«, sagte Viola. Sie zog ihn zu sich heran und küsste ihn so inbrünstig, dass Frank das Beben ihres Körpers verspürte. »Schlaf gut«, verabschiedete sie sich schnell. »Bevor wir unseren Vorsatz doch vergessen.«

Mit der großen Flasche Likör fand sich Binder auf seinem Balkon wieder. Was gefiel Viola an ihm? Die Überlegenheit, die er ausstrahlte. Warum hatte er dieses liebenswürdige und offenherzige Wesen so scheinheilig getäuscht? Dabei war er die Aufruhr in Person, die das ständige Pendeln zwischen Hochstimmung und Missmut, zwischen einer Romanze und einem Absturz verursachte. Er spielte den ehrbaren Abstinenzler und hatte den Kleiderschrank voller Flaschen. Er nahm einen übermäßigen Schluck. Und noch einen, und noch einen. So überwand er das ihn peinigende Gewissen und übersprang die Schwelle zur Gleichgültigkeit.

Der Morgen dämmerte, die Flasche war leer. Einer blitzartigen Eingebung folgend hängte er das Schild »Bitte nicht stören« an die äußere Klinke der Zimmertür. Er torkelte zum Bett, kam ins Straucheln, knallte gegen eine Kante und fand sich auf dem Boden neben seinem Bett wieder. Nur für Bruchteile von Sekunden spürte er einen Schmerz im Oberschenkel. Verbissen zog er sich auf das kreisende Bett.

Der Rausch ließ ihn erst am späten Vormittag erwachen. In seinem Kopf hämmerte ein alter Bekannter. Ein fader Geschmack belegte den Gaumen, vor seinen Augen flimmerte es. Nur mühsam gelangte er ins Bad, unfähig, sich unter der Dusche aufrecht zu halten. Da er dies alles schon durchlebt hatte, wusste er sich nur damit zu helfen, die nächste Flasche zu öffnen. Dann erst kehrten die ersten seiner Lebensgeister zurück. Zögerlich bahnte sich die Erkenntnis ihren Weg, dass er die Kontrolle über sich und seine private Bar verloren hatte. Der einzige Gedanke, der ihn erfasste, war, er musste mit Anstand aus diesem Schlamassel kommen. Verdammt noch mal, wie war der handflächengroße blaue Fleck auf seinen Oberschenkel gekommen?

Und Jana? Er hatte sie nicht mehr angerufen. Krampfhaft überdachte er alle möglichen Ausflüchte, die er sofort wieder verwarf, weil ihm keine einzige glaubhaft erschien. In seinem Kopf war das Chaos ausgebrochen. Tröstend fiel ihm ein, wovor ihn der Fremdling an der Hotel-Bar gewarnt hatte. Ein Glas Likör zuviel, und der nächste Tag würde ausfallen. Binder verfiel erneut in einen Minuten-Schlaf, schüttete nach dem Erwachen, nun zaghafter, einen Feigenschnaps hinunter. Er wurde ruhiger und sah die Welt etwas klarer. Einer der

Volleyballer hatte von einer Grillbar im Nachbarhotel erzählt, die jedem zugänglich sei. Dort könnte er einen Happen essen. In dieser Verfassung würde er Viola und Manu nur verschrecken.

Das Zeremoniell, aus einem verkaterten und zerfurchten Mann ein halbwegs vorzeigbares Individuum zu machen, nahm einige Zeit in Anspruch. Binder aber war nach einem erneuten Schluck überzeugt, sich der Allgemeinheit präsentieren zu können. Unsicheren Schrittes gelangte er über den verwaisten Strand zur Grillbar. Sein Magen nahm die Hähnchenkeule und die Pommes dankend an. Binder genehmigte sich noch einen doppelten klaren Boukha, mit dessen Hilfe er an Lebendigkeit gewann.

Seine einzige Sorge war bei der Rückkehr, Viola im Foyer zu begegnen. Doch die beiden saßen anscheinend längst im Restaurant. Binder beeilte sich, in sein Gelass zu kommen. Der Likör hatte ihm soviel Respekt eingeflößt, dass er beim Boukha blieb. Alles im Lot, dachte er zuversichtlich. Weit öffnete er die Balkontür, sich dessen jedoch nicht bewusst, dass sein Zimmer erfüllt war von Alkohol-Dunst und Zigarettenqualm, wie in einer Dorfkneipen-Stube.

Er fuhr zusammen, als das Telefon läutete. Viola.

»Was ist mit dir?«, fragte sie fürsorglich. »Ich habe es schon ein paar Mal versucht. Warum bist du nicht zum Essen gekommen?« Die Stimme überschlug sich förmlich.

»Mich hat es offenbar erwischt«, fiel ihm keine andere Antwort ein. »Genauer, mein Magen und mein Darm rebellieren«, spann er das Lügennetz der Notlage folgend weiter.

»Ich bin gleich da und bringe dir Tabletten, die helfen bestimmt«, sagte sie und legte den Hörer auf, bevor er den geringsten Einwand äußern konnte.

Viola stand in seinem Zimmer, ohne eine Antwort auf ihr Klopfen hin abzuwarten. Sprachlos, mit einem Ausdruck des Entsetzens. Ihr Blick erfasste das Chaos, leere und angebrochene Schnapsflaschen.

»Um Himmelswillen, was ist das«, schaute sie Frank an. Sie übersah auch nicht das ramponierte Bein. Er saß apathisch auf seinem Bett, ihren Augen ausweichend. Und wissend, dass jeglicher Versuch einer Erklärung sinnlos gewesen wäre.

»Du hast mir, uns, die ganze Zeit etwas vorgegaukelt«, sagte sie fassungslos.

»Nicht ganz«, wagte er zu erwidern. »Ich trinke eigentlich nicht. Es ist zu kompliziert, dir das zu erklären«.

»Sag es, wenn ich dir helfen kann. Ist was passiert«, blickte sie ihn flehendlich an.

»Nein, nein.«, richtete er sich auf und sah sie an. »Es ist ein Problem, das ich selber klären muss.«

Viola rollten Tränen über ihre Wangen. »So kann man sich doch nicht in einem Menschen täuschen«, schluckte sie.

»Wenn du willst, rede morgen mit mir darüber. Ich lass dir trotzdem Tabletten hier, Manu muss nicht wissen, was mit dir wirklich los ist.«

»Erwischt, zum Teufel noch mal«, überfiel Frank Binder eine Welle des Selbstmitleids, als er wieder allein war. Nach einem Glas, das seinen Pegel über das vertretbare Maß ansteigen ließ, schwor er sich insgeheim, den letzten Tag trocken über die Runden zu kommen.

Die Bräune in seinem Gesicht konnte am Morgen danach nicht alles maskieren, was der Alkohol hinterlassen hatte. Dennoch zeigte sich Viola überrascht von seiner Wandlung, und Manu begnügte sich mit der anteilnehmenden Feststellung, er sehe ziemlich mitgenommen aus. Binder quälte sich zum Volleyball und empfing zu seiner Verwunderung das

Bedauern einiger Mitspieler. Die redselige Manu hatte seinen »Durchmarsch«, der jedoch ein anderer war, als alle außer Viola annahmen, nicht für sich behalten können.

Manu war nach dem Abendessen mit ihrem Lover verschwunden. Frank gelang es, Viola noch in die Teestube zu lotsen. Er wirkte erholter. Merklich erleichtert nahm sie ihm ab, dass ein völlig frustrierter Frank Binder in diesen Exzess geraten sei. Angestauter Ärger in der Redaktion, der Urlaub ohne seine Frau, die urplötzliche Versuchung Viola – all das habe seine Gefühlswelt in eine ihm fremde Schieflage gebracht. Im Grunde war nichts von dem erlogen. Nur eines verschwieg er. Dass er kein Abstinenzler aus einer x-beliebigen Gewohnheit heraus war, sondern ein gewohnheitsmäßiger Trinker mit dem freiwillig auferlegten Verzicht von Alkohol. Der Abschied war kurz und herzlich, wie es sich Frank gewünscht hatte.

Seiner Schieflage getreu machte Binder Anstalten, die Flasche des Dattellikörs zu leeren. Allzu weit kam er nicht, da er sich schnell wieder im Rausch befand. Herrje! Er musste sich ja bei Jana melden.

»Hallo, mein Schatz, morgen hast du mich wieder. Ich fliege pünktlich los«, gab er sich redliche Mühe, normal zu wirken. Doch die nachfolgenden Fragen seiner erregten Frau, die jeden Abend vergeblich auf seinen Anruf gewartet hatte, lösten bei ihm nur noch unverständliche Wortfetzen aus.

»Frank, was ist los«, hörte er sie wie aus der Ferne schreien.

»Nichts.« Mehr brachte er nicht heraus.

Jana wusste, wie es um ihn stand. Sie legte den Hörer auf.

In seiner Verbitterung, sich vollends verraten zu haben, legte er noch ein Glas nach. Das Erwachen am folgenden Morgen gelang ihm unter Zuhilfenahme eines Feigenschnapses in der letzten ihm verbliebenen Flasche. Die Furcht vor der

Ankunft in Berlin beherrschte ihn mittlerweile mehr als der furchtbare neuerliche Kater. Unbeholfen packte er seinen Koffer, hektisch suchte er nach seiner Brieftasche. Bei diesem Durcheinander in seinem Kopf vergaß er aber nicht, den restlichen Boukha zu trinken.

Wie er in den Transferbus und zum Flughafen gelangte, wusste er nicht. Er kam erst zur Besinnung, als ihn die Flugbegleiterinnen seltsam musterten und ihn wie einen tattrigen Greis zu seinem Platz führten. Da der Flieger nicht vollständig besetzt war, fand Binder sich in einer freien Dreierreihe ohne Nachbarn wieder.

Er hörte nach dem Start eine Frauenstimme hinter sich brummen. »Mensch, der Suffki hat aber tüchtig zugelangt.«

Den umsichtigen Damen vom Bordpersonal war es zu danken, dass Binder während des dreistündigen Fluges in die reale Welt seines Daseins zurückkehrte. Dafür hatten Unmengen Tee und Wasser gesorgt. Diese Privilegien genoss er wohl auch deshalb, weil sich die Crew ein besonderes Vorkommnis ersparen wollte.

Landung. Die gefühlte Nüchternheit lag, dem Sprachschatz der Meteorologen gemäß, bei null Prozent, als Binder das Empfangskomitee in Gestalt Janas und Arnes entdeckte. Diese wiederum schienen überrascht, einen Mann auf sie zukommen zu sehen, der nicht mal torkelte. Nur die widerliche Fahne beschrieb das ungefähre Maß an Prozenten, das der braungebrannte Ankömmling im Blut hatte.

Die Begrüßung war sachlich und kühl. Anders hatte es Binder nicht erwartet. Er müsse mal schnell auf die Toilette, ließ er verlauten.

Arnes prompte Reaktion: »Ich komme mit«.

Sein Vater vergaß das Pinkeln. Dessen Unruhe steigerte sich, als er mitbekam, dass Arne nicht geradewegs nach Hause zu fahren gedachte. Wortlos ging es durch die inzwischen spätabendliche Stadt. Sie hielten schließlich vor einem Backsteingebäude, das Binder in Sekundenschnelle gefrieren ließ. Ein ihm vertrautes Krankenhaus.

»Bloß das nicht«, blickte er hilfesuchend Jana an.

»Lass mal gut sein. Wir glauben, es ist das Beste für dich, wenn sie dich erst mal hier behalten«, sagte Arne in ruhigem aber bestimmten Ton, der jeden Widerspruch ausschloss.

Das Häufchen Elend wurde der diensthabenden Stationsärztin der Suchtklinik vorgestellt. Sie führte Binder in den Behandlungsraum, maß Puls und Blutdruck, schaute sich die Pupillen an und befragte den sich in höchster Erregung befindlichen Rückfälligen, wie lange und wie viel er getrunken habe.

»Bewusstlos gewesen?«

»Nein.«

»Sonstige Aussetzer, Gedächtnislücken?«

»Nein, glaube ich.«

»Wie lange waren Sie trocken?«

»Wohl mehr als zwei Jahre.«

Nachdem die Ärztin ihren Fragebogen abgearbeitet hatte, lehnte sie sich zurück. »Typisches Ballermann-Syndrom.«

»Ich war auf Djerba«, wagte er zaghaft zu widersprechen.

»Ich meine damit, dass sie ganz schön gebechert haben«, bemühte sie sich, ernst zu bleiben. »Ein klassischer Rückfall. Er ist nicht so schlimm, um Sie bei uns aufnehmen zu müssen«. Sie schob ihm ein Blatt über den Tisch. »Unterschreiben Sie bitte. Ich kann Ihnen nur eines ans Herz legen. Begeben Sie sich morgen umgehend in eine ambulante Sucht-Behandlung.« Mit zittrigen Fingern setzte Binder seinen Namen unter die Erklärung.

Damit hatten der Absturz in Djerba und seine unerwartete

Einlieferung in die Klinik eine für ihn glückliche Wendung genommen. »Lass uns heute nicht mehr reden«, sagte Jana nur, als sie zu Hause ankamen. Ohne ihn auch nur eines Blickes zu würdigen. Er schlief im Ehebett, Jana im Wohnzimmer auf der Couch.

Tags darauf saß er im Warteraum der Sucht-Ambulanz, die er zwei Jahre lang nicht in Anspruch hatte nehmen müssen. Immer noch benommen, nicht tauglich, die letzten Tage lückenlos zu erfassen. Auch die Ärztin wusste natürlich, was die Glocke geschlagen hatte, als die trostlose Gestalt in ihrem Zimmer stand. Sie unterschied sich von anderen Ärzten, die man gelegentlich aufsucht. Sie bedauerte die Anwesenheit eines Patienten. Und sie musste nicht fragen, was ihm fehle. Sie benötigte nur die Angaben zur Dauer seines Drahtseilaktes, zur Menge der Getränkeeinheiten und prüfte das seelische wie körperliche Befinden. Danach richtete sich der Verlauf einer Pillen-Therapie, die dafür sorgte, dass er pünktlich an seinem ersten Arbeitstag wieder auf beiden Beinen stand und Herr seiner Sinne war.

Es bedurfte einiger Zeit, ehe er, vor allem jedoch Jana und Arne, dies alles verdaut hatten. Wie man es auch nennen sollte: Rückfall, Seitensprung, Seiltanz oder Absturz. Es machte keinen Unterschied. Das Misstrauen seiner Frau zog sich widerborstig in die Habacht-Stellung zurück. Das war angesichts seines kläglichen telefonischen Reinfalls am letzten Djerba-Abend umgehend zur Stelle gewesen. Auch wenn der Notfall-Plan mit der Fahrt in die Klinik im Nachtrab der Ereignisse womöglich überzogen schien. Aber Frau und Sohn wollten eigentlich nur das Bestmögliche tun für ihn, hilflos dieser unverhofften Situation ausgesetzt.

Djerba hatte bei ihm ohnehin bleibende Einsichten hinterlassen. Dem ersten Glas folgen in der Regel das zweite, das dritte und dann die ganze Flasche. Wer sich aufs Hochseil begibt, nimmt das Risiko mit.

Wochen später überraschte Jana ihren Mann mit einem Brief-Kuvert, das auf seinem Bettkissen lag. Adressiert an ihn, mit dem Vermerk: »Bitte erst auf Djerba öffnen!« Neugierig las er den darin befindlichen Zettel. Er beinhaltete diesen Spruch:

Es hat keinen Sinn, Sorgen in Alkohol ertränken zu wollen, denn Sorgen sind gute Schwimmer.

Robert Musil,
Erzähler und Dramatiker

»Ich wollte dir den Brief erst obenauf in den Koffer legen. Dann kam ich mir doch ziemlich albern vor, dir mit dem erhobenen Zeigefinger ein paar schöne Tage zu wünschen«, gestand Jana.

»Hättest du das mal lieber getan«, stellte Frank fest. Es sei in der Tat ein fataler Irrtum, angehäuften Frust und die Wut über eine faule Chefin mittels Schnaps abbauen zu können. Der Verfasser dieses Sprüchleins hätte aber auch sagen können, zwei mal zwei ergibt vier. Belanglos. Es würde niemanden animieren, über die einfachste Mathematik nachzudenken. Wie rätselhafter erschienen dagegen die Formeln, den Verstand des Menschen zu seinem Verhalten ins Verhältnis zu setzen. Womöglich musste Binder wirklich erst ans Mittelmeer fliegen, um sich davon zu überzeugen, dass Sorgen gute Schwimmer sind.

Er gab sich einen Ruck. Es war an der Zeit, die komplette Beichte abzulegen. Frank schilderte seiner Frau die Begegnung mit der jüngeren hübschen Physio-Therapeutin Viola. Jana hörte aufmerksam zu und fragte schließlich eindringlich nach: »Das ist wirklich alles, ja?«

»Alles«, versicherte er.

Jana war bereit, auch dieses Kapitel Djerbas abzuschließen. »Einen zweiten Seitensprung hätte ich nie und nimmer verkraftet.«

Frank Binder waren seine verunglückten Seiltänze zu sehr unter die Haut gegangen, um dieses Kapitel sofort zu streichen. Natürlich musste man unweigerlich vom Seil fallen, sofern man an Stelle der Balance-Stange eine Flasche Feigenschnaps wählte. Aber warum hatte er sich dieser so einleuchtenden Logik widersetzt? Er, der meinte, alles über einen Trinker zu wissen. Er, der überzeugt war, mit dieser Krankheit umgehen zu können. Binder fand, nach Djerba sei es höchste Zeit, eine Kur für Abhängige anzunehmen, gegen die er sich lange genug gewehrt hatte.

Wanderungen und Wandlungen

An das breitgestreckte helle Haus schmiegen sich behaglich kleine Türmchen. Es erinnert an eine gräfliche Behausung aus alten Zeiten. Wären da nicht die Anbauten, die mit ihren gläsernen lichtdurchfluteten Verbindungsgängen den Baustil heutiger Tage offenbart und damit rein optisch einen epochalen Sprung innerhalb weniger Augenblicke gestattet. Umzäunt wird das Anwesen durch einen stillen herrlichen See und schier unendliche urige Wälder. Manche Leute im Ort sprechen nur von dem Haus »da oben«, weil es auf einem sanft ansteigenden Hügel liegt.

Unten im Ort überspringt man weit größere Zeitabstände. Etwa mit dem Überbleibsel eines Nonnenklosters, welches ein Graf von Ruppin und Lindow Ende des zwölften oder Anfang des dreizehnten Jahrhunderts erbauen ließ. Genau weiß das keiner. Die Vermutung liegt nahe, dass erst das Kloster Lindow und dann die Stadt gleichen Namens entstand.

Warum dieser historische Exkurs? Das Nonnenkloster und das Haus »da oben« sind bei näherer Betrachtung ihrer Funktionen von gewissen Ähnlichkeiten nicht freizusprechen. Gemäß ihrem Glauben folgend führten die Jungfräulichkeiten ein entbehrungsreiches asketisches Leben. Um das Nötigste zu sichern, mögen sie aus Kräutern und Trauben prozenthaltige Medizin für Magen und Darm gemixt haben, die ihnen auf dem Markt ein paar Taler einbrachten.

Im Haus »da oben« ist eine Klinik der modernen Welt untergebracht. Irrtümlicherweise erkoren deren Insassen die neuzeitlichen Mixturen in Form von Wein, Bier und Schnaps zu ihrem Lebenselixier, um die aus allen möglichen Gründen verletzte Seele zu heilen oder schlichtweg die Vergnüglichkeit dauerhaft zu machen. Also nicht mehr gedacht für Magen und Darm. Im Haus oberhalb des Klosters wird im übertragenen Sinne ebenso Enthaltsamkeit gepriesen.

Nur die Prediger sind weder Äbtissinnen noch Pröpste, sondern psychologisch studierte Therapeuten. Sie predigen auch nicht, sie reden vornehmlich über missliebige weltliche Erscheinungen und reale Gebote. Die Andächtigen entbehren jeglicher Jungfräulichkeit und denken mehr oder weniger gläubig darüber nach, ob und wie sie den Abgründen des Alkohols entkommen wollen.

Zu denen würde nun Frank Binder gehören, der mehr als zwei Jahre ohne seinen aufdringlichen Verfolger Alkohol gelebt hatte und dies nicht einer Gottheit dankte, vielmehr dem Glauben an seine Vernunft und an den eigenen Willen. Und der nicht etwa Dionysos, dem Gott des Weines und der Lust die Schuld zuwies an seinem rasanten Rückfall auf Djerba. Im Haus auf dem märkischen Hügel wollte er eigene Antworten auf diese Entgleisung finden.

Drei Monate Kur der Entwöhnung. In einer Gegend, die Fontane in seinen »Wanderungen durch die Mark« als vollendete Schönheit beschrieb, in der jeder Fußbreit belebte und dazu einlud, die Seele baumeln zu lassen. Obwohl Binder bei seinen Streifzügen die Stille des Waldes wie das Rauschen der Kiefern begierig aufsaugen wird. Für ihn wird es eine Wanderung ganz anderer Natur werden, eine Wanderung durch einen Teil seines Lebens. Und seine Seele wird nur dann ein entspannendes verträumtes Baumeln gestatten, wenn sie genug hat vom Nachdenken über Trinken, Abhängigkeit und Abstinenz. Dann wird sie sich einfach eine Pause nehmen.

Ob Kur oder Therapie. Binder wusste, diese würde zweifelsohne eine andere sein, als die langwierige Behandlung eines Fußballers, der nach einer Operation seines Kreuzbandes wieder laufen lernt. Was erwartete er? Dass er gewissermaßen seinen Kopf in die Inspektion gab und fremden Leuten unfrisiert einen tiefen Einblick in seine Gedankenwelt gestattete, selbst wenn es schmerzlich sein würde.

Auf ihn warteten unzählige Gespräche. Was ihm wiederum gar nicht so befremdlich erschien, da er Gespräche liebte. Ein Journalist brauchte sie. Ein guter Disput brachte einen guten Artikel. Binder war geübt darin, Leuten intimste Dinge zu entlocken. Er konnte sich relativ schnell auf seine Partner einstellen. Bei den einen brauchte man Geduld und Fingerspitzengefühl, bei anderen von vornherein die knallharte Provokation. Es gab jedoch auch welche, die trotz aller Tricks verschlossen blieben. Solche Gespräche, die kaum ein gefülltes Notizblatt hinterließen, füllten zwar seine Menschenkenntnis auf, verweigerten ihm andererseits das Erlebnis eines Erfolges.

Was für ein Typ Mensch würde sein Therapeut sein? Auf alle Fälle jemand, der während seines Studiums kein Praktikum als Trinker absolviert hatte, um mit Abhängigen über deren Krankheit aus eigenem Erleben mitreden zu können. Ein Psycho-Analytiker musste ja auch nicht depressiv sein, um Depressionen zu behandeln. Und doch konnte er gewissen Zweifel nicht leugnen, ob seine Krankengeschichte und die Heilungschancen mit dem Bücherwissen eines Therapeuten zu erklären waren. Es ging um den Kopf, um Gefühle und um Merkmale des Verhaltens, die bei jedem Betroffenen anders geartet waren.

Umso erstaunter war Frank Binder, als der Chef der Klinik auf dem sanften märkischen Hügel den Neuankömmlingen ans Herz legte, die Einrichtung als eine Art von Dienstleistung anzusehen. Abgesehen von einigen Pflichtküren sollte jeder das an Angeboten heraussuchen, was ihm für sich selbst am besten geeignet schien. Die Hauptdarsteller seien sie, die Patienten. Kämen sie mit dieser Rolle nicht zurecht, würden sie genügend hilfreiche Partner finden.

Binder gefielen diese Worte. Er war auch angetan von dem witzigen aber durchaus treffenden Nachsatz: Wie viel Therapeuten brauche man, um eine Schraube in die Wand zu drehen? Im Prinzip reiche einer, vorausgesetzt, die Schraube wolle von sich aus in die Wand.

Folgte er dem Bilde nach der ironischen Fasson, so kam Binder in den Sinn, jeder der zu Behandelnden hatte in seinem Gehirn ein Schräubchen locker. Genau an jenem Sensor, welcher die Trinksitten steuerte. Und jeder wurde dazu ermuntert, es selbst nachzuziehen, falls er dazu Willens war, diese durchaus kompliziert erscheinende Reparatur vorzunehmen.

Herr Mehner war als sein Therapeut bestimmt worden. Herr Mehner war vom Äußeren her eher unauffällig. Oder doch nicht. Der skeptische Neuling vermerkte den gepflegten Bart und den kleinen schimmernden Stecker in dessen Ohrläppchen. Das wirkte nicht störend bei einem, der um die Vierzig sein sollte. Wohl der aufrechte Gang, frei jeglicher Hektik, sagte Binder zu, ebenso wie der kräftige Händedruck und die offenen, nicht ausweichenden Blicke Mehners. Besonders aber die ruhige, unaufdringliche Stimmlage ließ die Hoffnung keimen, dass Vertrauen aufkommen könne.

Sein Therapeut beherrschte auch die Kunst des Zuhörens, wie alsbald herauszufinden war. Und das war nicht unwesentlich. Aus eigener Erfahrung wusste das Binder zu beurteilen.

Es gibt aufmerksame, geduldige Zuhörer, die ein Gespräch beleben können, ohne ein Wort zu sagen. Anders der gelangweilend wirkende Zuhörende, der nichtssagend an die

Wand starrt und damit sein Desinteresse bekundet. Mit dem Ergebnis, dass der Erzählende sich schließlich mit der Wand unterhält. Die schlimmste Gattung bilden diejenigen, die völlig abwesend sind, zig andere Dinge erledigen und ab und an beiläufig sagen »Reden Sie nur weiter.« Die zerstören das Gespräch, bevor es im Grunde begonnen hat.

Mehner war glücklicherweise ein Zuhörer, der Lust machte, weiterzureden.

Das Zimmer des Therapeuten war kleingeraten, aber so geordnet, dass selbst noch ein stehender Hibiskus darin Platz fand. Obwohl die märkischen Kiefern fast ans Fenster klopften.

Unsicher und ein bisschen argwöhnisch hatte Binder deshalb dem Gespräch mit Mehner entgegengesehen, da ihm weniger taugliche Therapeuten bereits bekannt waren. Etwa der Mann aus der Sucht-Beratungsstelle mit einer bemerkenswerten Trinkerkarriere. Der hatte die lobenswerte Kraft gefunden, aus freien Stücken anderen helfen zu wollen. Binder brach die Beziehung nach drei, vier Sitzungen ab, da ihn der Ex-Trinker mit seinen Erzählungen mehr und mehr belastete und Binder zum Zuhörer machte. Er wäre dem Tod bei seinen zwölf Entzügen mindestens vier Mal von der Schippe gesprungen und empfahl Binder, ein Durchhalte-Tagebuch zu führen. Er erfuhr alles über den Therapeuten und der fast nichts über ihn. Binder wollte das Leben ohne Alkohol leben und sich nicht durchhangeln wie der Suchtberater.

Oder Karl, sein bester Kamerad in der Redaktion, der auch in schlimmen Trinkphasen zu ihm hielt. Karl, den Vollblutjournalisten, hatte man gekündigt, weil er mit seinen 54 Jahren zu alt und zu kostspielig war. Natürlich erfand man ein Lügengebälk, um die Entlassung zu rechtfertigen. Karl ertrug diese Demütigung nicht und suchte Hilfe bei einem

Psychologen. Das einzige, was dieser Karl, dem unermüdlichen Rackerer, anbot: Bei seiner edlen Abfindung könne er sich doch einen Garten anschaffen und Rosen züchten. Das beruhige ungemein. Der Fachmann behandelte Karls ernsthafte Störungen der Psyche so grobschlächtig wie ein Stadtreiniger die Mülltonne. Zwei Jahre später war der Ausgestoßene an Herzversagen gestorben.

Deshalb saß Binder jemanden wie Mehner misstrauisch gegenüber, der Einsicht nehmen wollte in seine Welt des Trinkens und der Gefühle, in Einsichten und Aussichten. Und es tat ihm wohl, dass dieser ihm weiter zuhörte, als Binder unversehens auf eben diese Pfade der vorsichtigen Annäherung auswich und selbst Fragen aufwarf. Damit jedoch brachte er nach seinem Empfinden das Konzept des Therapeuten durcheinander. Dieser hatte kein Problem damit.

»Wie sagt man, ein bisschen Misstrauen ist die Mutter der Sicherheit«, reagierte der eigentliche Fragesteller. »Sie müssen sich nicht entschuldigen und schon gar nicht rechtfertigen. Ich habe sogar eine gewisse Skepsis erwartet.«

Stirnrunzelnd hatte Mehner einige Male mit dem Kopf geschüttelt, während Binder erzählte.

»Sie können sicher sein, Ihnen wird hier niemand empfehlen, Rosen zu züchten. Über den Sinn oder die Unsinnigkeit eines Durchhalte-Tagebuchs könnten wir aber durchaus in der Gruppe reden. Ein interessantes Thema.«

Da Binder durch die uneingeschränkte Aufmerksamkeit seines Gegenübers sicherer wurde, sprach er das an, was ihn nicht loslassen wollte: Der unverhoffte Absturz auf der tunesischen Insel Djerba. Er unterschlug nicht die scheinbare Romanze mit der blonden Viola. Er war ehrlich genug, anzuerkennen, wie beängstigend kurz der Weg vom ersten Glas Whisky bis zum Leeren voller Flaschen gewesen sei. Die

Ursache sei ihm trotz aller Erfahrungen, aller Vorsätze und des Wissens über die Sucht rätselhaft geblieben.

Der Frust über eine faule und zudem noch hinterhältige Chefin wäre nur allzu verständlich, versuchte der Psychologe, den Faden aufzunehmen. Wie er das sehe, habe er, der Herr Binder, in seiner Einsamkeit auf Djerba einen tröstenden Pfeiler gesucht, an den er sich anlehnen konnte. In seinem Falle wären gleich zwei Trostspender zur Stelle gewesen. Der eine rein zufällig, nämlich die Frau, die seine Seele streichelte und deren Nähe seinem eigenen verletzten Ego so wohl tat.

Der andere Pfeiler hätte im Grunde nur darauf gelauert, sich nach zwei Jahren der Abstinenz wieder als Stütze anzubiedern. Während andere Abhängige den Rückfall bis ins Detail genau planen würden, wäre er bei Binder unverhofft eingetreten. Er habe das erste Glas nicht herbeigesehnt. Aber mit dem ersten Schluck hätte er bereits die Automatik eingeschaltet, die ihn zu den Flaschen geleitete. Allerdings wäre das heillose Durcheinander nur noch größer geworden, da er sich von keinem der beiden Trostspendenden trennen wollte und letzlich dann nur, wie abzusehen, die Flasche übrig blieb.

»Ein Rückfall, wie Sie ihn erlebt haben, ist noch keine Katastrophe. Er kann sogar durchaus nützlich sein«, sagte Mehner abschließend, da der nächste Gesprächspartner an die Tür klopfte. »Übrigens, auch diese Geschichte wäre ein Thema für die Gruppe. Danke für die Offenheit und für die Anregungen. Falls es Ihnen nichts ausmacht, werde ich beim nächsten Mal wieder der Fragende sein. Ich möchte mir ein vollständiges Bild über Ihre Person machen können. Und dazu gehört auch Ihre Historie – bis hin zur Kindheit. Ich muss Ihnen allerhand zumuten. Ich denke, Sie werden es verstehen.«

Keine Katastrophe. Binder war merklich verstört, wie

gelassen Mehner die Geschichte von Djerba aufgenommen hatte. Er hingegen sah darin schon ein überaus tragisches Ereignis, weil es das sichere Gefühl, mit der Abhängigkeit umgehen zu können, beträchtlich in Frage gestellt hatte. Ein Rückfall in alte Gewohnheit war weder eingeplant noch vorstellbar gewesen. Und das nach zwei Jahren, in denen es genügend Anlässe gegeben hätte, die Freude zu steigern oder Enttäuschungen und Probleme zu dämpfen. Waren Rückfälle etwa unumgänglich?

Er war froh, dass sein Seelenforscher in der Gruppe, die er noch gar nicht kannte, darüber reden wollte. Ihm waren drei Monate an Zeit gegeben, in die Geheimnisse der Sucht einzudringen. Denn für ihn waren viele Dinge, die ihn zum Trinken geführt hatten, immer noch unerklärbar; demzufolge geheimnisumwittert wie das merkwürdige Bermuda-Dreieck.

Binders Zimmerkollege Enrico wurde von allen Rico oder der Spanier gerufen. In ihm hätte man wegen seiner schwarzen Locken, dem dunklen Teint und dem T-Shirt von Real Madrid auch mehr einen Spanier vermuten können als einem Spandauer aus Berlin. Rico war ein echter Berliner und kein zugereister Spanier. Ricos Wesen konnte man einfach erkennen, weil er zwischen zwei Merkmalen hin und her sprang. Er konnte temperamentvoll sein wie ein Spanier, und dann war er plötzlich die Ruhe und die Sachlichkeit in Person. Beruflich befasste er sich mit der Entwicklung von Computerprogrammen. Was unweigerlich assoziierte, dass er deswegen seine Stimmung je nach Lage so schnell umschalten konnte.

In seinem Schrank hielt Rico einen kleinen Fernseher unter Verschluss. Das war im Grunde ein Verstoß gegen die Klinikordnung, da es Fernsehräume gab und keine privaten Geräte gestattet wurden. Aber der Spanier war damit aus dem

Kreise jener Mattscheiben-Gucker ausgeschieden, die regelmäßig nach mehr oder minder erregten Debatten demokratisch darüber abstimmten, welches Programm den Zuschlag erhielt.

Schon am ersten gemeinsamen Abend missachtete Binder folglich diese Ordnung, da er mit Rico auf dem Mini-Schirm eine Talk-Show verfolgte. Es war in der Tat purer Zufall, dass die Talk-Meisterin einen Alkoholiker in ihrer Runde hatte. Denn eigentlich wollte Rico abends Gespräche über Sucht abschalten, indem er Unterhaltung einschaltete.

Die erste Frage der Dame an den Trinker lautete: »Als Sie zu uns ins Studio kamen, waren Sie doch unheimlich aufgeregt?«

»Ja, wie womöglich fast jeder andere«, antwortete der Alkoholiker.

»Und hatten Sie nicht das Verlangen nach einem Beruhigungsschluck, sie verspüren doch bestimmt einen Jieper darauf«, hakte die Fragerin nach, begierig auf die Antwort lauernd.

»Nein.«

»Was, kein Verlangen. Warum denn nicht?«

»Warum sollte ich? Ich bin ein Jahr trocken.«

»Hm, ein Jahr trocken. Mal Hand aufs Herz, Sie haben wirklich keinen einzigen Tropfen getrunken?«

»Doch«, sagte der Trockene und die Talkerin sah bedeutungsvoll in die Runde. »Ich trinke Wasser oder Orangensaft«, fuhr dieser trotzig fort, da er die bohrenden Fragen mittlerweile als überaus lästig empfand.

»Ist das eine dumme Kuh«, schrie Rico. »Über Sucht weiß die nichts, aber auch gar nichts. Es fehlt jetzt nur noch ein Glas Schnaps, das sie dem armen Schwein genüsslich vor die Nase hält und es dann wegzieht, wenn er zugreifen will.«

Rico schaltete den Fernseher aus. »Oder willst du noch?«
Binder schüttelte genauso angewidert den Kopf.

Sie gingen vor die Haustür und zündeten sich eine Zigarette an.

»Die sind nur auf Show aus«, wütete Rico erneut los.

»Und sind jetzt sicher sauer, dass der nicht zitternd nach einem Schnaps verlangt hat«, ergänzte Frank. Er starrte in den Himmel und sagte unvermittelt. »Kannst du denen vom Fernsehen überhaupt einen Vorwurf machen. Was wissen die denn über unsere Krankheit? Sie haben vermutlich vor der Sendung einen Handzettel zur Sucht überflogen. Schlichtes Allgemeinwissen, gepaart mit den üblichen Vorurteilen.«

Rico sah Frank verständnislos an.

»Begreifst du nicht? Wie lange haben wir gebraucht, um hinter unser Problem zu steigen?«, ging Binder seinem Gedankengang weiter. »Wie viel haben wir im wahrsten Sinne gesoffen und gestritten, ehe wir uns eingestehen mussten, dass wir süchtig geworden sind?«

»Verstehe«, gab Rico zu. »Fernsehmoderatoren sind keine Therapeuten. Trotzdem hat die Tussi den Eindruck hinterlassen, als rede sie eben mit einem Säufer. Vor ihr saß ein ganz normaler Mensch.«

Frank ergänzte frotzelnd, von einem armamputierten Rennfahrer hätte sie keinesfalls wissen wollen, ob ihn die Teilnahme an der Tour de France immer noch reize.

»So kann man auch schnell rückfällig werden, weil es Leute gibt, die es einfach von einem erwarten. Einmal Schluckspecht, immer Schluckspecht«, sagte Rico, ruhiger geworden. »Nur schade, dass wir über diesen Schwachsinn nichts in der Gruppe sagen können. Denn eigentlich haben wir ja nichts gehört und gesehen. Ich bezweifle, dass die Sendung jemand im Fernsehraum verfolgt hat.«

»Dann hörst du eben meine Geschichte«, sagte Frank und dachte an Djerba.

Sie »durchzechten« die halbe Nacht mit ihren Geschichten und kamen überein, dass die Wege nahezu übereinstimmten, auf denen sie in die Abhängigkeit gelangten. Keiner von ihnen hatte soziale Probleme und beide waren erfolgreich im Beruf.

»Wir sind außerdem nicht gerade die Dümmsten. Aber beim Schnaps setzte unser Verstand offenbar aus«, versuchte Rico gegen seinen einsetzenden Halbschlaf anzugehen. »Ich kapiere nicht, dass jemand wie du auf Djerba so abstürzen kann.«

»Ich auch nicht. Ich weiß nur, dass Dumme und Kluge, Millionäre und der Durchschnitt Trinker werden können. Mehr nicht. Aber deshalb sind wir ja hier.« Rico begann bereits, leise zu schnarchen.

Die Gruppe war durch unverwechselbare Eigenheiten geprägt. Sie mutete einem wie ein Orchester an, dessen Besetzung sich beständig änderte. Allein der Dirigent Mehner blieb, der den Takt anzugeben hatte. Und das erforderte ohne Zweifel ein sehr feines Gefühl, sich immer wieder auf neue Tonlagen einzustellen: Auf die leisen oder die lauten Töne, auf harmonische Einsätze oder auf unüberhörbare Missklänge, die ein ganzes Orchester aus den Fugen bringen konnten. Doch im Grunde waren es die Musiker, die maßgeblich entschieden, welche Werke zur jeweiligen Gruppenstunde erklangen. Mal war es ein schwermütiges Stück, mal eine flotte Sommerserenade, mal ein dramatischer Akt.

Die Dauer der Kur prägte das ununterbrochene Kommen und Gehen. Hinter den Namen verbargen sich Persönlichkeiten, Schicksale, sensible und hartgesottene Charaktere. Binder fand relativ schnell heraus, wer in der momentanen Besetzung welche Musik bevorzugte und wer absolut unmusikalisch erschien, teilnahmslos schwieg.

Rico, der Spanier und Franks Zimmerkollege liebte eher die flotten Töne. Denn er war nach zwei Monaten der Probe voller Zuversicht, seine Sucht beherrschen zu können.

Das Pendant lieferte Martin, der Unternehmensberater aus dem Berliner Stadtteil Charlottenburg. Martin, den man zumeist mit einem Buch unterm Arm traf, pendelte zwischen Schwermütigkeit und Hoffnung. Er wollte sich vom Alkohol lösen. Doch das hieße, sich von seiner Frau zu trennen, die wie er abhängig geworden war. Im Gegensatz zu ihm war sie nicht bereit, diesen Umstand anzuerkennen. Sie trank weiter. Montags war Martins Stimmung auf dem Tiefpunkt. Immer dann, wenn ihn seine Frau am Wochenende besucht hatte und deren leichte Fahne stets voran wehte.

An diesen Montagen war die Trennung für Martin besiegelt, tags darauf meldete sich wieder die Wankelmütigkeit. Binder war beeindruckt, mit welcher Offenheit Martin intimste Belange mitteilte. Das forderte Mitgefühl heraus. Doch das war insofern nur begrenzt, da der von seinen Gefühlen hin und hergerissene Mann zu oft die gleiche Platte auflegte. Rico und Frank sagten ihm dies an einem Morgen unmissverständlich. Er müsse sich entscheiden, wie auch immer. Aber klare Verhältnisse böten nun mal die Grundlage für Martins Zukunft – mit oder ohne Alkohol. Manchmal brauchte die Gruppe einen Paukenschlag.

Der Dirigent war nicht zu beneiden. Meistens überließ er seinem Orchester die Bühne, erhob den Taktstock erst dann, wenn die Pauke zu laut klang oder die Violine nicht zu hören war. Was heißen soll: Manche wollten nicht mitspielen, schwiegen vielleicht mangels eigener Courage. Andere empfanden das Gespräch in der Gruppe als unterhaltsame Talk-Show.

Schweiger und Mitläufer umgeben uns überall im Leben. Die meisten tauchen in der Masse unter. In der Klinik fielen sie Binder und anderen sofort auf. Und das brachte die Willigen ungemein auf die Palme. Denn diesen Platz hatte niemand in irgendeinem Preisausschreiben gewonnen, sondern auf ärztliches Anraten freiwillig gewählt.

Als Meister der Rhetorik in dieser Runde galt Ulf, ein Versicherungsvertreter. Er musste ja ein guter Redner sein, um Versicherungen zu verkaufen. Bewundernswert war seine Fähigkeit, von den frohgemuten Klängen auf die klassische Dramatik zu springen. Ulf war einer Polizeistreife schlafend in seinem parkenden Auto aufgefallen. Auf dem Beifahrersitz lag eine leere Flasche. 4,5 Promille ergab das Pusten. Ulf lebte, konnte sich sogar mit den Polizisten normal unterhalten, was untrüglich auf einen überdurchschnittlichen Spritverbrauch eines Alkoholikers hinwies. Ein Normalverbraucher wäre bei dieser Mengeneinheit schon tot.

Ulf hatte gut verdient und eine intakte Familie gehabt. All das war den Bach hinuntergegangen. Die Kraft für einen Neuanfang wollte er in der Klinik tanken. Ein erster Schritt wäre, diesen sogenannten Idiotentest zu bestehen, um seine Fahrtauglichkeit als trockener Trinker nachzuweisen. Den Führerschein benötigte er natürlich für den Neueinstieg in seine Branche. Ulf spielte fast immer die erste Geige. Doch irgendwie gewann Binder in den teils auch unterhaltsamen Gesprächen in der Gruppe den Eindruck, als wolle er jedem eine Versicherung andrehen, wenn dieser zu einer Rede anhob. Probte er für eine Zukunft ohne Promille oder nur für seinen Job?

Der immer hilfsbereite Manne liebte die leisen Töne. Als der arbeitslose Ingenieur aus dem Münsterland in die Klinik kam, war er noch fest davon überzeugt, nach dem Kalender trinken zu müssen. Alle vier Wochen brauchte er seinen Rausch. In der Klinik auf dem Hügel führte er allerdings seine Trink-Theorie ad absurdum. In den drei Monaten hatte er dreimal seinen Rausch verpasst, ohne es im Grunde zu bemerken. Daran wollte er festhalten, denn er sah ein, nicht der Kalender legte den Termin des nächsten Rausches fest, sondern er allein.

Anders Christof, der aus einem mecklenburgischen Dorf kam mit einer einst florierenden Genossenschaft. Das einzige, was dort nach der Wende übrig blieb, war nach seinem Ermessen die Dorfkneipe. Der Traktorist, noch jung an Jahren, der vergebens eine Beschäftigung gesucht hatte, war sich dessen nahezu sicher, er würde über kurz oder lang wieder in der Dorfkneipe landen. Er war ehrlich genug, es seiner Gruppe gegenüber einzugestehen.

Und Frank, der Neue? Herrn Mehner, dem Therapeuten und Orchesterleiter, kam es nicht so ungelegen, dass jemand hinzugekommen war, der sich mit einem perfekten frischen Rückfall vorstellte, also mit einem lauten Trompetensolo. Binder erzählte seine Geschichte über Djerba. Er sprach über die maßlose Enttäuschung, aber mehr über die schockierende Erleuchtung, dass man innerhalb weniger Tage wieder ein Gefangener des Schnapses wäre wie in den schlimmsten Phasen des Trinker-Daseins. Darin bestände wahrscheinlich die ganze Heimtücke der Abhängigkeit.

Ihm fielen die Worte Mehners ein. »Womöglich war der Absturz nicht nur eine Katastrophe, sondern auch eine Art missglückter Selbstversuch mit heilender Wirkung.« Er schaute in die Runde. Einige nickten beifällig. »Ich habe nicht mehr den geringsten Zweifel daran, dass das erste Glas der Anfang vom Ende sein kann«, bekannte Binder. »Wie man das Ende auch immer sehen mag. Der soziale Abstieg, der Ausstieg aus der Familie, der körperliche und geistige Verfall oder halt die anonyme Grabstätte eines Trinkers. Eine Probe hat mir gereicht. Empfehlenswert ist dieser Drahtseilakt auf keinen Fall.«

Im Gruppenraum war es still. Rico schüttelte mit dem Kopf. »So fix ist man wieder mitten drin?« Selbst Chris, der sich bereits irgendwann in seiner Dorfkneipe sah, saß nachdenklich auf seinem Stuhl. »Das musst du mir mal ausführlicher erzählen«, sagte er. »Hast du Zeit?«

»Klar doch«, entgegnete Frank. »Das einzige, was wir hier in Hülle und Fülle haben, ist Zeit zum Reden.«

Dass allein des Erzählte nicht in jedem Falle so nachhaltig im Gedächtnis bleibt, wie das eigens Erlebte, würde Frank Binder in der Klinik noch mehrmals erfahren. Ulf, der Versicherungsmann, vergaß während einer Heimfahrt die 4,5 Promille, die ihn beinahe zum Ende seiner Tage geführt hatten. Er griff zum ersten und zu den nachfolgenden Gläsern. Martin widerstand nicht der Versuchung, den Schmerz über die immer noch hinausgezögerte Trennung von seiner abhängigen und uneinsichtigen Frau mit einem Flachmann zu lindern. Einen leichten Rückfall gestattete die Klinik aus therapeutischer Sicht.

Diese »Sünder« hatten das Glück, dass sie jemand rechtzeitig auffing. In ihrem Fall war es die Klinik, die ihren Patienten allen erdenklichen Freiraum ließ und die den beiden Rückfälligen noch eine Chance gab.

Christof, der Mecklenburger, der kein Hehl aus seiner verlockenden Dorfkneipe machte, blieb bis zu seiner Entlassung trocken. Vielleicht half sein Therapeut auch etwas nach, weil er sich dafür einsetzte, ihm den Fahrradverleih der Klinik anzuvertrauen. Den bewerkstelligte Chris tadellos. Er trug Verantwortung, fühlte sich in seiner Persönlichkeit anerkannt. Er hatte etwas zu tun, wenn auch nur einen befristeten Job für null Cent. Niemand konnte ahnen, wie jämmerlich dessen Leben einmal enden würde. Christof trank nach seiner Entlassung weiter, wurde straffällig und verurteilt. Kaum einer würde erfahren, warum der Chef des Fahrradverleihs im Knast buchstäblich verrecken sollte. Alle Appelle eines Bewährungshelfers in den Wind schlagend, den Rückfälligen erst einmal ins Haftkrankenhaus zum Entzug einzuweisen, wurde der Neuzugang in eine Einzelzelle gesperrt. Er starb in der ersten Nacht. Die Knastleitung, die alle Warnungen selbstgefällig ignorierte, hätte man ebenfalls einsperren müssen. Doch wer konnte während der Zeit in der Klinik schon die Zukunft voraussehen?

Die Gruppe beschränkte sich für Binder in dieser Zeit nicht auf die allmorgendliche Gesprächsrunde. Binder erweiterte gewissermaßen seinen Kreis. Erst einmal nahm er Jana auf, seine Frau. Die kam zwar nur an den Wochenenden, doch mit ihr sprach er fast jeden Abend. Sie wurde auf diese Weise Teilhaberin seiner Kur. Sohn Arne hatte den günstigsten Telefontarif herausgefunden.

Binders Gruppenbestand war ständig in Bewegung. Neue kamen hinzu, von Alten musste er sich trennen, da deren Zeit in der Klinik abgelaufen war. Es waren einige der Volleyballer. Etwa der baumlange, schlanke Gerd, der härteste Schläger am Netz. Der war in der Psychosomatik der Klinik untergebracht und litt nicht an der Trunksucht, sondern an panischen Ängsten, sobald er mit dem Auto fuhr. In ihm fand Binder sozusagen einen Leidensgenossen, da er Panikattacken anderer Art kannte. Allerdings hatte er sie mit der Flasche zu bekämpfen versucht.

Oder der Förster Fred, den das Rauschen des Waldes aus für ihn unerfindlichen Gründen alkoholabhängig gemacht hatte. Wie sich herausstellen sollte, war der Wald für einen Förster nicht gleichzusetzen mit einer stillen Idylle, dem niedlichen Rehlein und dem stattlichen Zwölfender. Es wäre ein überaus stressiger Job, wie der Förster erzählte. Das Land Brandenburg rückte immer weniger Mittel heraus. Folglich hatte der Förster Fred immer weniger Forstarbeiter zur Seite. Aber der Wald musste gepflegt werden, um ihn in seiner Schönheit als Ort der Stille und der Entspannung zu erhalten.

Außerdem nahm der Wildbestand bedrohliche Ausmaße an. Freds Trinkgewohnheit beschränkte sich anfangs auf die zünftigen Gelage nach der Jagd. Je mehr man sich notwendigerweise zur Jagd traf, umso häufiger wurde getrunken. Dann hatte sich der Gewohnheitstrinker Fred mit dem Konflikttrinker Fred verbrüdert. Wann die Verbrüderung stattfand, wusste Fred nicht. Ein trinkender Förster, gestand er sich ein, würde letztlich nicht mehr den Wald vor lauter Bäumen sehen. Und das schade ihm und seinem Wald.

Die Abende Ende Juli waren noch lang genug. Und so widersinnig es auch erschien. Beim Volleyball sprang die Verbissenheit der Kämpfernaturen heraus, dennoch konnte man die Seele baumeln lassen, wie es Fontane in seinen Wanderungen durch diese Wälder beschrieb.

Andere ließen ihre Seele ein bisschen in der Töpferei verschnaufen, oder im Schwimmbad, oder in der Tischlerei, in der Binders Zimmerkumpel Rico werkelte. Dann gab es welche, die ihre Geduld auf dem Angelsteg am See auf die Probe stellten. Manchmal wartete Binder ebenfalls auf einen Biss.

Und auch jene folgten dem Herdentrieb, die sich Abend für Abend in der verräucherten Cafeteria lauthals die Skatkarten um die Ohren schlugen. Ob man dort auch die Seele baumeln ließ, sollte zumindest fragwürdig erscheinen.

Es dürfte schon einige Gesellen gegeben haben, die in den drei Monaten tiefer in das Skat-Universum eintauchten, als in die alkoholisierte Scheinwelt, die sie eigentlich in dieser Klinik ankommen ließ. Sie klagten weniger über einen verlorenen Grand, sondern über ihre weltfremden Therapeuten, die ihrer Ansicht nach nichts Neues zu verkünden hatten. Sie fühlten sich missverstanden und nörgelten über die Einöde, in die sie getrieben worden waren. Sie hatten sich wahrscheinlich nicht ein einziges Mal den angrenzenden berauschenden Wald von innen besehen.

Dabei bot sich genügend Zündstoff an für das Nachdenken über die eigene Abhängigkeit und für das Gespräch mit anderen. Warum nicht auch für einen Streit? Binder fand in den Vorträgen des Klinikchefs, die zudem noch auf angenehme populäre, teils lustige Weise, zu Gehör gebracht wurden, etliche Denkanstöße. Gespannt folgte Binder den Ausführungen darüber, ab wann man abhängig ist, . und woran man dies erkennen kann. Es war alles einleuchtend und so schön logisch erklärt, dass die Sucht jeden packen kann, egal, ob er Präsident ist oder ein Hilfsarbeiter in einem Supermarkt. Er oder sie könnten Schröder oder Krause heißen.

Aber auf die prickelnde Frage, wo der schmale Grat am schmalsten wird bei einem, der regelmäßig trinkt, gab es keine für Binder befriedigende Antwort. Er konnte dem wiederum folgen, dass der eine noch über einen dünnen Faden balancieren konnte, bei dem anderen schon ein festeres Seil reichte, um abzustürzen.

Binder nahm sich vor, die Gruppe und seinen Therapeuten Mehner mit einer schärferen Fragestellung zu konfrontieren.

Die Gruppe war wie gewohnt vollzählig versammelt. Getreu dem Ritus formulierte jeder kurz und knapp reihum seine Befindlichkeit.

»Mir geht es gut.«

»Mir auch.«

»Ich fühle mich sauwohl.«

»Ich habe schlecht geschlafen.«

»Mir geht es ganz gut.«

Selten verkündete jemand, es ginge ihm nicht gut, da er dieses oder jenes Problem habe.

Diese Form von nichtssagender Mitteilung über das seelische und körperliche Befinden störte Binder allmählich. An einem Morgen, an dem er grundlos übellaunig war, platzte ihm der Kragen. »Leute, mir geht es ausgezeichnet. Das verkünde ich heute das letzte Mal. In Zukunft könnt ihr mich überspringen. Es sei denn, ich habe wirklich etwas Wichtiges zu sagen.« Die Monotonie in der Runde war verflogen. Die meisten schauten fragend den Therapeuten an. Der wiederum blickte zu Binder hinüber.

»Wenn ich Sie richtig verstehe, sollten wir unser morgendliches Treffen insofern ändern, dass nur derjenige spricht, der etwas auf dem Herzen hat?«

»Ja, so ungefähr«, antwortete Binder. Ihm kamen Bedenken auf, ob er nicht zu weit gegangen war.

»In Ordnung. Einen Versuch ist es wert. Oder wer ist dagegen?« Keiner meldete Widerspruch an.

»Nun gut, worüber würden Sie gern reden«, fragte der Therapeut Binder.

Den bewegten viele Fragen. Nun konnte er gleich eine loswerden. »Ich frage mich unentwegt, wann ich abhängig wurde? Irgendwann muss ich doch endgültig die Grenze zwischen Missbrauch und Abhängigkeit überschritten haben. War es ein Dienstag oder ein Montag?«, fügte er provozierend hinzu.

Mehner blickte in die Runde. »Einverstanden, dass wir darüber reden?« Die meisten nickten, Rico sagte: »Klar, das wollen wir doch alle wissen.«

Mit Rico hatte Frank Binder schon ausgiebig darüber gestritten.

»Lasst mich mal etwas weiter ausholen«, begann Frank. »Die Wissenschaft entwickelt sich in einem rasanten Tempo, dass man gar nicht mehr folgen kann. Nehmen wir nur mal den Zeitraum vom ersten Atlantik-Hüpfer Lindberghs mittels eines simplen Fliegers bis zum ersten Spaziergang auf dem Mond. Das ist im Vergleich zur Menschheitsgeschichte nicht mal das Zehntel einer Sekunde.«

Einige guckten sich verdutzt an.

»Geht ja weiter«, sagte Frank. »Schon die alten Römer und Griechen vergnügten sich in Saufgelagen. Also muss der erste Trinker schon vor Jahrtausenden existiert haben. Wenn ich diesen Umstand mit dem winzigen Zeitloch zwischen Lindbergh und der ersten Mondlandung vergleiche, dann komme ich zu dem Schluss, dass die Gehirnforschung irgendwann stehen geblieben sein muss. Mit einem einfachen Thermometer kann ich selbst erkennen, ob ich erhöhte Temperatur habe, Fieber oder besser gleich ins Krankenhaus sollte. Warum gibt es nicht eine solche Apparatur, die mir sagt, ich solle das Trinken einschränken, bevor es zu spät ist?«

Die zwei Frauen und acht Männer der Gruppe nahmen die Überlegungen erst betreten zur Kenntnis. Dann überschlugen sich die Töne. Fast jeder hätte sich ein Sucht-Thermometer gewünscht, denn niemand konnte sich festlegen, bis zu welchen Zeitpunkt er der »normale Trinker« war.

Hilflos schauten die meisten zu ihrem Therapeuten hinüber.

»Ich stimme mit Herrn Binder in einem überein. Manchmal

171

hat man wirklich den Eindruck, dass mehr an der Beseitigung von Defiziten gearbeitet wird als an wirksamer Vorbeugung«, gab Mehner zu. »Sie brauchen allerdings den ominösen Sucht-Anzeiger nicht mehr. Sonst wären Sie nicht hier. Sie sind übrigens auch nicht die einzigen, die auf etwas verzichten müssen. Denken Sie nur an Diabetiker. Vielleicht wird es das Thermometer, in welcher Form auch immer, mal geben. Ich weiß nur, dass die Forschung über mögliche Erbfaktoren in bestimmten Ländern wie den USA oder Finnland betrieben wird. Zumindest gibt es Ansätze, Genen auf die Spur zu kommen, die eine Frühdiagnose von Alkoholsucht ermöglichen könnten.«

Mehner schaute Binder schmunzelnd an. »Womöglich wird es auch mal eine Pille geben, die einem das kontrollierte Trinken gestattet.«

»Das bewegt mich weniger«, konterte Binder. »Ich habe die Fragen nur zugespitzt, weil ich einfach zu wenig weiß über das, was die Forschung überhaupt treibt.«

»Ich verstehe Ihre Ironie«, antwortete der Dirigent, der den Taktstock längst wieder in der Hand hatte. Er gebe allen insofern Recht, dass die Betroffenen es schwer hätten, die dürftigen Nachrichten über die Suchtforschung zu werten. Es wäre auch nicht einfach, zwischen spekulativer Sensationsmache und ernsthaften Projekten zu unterscheiden. Er habe gelesen, dass Wissenschaftler bei Fruchtfliegen und einer bestimmten Wurmart die Wirkung des Alkohols erforschen. Aber ein Gen, das die krankhafte Trinklust erklären könne, sei noch nicht gefunden.

Es fänden sich heutzutage leider zu viele Studien, die angeblich nachweisen würden, wie gut ein Schluck oder auch mehrere der Gesundheit dienlich sein würden. Wer die Sponsoren dafür wären, dürfte wohl auf der Hand liegen.

Welcher Spirituosenhersteller würde auch eine Studie über die Schädlichkeit des Alkohols in Auftrag geben.

Er könne die Runde nur ermuntern, ein eigene Ursachenforschung zu betreiben. Denn nicht irgendein Schnapshändler hätte ihnen die Flaschen geschenkt, sie hätten sie aus freien Stücken gekauft. Fest stehe, eine eindeutige Antwort, zu welchem Zeitpunkt genau man von der Flasche abhängig sei, könne es nicht geben. vielleicht würden sie doch einige Antworten in den auszufüllenden Fragebogen finden. Und diese wurden in der Klinik in reichlichem Maße ausgegeben.

Eine gewisse Erregung hatte die zugespitzte Frage doch ausgelöst. Denn der Disput fand auf den Gängen und der Raucherinsel seine Fortsetzung, wie Binder vermerkte.

Er verkroch sich in den weiten Kiefernwald. Er liebte inzwischen diese absolute Stille, die nur unterbrochen wurde durch emsiges Vogelgezwitscher und durch die knarrenden Geräusche in den Baumwipfeln, die der Wind gegeneinander presste. Binder kannte auch die Stellen, an denen einem Rehe über den Weg liefen. Es kam auch vor, dass er einen herrlichen Hirsch vor sich hatte. In diesem Fleckchen vollkommener Natur unternahm er den Versuch, zu erkunden, wie und wann etwa er dem ungleichen Kampf mit den Flaschen unterlegen war.

Sibirien. Seine vier Reisen als Journalist dorthin konnte er zeitlich bestimmen. Während dieser Erkundungen in der unermesslichen Taiga und des Baikalsees wurde er grob geschätzt um die fünfzig Mal dem Brauch folgend zu einem Sibirjak getauft. Das Weihwasser war Wodka, die Menge wurde angeblich sittengetreu auf hundert Gramm festgelegt. Abgesehen von den ohnehin feuchten abendlichen Gelagen zu Ehren des weither gereisten Gastes. Jedes Mal war er zwar erschöpft nach Hause zurückgekehrt, erholte sich jedoch rasch ohne Alkohol. Beim letzten Sibirientrip, so fiel ihm ein, hatte er dem Wodka-Konsum nach den ersten beiden Taufen Einhalt geboten. Er hatte seinen Gastgebern einen Herzfehler vorgegaukelt. Das wurde akzeptiert und Binder kam wodkafrei über die Runden. Diese Reise lag zehn Jahre zurück. Da befand er sich eventuell schon auf der Gratwanderung, hätte aber immer noch umkehren können, wie er meinte.

Die Gewohnheit. Getrunken wurde in der Redaktion, getrunken wurde an den Wochenenden, getrunken wurde aus Lust. Binder gelang es sogar, sich daran zu erinnern, dass er während einer Messe bewusst jene Stände zuerst aufsuchte, bei denen er sich eines Trunkes sicher war. Aber das machten andere Journalisten auch. Dies mag vielleicht der erste Schritt auf dem schmaler werdenden Grat gewesen sein. Auch diese Messe konnte er zeitlich orten. Das war acht Jahre her. Da schien alles noch im Lot, weil er sich nach dieser Messe problemlos in die gewohnte Normalität begab. Er konnte tagelang nichts trinken, ohne dass der Körper protestierte und nach der Flasche schrie.

Natürlich konnte er alltägliche Anlässe zur Genüge aufzählen. Er dachte an seine Schwiegermutter Lotti. Sie hatte einen schweren Gehfehler, war aber so starrköpfig, ihn zu akzeptieren. Demzufolge häuften sich ihre Stürze, da sie Gehhilfen über Jahre verschmähte. Ein paar Schnäpse halfen, wenn sie bei ihnen war und ungelenk durch die Wohnung tapste. Man saß gewissermaßen auf dem Sprung war vorbereitet auf den nächsten Notruf.

Weihnachten war bei Binders jahrelang das Fest der Nächstenliebe und die Zeit höchster Alarmbereitschaft. Da traf sich die ganze Verwandtschaft. Bevor die Gäste erschienen, hatte Frank die halbe Bowle getrunken und nachgefüllt. Anfangs verlief alles friedlich. Man konnte jedoch die Uhr danach stellen, wenn sich Schwiegermama Lotti und ihre Schwester Käthe in den Haaren lagen. Ganz zu schweigen von Franks Mutter, die sich übellaunig in eine Ecke verzog, weil die anderen alten Damen unter ihrem Niveau lagen. Einmal fackelte Lotti fast das Zimmer ab, als sie nach der Bescherung mit dem Einwickelpapier in eine brennende Kerze fiel. Der Gastgeber überstand all das Schluck um Schluck.

Weihnachten war nur einmal im Jahr Anlass, sich dem Rausch hinzugeben. Hinzu gesellten sich jedoch die panische Angst vorm Fliegen, vor überfüllten Kaufhäusern oder Fußballstadien, die er mit vergleichsweise kleineren Mengen an Alkohol zu behandeln gedachte. Aber waren das Ausnahmen? Oder gehörten sie nicht auch schon zur Gewohnheit? Das Verlangen, täglich zu trinken und sogar schon morgens, beherrschte ihn erst später. Er kam nur zu dem Schluss, er trank nicht mehr aus purer Lust, er gewöhnte sich an, mittels Alkohol Probleme lösen zu wollen. Lust und Probleme. Sie waren in ausreichender Menge vorhanden. Und irgendwann hatte sich alles auf ein Problem reduziert – auf die Flasche. War es vor drei oder vier Jahren? Nein. Er kramte bestimmte Ereignisse aus seinem Gedächtnis und kam auf zwei bis drei Jahre. Er war mit seinem Latein am Ende. Die Stille des Waldes half ihm bei seiner Analyse auch nicht weiter.

Binder musste dem Chef der Klinik und seinem Therapeuten nachträglich beipflichten. Die stetige Begierde als untrügliches Zeichen der Abhängigkeit schlich sich klammheimlich in Binders Kopf und Körper. Es konnte ein Montag, ein Dienstag oder ein Sonntag sein, als sie ihren vollständigen Einzug feierte.

Zufällig hatte Binder ein neues Mitglied seiner selbstgewählten Gesprächsrunde gefunden. Eines Abends lud die Kirche des Ortes zu einem Orgelkonzert ein. Binder hatte dafür im morgendlichen Gruppengespräch die Werbetrommel gerührt. Er bedauerte, dass niemand seine Trommelklänge erhörte. Nun gut. Nicht jeder musste ein Liebhaber von Orgeln sein. Und nicht jeder brauchte Bach, Händel oder Mozart, um seiner Seele mal etwas Gutes zu gönnen. Jana, seine Frau, konnte nicht. Es war ein Wochentag. Sonst wäre sie da gewesen und beide hätten noch eine sehr angenehme Nacht in der kleinen Pension am anderen Seeufer gehabt, sofern der nächtliche Ausgang genehmigt worden wäre.

Jana kannte die kleine barocke Stadtkirche bereits. An einem Wochenende hatten sie ebenfalls ein Orgel-Konzert besucht. Das Klanginstrument in dieser unscheinbaren Kirche war über die Landesgrenzen hinaus bekannt. Und die hohen Gemäuer des Bauwerkes verbreiteten einen sauberen kräftigen Klang. Ein Erlebnis.

Dieses Mal war Binder allein hinuntergegangen und besetzte einen Platz auf dem harten Bankholz. Neben ihm saß eine jüngere adrette Frau, die extra aus dem Nachbarort hinüber gefahren war, wie sie sagte.

»Und Sie?«, fragte ihn die Nachbarin. »Ich sehe Sie das erste Mal. Sie kommen aus dem Haus von da oben?«

»Wenn Sie die Klinik meinen, ja«, nickte er.

Binder vermerkte, wie er heimlich gemustert wurde.

»Arbeiten Sie dort oder?«

»Nein, ich lasse mich in der Suchtklinik kurieren.«

»Dann sind Sie wohl Musiker?«

»Nein, sehe ich so aus? Wie sieht denn überhaupt ein Musiker aus? Und trinken alle Musiker?«

»Entschuldigung, ich habe mich wohl ein bisschen dumm ausgedrückt. Ich dachte, wenn einer wie Sie hierher kommt, muss er was mit Musik zu tun haben.«

»Ich höre gern Klassik, die Orgel gefällt mir besonders.«

»Na ja, dann sind Sie eben ein normaler Mensch wie ich, der gern Orgelmusik hört.«

Genugtuung erfüllte Binder. Er war ein normaler Mensch. Warum zum Teufel auch nicht? Seine Frage in diesem Gotteshaus war durchaus berechtigt. Die junge Frau rückte nicht von ihm weg, sondern näher an ihn heran. »Ziemlich kühl, finden Sie nicht auch?« Frank nickte ihr schmunzelnd zu.

Die beiden ließen sich von den Tönen der Orgel betören. Der Organist verfügte über eine hervorragende musische Fähigkeit, die Noten in Klänge zu übersetzen. Nach dem Konzert fragte die Frau, ob sie ihn schnell mit dem Auto in die Klinik bringen solle. Es wäre stockfinster und nur ein kurzer Rutsch. Binder dankte. Frische Luft täte ihm jetzt ganz gut.

»Na dann Tschüs, vielleicht bis zum nächsten Mal. War schön, Sie getroffen zu haben«, verabschiedete sie sich.

»Kommen Sie gut nach Hause«, sagte Binder und machte sich auf den Weg.

Er konnte in der Tat nicht die Hand vor Augen sehen und wählte die schmale Straße anstatt des Weges. Ihm kam es vor, als höre er Schritte. Blieb er stehen, verstummten diese. Das Spielchen wiederholte er. Immer mit dem gleichen Ergebnis. Er lief schneller und hörte die anderen Schritte alsbald neben sich auf dem Weg.

»Ist da wer?«, fragte er in die Finsternis hinein.

»Ja, und wer bist du?« Der geheimnisvolle Unbekannte wechselte auf die Straße und beide liefen nebeneinander.

»Ich bin der Günter und gerade ein paar Tage hier.«

»Und ich bin Frank, schon ein paar Wochen hier.«

Die Konzertgänger schlossen auf ungewöhnliche Weise Bekanntschaft. Und sie sollten des öfteren das Gespräch suchen. Günter, von Beruf Konstrukteur, war arbeitslos. Er wirkte jedoch nicht mutlos und war wie Frank entschlossen, den trockenen Weg zu gehen. Er schmiedete trotz der scheinbar aussichtslosen Lage auf dem Arbeitsmarkt sogar kühne Pläne. Mit den Ersparnissen wollte er endlich seinen Flugschein und sich selbständig machen. Flugschein? Manche in der Klinik erzählten viel, wenn der Tag lang war. Binder erwischte sich beim Zweifeln. Ein Jahr darauf würde er jedoch Günter im Anwesen auf dem Hügel wieder treffen, beim traditionellen »Treffen der Ehemaligen«. Stolz würde ihm dann Günter seine Fluglizenz unter die Nase halten.

Und dann trat das ein, was Binder am wenigsten erwartet hatte. Die Panikattacken meldeten sich wieder. Sie erwischten ihn im großen Speisesaal, indem die gesamte Besatzung der Klinik zu essen pflegte. Mehr als 200 Leute. Da bildeten sich unweigerlich lange Schlangen, die Binder hasste. Besonders zur Mittagszeit. Binder wollte die Angstanfälle umgehen, indem er jeweils kurz vor Toresschluss am Essen-Tresen erschien. Das klappte nicht immer. Allein die Erwartung eines größeren Andranges versetzte ihn bereits, wie oftmals erlebt, in einen schweißtreibenden und herzhämmernden Zustand.

Er verschwieg seine wachsenden Ängste, bis ihn Gerd, der Zwei-Meter-Mann unter den Volleyballern auf die Sprünge half. Gerd erfasste die Panik, wenn er mit dem Auto fuhr. Und deshalb war er in der psychosomatischen Abteilung dieser Klinik. Gerd erzählte Frank, dass er nach eingehenden Gesprächen vor seiner ersten verordneten Probefahrt auf der Autobahn stände. »Sage einfach, was dich plagt. Warum solltest du nicht eine zusätzliche Behandlung bei uns erhalten können«, war Gerd überzeugt.

Im nächsten Unter-Vier-Augen-Gespräch bei seinem Therapeuten schilderte Binder seine Probleme. Dieser überlegte kurz. »Gar nicht so verkehrt der Gedanke, mal ins andere Haus zu wechseln. Ich werde das regeln«, versprach Mehner. Einer der Gründe, zu trinken, wären ja die panischen Anfälle gewesen. Würde es ihm gelingen, die Ängste im Zaume zu halten, würde es ein Alibi für einen möglichen erneuten Rückfall weniger geben. Er wäre dafür. Dann machen Sie Ihre Proberunden, vielleicht in der nächsten größeren Stadt.

»Wenn schon, dann dort, wo mich der Alltag wieder aufnehmen wird«, entgegnete Binder. »Bis Berlin ist es nur ein Katzensprung.« Er werde das umgehend mit der Klinikleitung klären, versicherte Mehner nochmals.

Das war das auffallend Unkomplizierte an dieser Klinik, deren Leitung dieser besonderen Leistung zustimmte. Binder hatte einen Termin bei Frau Dr. Mühlhausen, einer Spezialistin für Ängste und Panik. Dazu bedurfte es keiner Überweisung und keiner bürokratischen Erhebung, ob diese Behandlung notwendig war.

Auf der Suche nach der Panik
und dem unheimlichen Sympathikus

Frau Dr. Mühlhausen vertrieb Frank Binder auf Anhieb gewisse Beklemmungen. Allein die Begrüßung entfachte Zutrauen. »Und da meint alle Welt, Männer wären keine Angsthasen.« Die untersetzte, unscheinbare Frau mit der modischen Brille auf der Stupsnase strahlte Sachkunde aus und erwies sich als eine aufmerksame Zuhörerin.

»Schön, dass Sie sich mir anvertrauen. Die Tatsache, zuzugeben, dass man unter solchen Dingen leide, fällt besonders Männern schwer. Sie schämen sich regelrecht, womöglich auch noch einer Frau zu offenbaren. Dabei sind sie keine Angsthasen, Jammerlappen oder Feiglinge. Nur sie denken, sie würden als solche angesehen.«

Diese Einleitung lockerte Binders Zunge. Er erzählte freimütig, was ihm des öfteren passierte. Panik im Kaufhaus, Panik auf einem völlig leeren Platz, Panik im Flieger.

Was die Psychologin ihm so verständlich wie möglich mitteilte, war für ihn neu und spannend. Sie weihte ihn ein in die für ihn bis dato unerklärlichen Abgründe und Ursachen seiner panischen Anfälle. Ihre Sätze waren nicht gespickt mit diversen medizinischen Fachwörtern, mit denen manche Ärzte mitunter ihren unwissenden Patienten den Kopf voll stopften. Der Frau konnte Binder folgen.

Sein Nervensystem verfüge beispielsweise über den sogenannten Sympathikus. Er sei im Normalfalle eigentlich dazu da, uns nicht apathisch durch den Alltag marschieren zu lassen. Das wäre aber auch jener Geselle, der unheimlich aktiv werde, sobald Schreck, Angst, Stress und andere ähnliche seelische Zustände aufträten. Eigentlich wolle er ständig Vollgas geben. Er fühle sich wohl in seiner Rolle, einen ohnehin Gestressten zusätzlich in Panik zu versetzen. Selbst die Erwartung einer Panikattacke erfreue ihn bereits und lasse ihn sofort oder unverhofft zuschlagen. Die Folge: Es wird mehr Adrenalin produziert als nötig. Der Blutdruck steige, das Herz schlage schneller, das Atmen geriete aus dem Rhythmus, der Schwindel komme und der Schweiß dränge aus den Poren.

Sein direkter Konkurrent sei der Parasympathikus. Der habe genau die gegenteilige Wirkung.

Wenn sich beide vertragen, passiere nichts. Schlimm werde es nur, wenn sie in Streit gerieten und der Sympathikus das letzte Wort habe. Der sorge dann dafür, dass sich die durch ihn vorbereitete Panikattacke höchst beängstigend steigern kann. Der Betroffene denke, er kippe jeden Moment um.

»Sind Sie schon mal umgekippt?«, fragte sie Binder.

»Nein, aber ich dachte, ich wäre nahe dran.«

»Keine Bange«, schloss die Frau Doktor. »Irgendwann verliert der Sympathikus die Lust an diesem Treiben und lässt seinen Gegenspieler wieder ans Ruder. Das kann Minuten dauern, jedoch leider auch bis zu einer Stunde und länger.«

Binder sah sich endlich mal aufgeklärt. Er fand es jedoch merkwürdig, dass der sympathisch klingende Sympathikus der Böse war und der Parasympathikus der gute Geist.

»Irrtum ausgeschlossen«, lächelte die Frau. »Aber eines sollten sie mit auf den Weg nehmen. Sie können durchaus in den Kampf eingreifen, indem Sie nicht aus einer Schlange oder anderen Menschenmasse flüchten, sondern sich gelassen geben und einen Fixpunkt zur Abwechselung suchen, meinetwegen eine attraktive Frau. Es muss Ihnen nicht peinlich sein, sie unentwegt anzusehen. Vorausgesetzt sie hat keinen Kleiderschrank an ihrer Seite.«

»Und meine Flugangst«, hakte Binder nach.

»Da vollzieht sich dasselbe Spielchen. Mit dem einen Unterschied, sie haben dort keinen Fluchtweg. Ich weiß, das klingt alles zu plausibel. Versuchen Sie es. Man kann es trainieren, der Angst die Stirn zu bieten. Übrigens habe ich neulich in einer Fachzeitschrift gelesen, Sie müssten 67 Jahre ununterbrochen in der Luft sein, um überhaupt die Chance zu haben, mit einem Flieger abzustürzen.«

»Überaus logisch«, dachte der aufmerksame Lauscher. »Man muss sich nur vorstellen, welche Zahl von Flugzeugen in diesem Moment in der Luft wären. Genau diese Rechnungen bilden die Basis für solche Behauptungen.« Da spielte es für ihn keine Rolle, ob er 60 oder 67 Jahre in der Luft kreisen sollte.

Seither geht ihm dieses überzeugende Argument nicht mehr aus dem Kopf. Jedes Mal denkt er daran, wenn er in ein Flugzeug steigt. Es hilft!

Dann überraschte ihn die Frau, die ihm immer sympathischer wurde, mit einer Methode, die er spontan als widersinnig abgelehnt hätte. »Es gibt nicht wenige, die wollen ihre Ängste mit der Lust an der Angst besänftigen. Sie setzen sich bewusst bestimmten Risiken aus.«

»Wie das?«, stutzte der zunehmend Aufgeklärte.

»Bleiben wir bei Ihrer Flugangst. Sie sind doch nicht der einzige auf der Welt. Ich behaupte mal, mindestens ein Drittel aller Passagiere zittern beim Start einer Maschine. Nun gibt es Leute, die ihrer Angst damit begegnen, dass sie sich zu einem Tandem-Sprung überwinden. Sie kennen sicher diese Art des Fallschirmspringens. Vielen hat das geholfen, wie ich in einem Fachblatt las. Das kann man getrost auf andere Bereiche übertragen. Das Risiko muss in jedem Falle vertretbar sein«.

Er wurde getröstet, die Klinik werde es mit einfacheren Übungen versuchen. Im Verlaufe der Gespräche fütterte ihn Dr. Mühlhausen mit weiteren überaus lehrreichen Informationen und Lektüren. Binder fiel nach dem Exkurs in die Welt der Ängste der Tag ein, an dem er auf einem kleinen Flugplatz in der Nähe Berlins gestanden hatte. Er wollte eine Reportage über die Tandem-Springerei schreiben. Sein Sohn Arne war mitgekommen. In letzter Minute verließ dem Vater der Mut. Arne sprang ein und verfasste demzufolge mit Unterstützung seines Seniors die Reportage. Wochenlang noch schwärmte Arne von diesem Erlebnis.

Die erste Trainingseinheit. An seiner Seite hatte Binder eine Therapeutin aus dem Sucht-Bereich und eine Praktikantin. Die Therapeutin kannte er natürlich, sie hatte seine Gruppe zwei Wochen betreut. Eine Frau, die wusste, was sie sagte, die auch ein bisschen burschikos sein konnte. Bestens geeignet als seine Begleiterin. Der Kurfürstendamm war an diesem strahlenden Spätsommertag proppenvoll.

Binder war auf der Suche nach der Panik. Er kam womöglich deshalb ohne Zwischenfälle durch das Gedränge der Menschen. Einmal hin und einmal her. Dann die Folter im Kaufhaus des Westens. Himmel über Menschen. In gebührendem Abstand folgten ihm seine Damen. Ab und an die Frage. »Und wie läuft es?«

Er schlüpfte in eine Verkaufsecke, die kaum Kunden hatte und besah sich ausgiebig Gürtel und Tücher. Die reinste Erholung, wenn nicht die sanfte Ermahnung gekommen wäre, mal wieder die überströmte Hemdenabteilung aufzusuchen.

Den Abschluss dieses dreistündigen Versuchs bildete eine lange Schlange an einem Bratwurststand. Wäre er allein gewesen, hätte er auf die Wurst verzichtet. Also Flucht vor der Angst.

»Na...?«, fragte die Therapeutin den sichtlich erleichterten Probegänger.

»Eigentlich alles okay. Ich staune selber.« Vielleicht hatte sich der Sympathikus absichtlich zurückgehalten.

Das abendliche Gespräch mit Jana dauerte länger, da Frank seinen Erfolg mit ihr am Telefon feierte.

Die nächsten beiden Proben in der City absolvierte er nur noch mit der blonden Praktikantin, der diese Form von praktischer Übung offenbar gefiel. Einmal patzte Binder. Die Schlange am Wurststand war zu lang. Der Sympathikus klopfte leise an. Das war kein gutes Zeichen. Ehrlich vermerkte er es in seinem Bericht, der über jede Trainingseinheit zwischen den Menschenmassen zu verfassen war.

Überraschend teilte ihm Frau Dr. Mühlhausen mit, dass er die weiteren Expositionen allein unternehmen würde. Er könne sich ruhig härteren Versuchen unterziehen. Was war härter als der Kurfürstendamm? Binder rief Jana an und bat sie, nachzuschauen, wo demnächst mit vielen Menschentrauben zu rechnen wäre. Sohn Arne würde ihr sicher behilflich sein. Die Antwort kam prompt. Am darauffolgenden Wochenende fände der Europatag am Zoo statt. Das war günstig, da sowieso eine Heimfahrt anstand. Aus freien Stücken wäre Binder nie und nimmer auf die Idee gekommen, sich ins Gewimmel am Zoo zu stürzen. Doch mit der schwindenden Furcht vor solchen Attacken, würde er insgesamt an Selbstsicherheit gewinnen.

Mit seiner Jana und Arne überstand er den Härtetest mit Hängen und Würgen. Aber er hielt durch. Allein die Tatsache verschaffte ihm ein Erfolgserlebnis, an das man denken könnte, falls eine Attacke im Anmarsch und man noch zum Kampf gegen sie fähig war.

Die kam schneller als erwartet und erhofft. Binder wagte

sich ins gerammelt volle Olympiastadion. Hertha und Dortmund trafen aufeinander. Die Massen, die Gesänge, die Schreie weckten ziemlich schnell seinen sympathischen Bösewicht auf, der dermaßen zornig reagierte, dass Binder noch vor dem Halbzeitpfiff aus dem Stadion hastete. Unerklärlich. Als Binder draußen war und die menschenleere Straße zum Stadion sah, ging der Puls wieder auf Normalstellung. Er war um eine Erfahrung reicher.

Der Weisheit der Ärztin vertrauend, fand sich Binder nur Tage später erneut im Stadion ein. Das große Leichtathletik-Sportfest. Wieder ein fast volles Stadion. Die größte Chance, eine Flucht vor der Attacke wettzumachen, bestehe darin, den gleichen Ort umgehend wieder aufzusuchen, hatte Frau Doktor ihm gesagt. Deren Voraussage sollte sich bestätigen. Binder überstand das volle Programm und verfolgte sogar nach einer kurzen Phase der Unsicherheit interessiert die Wettkämpfe.

Er hatte diese Abschlussprüfung bestanden. Mittlerweile reihte er sich auch wieder in die längsten Schlangen des Speisesaals ein.

Der Abschied von der Klinik und von seiner Gruppe, die längst wieder ein neues Gesicht hatte, aber in der fast immer die gleiche Musik erklang, versetzte ihn in Erstaunen. Mehner sein Therapeut musste ein Gedächtnis haben wie ein leistungsstarker PC. Er hatte bewusst die Frage in den Raum gestellt, was man eventuell als kleine Hilfestellung brauche, um ein Leben ohne Alkohol führen zu können. Ein Durchhalte-Tagebuch, eine Art Trocken-Kalender oder andere Erinnerungsstützen. Genau darüber hatten beide bei ihrem ersten Zusammentreffen gesprochen. Und Mehner hatte angekündigt, dies mal als ein Thema aufzugreifen.

Die Meinungen waren gespalten. Es gab einen der Neuen,

der auf einen Kalender schwor, ein anderer würde sich eine zeitlang eine leere Flasche auf die Kommode stellen. Binder pochte auf seine Meinung. Weder das eine noch das andere. »Wenn ich in dieser Zeit nichts begriffen habe, dann nutzen mir auch keine kleinen Hilfsmittel. Ich will nicht durchhalten. Das erinnert mich zu sehr an eine Parole. Ich möchte mein Leben leben, ohne mir täglich den Zwang aufzuerlegen, keine Flasche anzurühren. Ein Gewohnheitstrinker sollte sich auch daran gewöhnen können, Abstinenzler zu sein. Und dazu bedarf es der Erinnerung und der Gelassenheit.« Zwei aus der Gruppe stimmten ihm zu.

Mehner lächelte und sah Binder an. »Ihr Verstand läuft in der richtigen Bahn«, finde ich. »Wenn ihm die Beine stets folgen, können Sie getrost nach vorne schauen.«

»So war sein Therapeut», dachte der Angesprochene. »Unverwechselbar! Manchmal vergingen Stunden in der Gruppe, in denen er fast gar nichts sagte. Er überließ den Patienten das Terrain. Und dann reichten zwei Sätze, die den Willigen zum Nachdenken anstießen.

Die dreimonatige Wanderung durch ein Stück seines Lebens und die oft stundenlangen Streifzüge durch die Kiefernwälder, wo er sich mit seinen Gedanken einhöhlte wie ein Fuchs in seinen Bau, war zu Ende. Am letzten Abend verlor sich Binder nochmals an seinen See, der ihm eine der wenigen Enttäuschungen bereitete. Kein einziger Fisch verirrte sich an seinem Angelhaken.

Hoch oben zog ein Vogelschwarm hinweg. Gen Süden. Ein faszinierendes Schauspiel.

Der Schwarm glich einem langen Schlauch, der sich aus unerklärlichen Gründen nicht geradenwegs über den See bewegte. Sobald die Spitze in eine Schleife einbog, folgte der Schlauch in einer Präzision, als wäre die gesamte Vogelwolke an einem einzigen Autopiloten gekoppelt. Ein scheinbar programmierter Weg durch die Lüfte.

Binders Weg zurück in den Alltag war weder programmiert, noch würde er so präzise verlaufen wie der Flug der Vögel. Einzig das Ziel war vorgegeben.

Und die Umwege, von denen ihn einer in die Klinik an diesen See geführt hatte? Auf diesen wollte er künftig verzichten, denn er raubte einem Zeit des Lebens.

Die Therapeuten wissen alles –
die Patienten nichts

Manche Menschen verblüffen einen immer wieder mit außergewöhnlichen Fähigkeiten. Nehmen wir mal die Gedächtniskünstler. Sie erwecken den Eindruck, sich alles merken zu können. Zum Beispiel Namen. Frank Binder ist wahrhaft nicht der einzige, der damit seine Schwierigkeiten hat. Trifft er einen Bekannten, den er lange nicht gesehen hat, erwischt ihn des öfteren der peinliche Moment, in dem er verzweifelt nach dem zu dieser Person gehörenden Namen sucht. Je hektischer er nachdenkt, desto sturer reagiert sein Langzeitgedächtnis. Umso mehr bewunderte er seinen Therapeuten Peter Mehner. Ausnahmsweise sei an dieser Stelle dessen Vornahme eingefügt, da er dieses verblüffende Erinnerungsvermögen besitzt. Andere verdienen damit ihr Geld in der Unterhaltungsbranche, wofür Herr Mehner sicher nicht geeignet wäre. Er ist für Binder der geborene Psychologe, der ihn drei Monate lang in der Klinik betreute.

Noch überzeugender waren die übersinnlich anmutenden Auftritte während der alljährlichen Treffen der ehemaligen Patienten der Klinik. In seiner Runde saßen in der Regel etwa zwanzig bis fünfundzwanzig Frauen und Männer, die zu den verschiedensten Zeiten seiner meist zehnköpfigen Gruppe angehört hatten. Vor neun oder vor zwei Jahren. Jeden Namen wusste er, obwohl er nicht im geringsten ahnen konnte, wer denn käme.

Im Verlaufe seiner Kur entpuppte sich das verkannte Gedächtnisgenie aber auch als überaus anstrengender und aufdringlicher Gesprächspartner. So empfand es Binder jedenfalls in der ersten Zeit. Mehner stellte Fragen über Fragen und trieb Binder nicht nur einmal an den Rand eines Misstrauensvotums, da es um intimste Dinge ging, die der Patient preisgeben sollte. Was hatte seine Kindheit mit seinem Suchtproblem zu tun? Beschreiben Sie möglichst genau die Situation, in der Sie das erste Mal in Ihrem Leben Alkohol tranken?

Die Fragen folgten in einem Rhythmus, der einem Verhör gleichzusetzen war. Der Ton klang anders. Mehner fragte leise und behutsam. Er setzte nicht die grimmige Miene eines Kommissars auf und schrie. Doch was ging den neugierigen Fremden das Sexleben im Ehebett an? Wer hatte mehr Lust auf den Geschlechtsverkehr, er oder seine Frau? Wie verlief das Liebestreiben im letzten Jahr vor Antritt der Kur? Welche Personen würden es ihm schwer machen, nichts mehr zu trinken, welche nicht?

Dennoch überwand Binder seine Zweifel und gab ehrliche Antworten. Damit nicht genug. Das Gespräch endete, indem ihm der Therapeut einiges Papier in die Hand drückte. Es waren Fragenbogen.

Was sollte das alles? Mehner wusste bald alles über ihn und seine Gedankenwelt. Und der Befragte? Er wusste so gut wie nichts, nur dass er an einer heimtückischen Krankheit litt, die sehr einfach zu heilen war: Kein Glas mehr anrühren. Wie er jedoch diesen herben Rückfall auf Djerba hätte verhindern können, darüber schwiegen vorerst die klugen Geister der Klinik.

Er war inzwischen aufgeklärt, welchen Weg der Alkohol durch seinen Körper inklusive Kopf nahm. Er kannte aus eigener Erfahrung die Folgen des Trinkens. Er wollte erfahren, auf welchen Pfaden man die Verlockungen umgehen konnte.

Was hatte ein leitender Doktor in seinem Vortrag vergnüglich eingeworfen? »Ein Psychotherapeut ist ein Mann, der dem Vogel, den andere haben, das Sprechen beibringt.« Der das gesagt hatte, war in seiner Art ein auffällig lustiger Mann. Dem Scherz konnte man bei gutwilligem Nachdenken sogar einen tieferen Sinn nicht absprechen. Ein Therapeut konnte einem Gestürztem wieder auf die Beine helfen. Doch laufen musste der allein, sofern er wusste, wohin er eigentlich wollte. Wusste er es nicht, gab es viele Möglichkeiten, das Ziel herauszufinden. Binders Falke blieb vorerst noch sprachlos.

Allmählich wich die Mauer der Skepsis, die Binder vor sich errichtet hatte. Denn Mehner hörte aufmerksam zu. Er machte nur kurze Notizen und schaute seinem Patienten offen in die Augen. Das Klingeln des Telefons ignorierte er während der Gespräche. Sie gingen dazu über, sich zu unterhalten. Denn Binder bewegten viele Fragen.

»Können Sie denn mit all den Antworten etwas anfangen?», wollte er wissen.

»Ja, sonst würde ich sie ja nicht stellen. Sie werden doch bemerkt haben, dass die Fragerei unsere Lieblingsbeschäftigung ist. Wir können uns wirklich nur ein Bild von unseren Patienten machen, wenn sie uns alles offenbaren, was uns wichtig erscheint. Deshalb sind über Psychiater und Therapeuten auch so viele Sprüche und Witze im Umlauf. Den von dem Vogel haben sie schon gehört?«

»Ja, der ist nicht so verkehrt.«

»Ich habe noch einen für Sie«, frohlockte Mehner: »Es gibt ebensowenig hundertprozentige Wahrheit wie hundertprozentigen Alkohol.«. Der stammt von Sigmund Freud und bringt unser Anliegen genau auf den Punkt. »Sie erzählen uns Ihre Geschichte und wir können Ihnen gewissermaßen eine Wegskizze mitgeben. Und wenn man so will, noch ein paar Tipps und Tricks, wie Sie nicht in die Gefahr kommen, sich zu verlaufen. Eine perfekte Wanderkarte fürs künftige Leben können wir nicht liefern. Jeder Mensch ist aus einem anderen Holz geschnitzt. Wer kann jetzt schon voraussagen, was auf Sie zukommen wird?«

»Logisch. Ich werde weder einen Trinkkalender führen, noch irgendwelche Jahrestage feiern. Der eine oder andere braucht das vielleicht. Ich möchte in die Normalität zurückkehren, ohne kleine Hilfsmittelchen«, bekräftigte Binder abermals seine Haltung, die er oft in der Gruppe geäußert hatte.

»Einzelheiten Ihrer Trinkerkarriere werden Sie sowieso nicht vergessen. Es wird Situationen geben, die sie wieder daran erinnern. Dessen bin ich gewiss.«

»Ihre Fragen gingen wirklich bis an die Schmerzgrenze. Woher nehmen Sie die Gewissheit, dass jeder ehrlichen Herzens antwortet.«

»Wir sind weder Scotland Yard noch eine Detektei», lehnte sich der Therapeut mit verschmitztem Blick zurück. »Alles in der Psychotherapie ist eine Sache des Vertrauens. Wer uns auf eine falsche Fährte lenkt, der kommt vielleicht schneller als gedacht vom Wege ab. Schade um die Zeit und um das Geld.«

Vor allem an jene Worte Mehners muss Binder selbst nach neun Jahren Trockenzeit manchmal noch denken: »Trinker, die abstinent bleiben, sind stille Sieger. Kein Mensch feiert sie. Warum auch? Sie sind doch nur ganz normale Menschen. Sie haben keinen Weltrekord im Dauer-Trockensein aufgestellt, sie kommen nicht ins Guinness-Buch, sie haben nichts erfunden. Es wird nur einige wenige geben, die sie unabhängig vom Kalender als einen Sieger anerkennen. Ihre Familie bestimmt. Den ersten Sieg haben Sie bereits errungen, indem Sie zu uns gekommen sind. Und Sie werden gemerkt haben, niemand hat Ihnen zugejubelt...«.

»Trockenzeit«. Diesen Begriff hat Binder persönlich für seinen Neuanfang gewählt. Er steht in manchen Ländern unseres Planeten für Dürre, Not und Elend. Er sieht in ihm auch das Synonym für das Ende seines persönlichen Elends. Und das beträfe nicht nur ihn. Der Verzicht auf den Alkohol erschien ihm erst unvorstellbar. Dies würde drastische Auswirkungen auf sein Leben haben, empfindliche Einschränkungen und Opfer mit sich bringen. Doch diese Befürchtungen erwiesen sich zu seiner Verwunderung als gegenstandslos. Binder war wieder der Alte, dem nur gelegentlich gemütliche Runden einfielen, in denen er noch in Maßen zum Glas gegriffen hatte. Warum sollte er diese Zeit verdammen? Warum sollte er die Steigerungsform des dauerhaften Trinkens aus seinem Gedächtnis löschen?

Binder hatte mit seinem Therapeuten keine Niete gezogen, wie er im Nachhinein befand. Er war ein Glücksfall. Wer weiß, ob er mit anderen so gut ausgekommen wäre. Mit dem »Gockel«? Der wurde so genannt, weil er die Nase ziemlich hoch hielt, einen freundlichen Gruß überhörte und ansonsten den Ruf genoss, der Allwissende zu sein, der keinen Widerspruch duldete. Mehner war ehrlich genug, bei einer Frage auch einzugestehen, er müsse so auf die Schnelle passen. Ein anderer war der »Pater«. Der lief in einem Aufzug herum, der ihn an einen Mann der Kirche erinnerte: Weißes Hemd, schwarzer Pullover mit hochanliegendem Rundkragen. Binder konnte nicht beurteilen, ob der »Pater« so bedächtig seine Fragestunden abhielt wie ein Mann Gottes eine Beichte. »Sigmund« wurde einer getauft. Er soll zu bedeutungsvollen Reden angehoben haben, sodass man denken konnte, er habe Freuds Studien eigenhändig verfasst.

Nur wenige der Therapeuten wurden mit einem

Spitznamen bedacht. Mehner gehörte nicht zu denen. Der war, und das konnte Binder aus eigenem Erleben bestätigen, unantastbar.

Und dann gab es noch einen »Paten«, der kein Therapeut, sondern ein Patient war. Er lief an Krücken. Unmengen von Alkohol hatten wahrscheinlich seine Motorik in Mitleidenschaft gezogen. Sein Gefolge bestand aus zwei kräftigen Kerlen. Der originelle Vergleich mit einer Mafiatruppe lag nahe. Doch der »Pate« war so schnell verschwunden, wie er gekommen war. Er verwechselte die Klinik mit seiner Stammkneipe, wurde volltrunken und randalierend ins Ausnüchterungszimmer gebracht und tags darauf bereits »fristlos« entlassen. Er musste nicht mal ins Röhrchen pusten. Das war Pflicht für jeden Patienten, der nach einem Ausgang in die Klinik zurückkehrte.

Als Binder das Haus auf dem Hügel nach drei Monaten mit einer wenn auch zaghaften Siegeszuversicht verließ, gab es am letzten Abend eine Feier mit Orangensaft im kleineren Kreise. Einer der Volleyballer, der sonst in einem Archiv arbeitete, war bekannt, bei jeder passenden Gelegenheit, Sprüche zum Besten zu geben. Den er Frank Binder zu Ehren präsentierte, kannte noch keiner.

»Was ist der Unterschied zwischen einem Internisten, Chirurgen, einem Psychiater und einem Pathologen? Der Internist hat Ahnung, kann aber nichts. Der Chirurg hat keine Ahnung, kann aber alles. Der Psychiater hat keine Ahnung und kann nichts, hat aber für alles Verständnis. Der Pathologe weiß alles, kann alles, kommt aber immer zu spät.«

Den Pathologen wollte Binder noch etliche Jahre warten lassen. In gewissem Maße hing das von ihm ab. Das sagte ihm nach den Monaten in der Klinik sein gesunder menschlicher Verstand. Abstinenz ist keine Medizin, sondern für einen bestimmten Menschenschlag, dem er angehörte, eine lebenserhaltende Ansicht. Zu dieser Einsicht war er während seiner Therapie gekommen. Längst hatte er sich vom Klischee des Seelenarztes verabschiedet, der Patienten auf eine Couch legt und sie erzählen lässt. Hollywood liebt diese Einstellungen offensichtlich besonders. Mitunter entschlüpfen der Filmfabrik sogar amüsante Lebensgeschichten.

Eines Tages stellte sich das ein, was in Vergessenheit geraten war. Binder überfiel aus heiterem Himmel eine Panikattacke. Er lief über den Alexanderplatz und verspürte in Ansätzen die aufkommende Angst. Schweißgebadet und mit hämmernden Herzen erreichte er sein rettendes Auto. Eine Weile hinter dem Lenkrad sitzend, wurde er ruhiger. Doch der Frust war gewaltig. Ging es wieder los?

Die Übungen während seines Klinik-Aufenthaltes gab sein Gedächtnis frei. »Suchen Sie schleunigst einen Spezialisten, wenn Sie nicht allein klarkommen«, hatte die ihn behandelnde Psychologin geraten. Dass ihm ein Schnaps nicht helfen würde, wusste er allein. Da die Panik blieb, schaute er ins Branchenbuch fuhr schnurstracks zu einer Psychologin, die auch als Spezialistin für Attacken ausgewiesen war. Die nahm ihn auch an, da jemand seinen Termin kurzfristig abgesagt hatte. In ihrem Zimmer stand zwar keine Couch, dafür musste der Gestresste überdimensionale Pantoffeln überstreifen. Sie sollten jedoch nicht vertrauensvolle, wohnliche Wärme erzeugen, sondern die neue, helle Auslegware schonen. Binder erzählte. Doch hörte die Psychologin überhaupt zu? Sie bekritzelte Papier, ohne einmal aufzuschauen. Zwischendurch klingelte das Telefon. Sie nahm sogar den Hörer ab, verteilte einige unverständliche Anweisungen.

»Erzählen Sie nur weiter«, forderte ihn die Frau auf, während sie sich danach wieder Notizen machte. Binder vertraute sich inzwischen dem verschnörkelten Brieföffner auf dem Tisch an. Dann rannte sie kurz raus in die Anmeldung. Nach einer Stunde schaute sie den verstörten Mann an und sagte, sie verstehe sein Problem. »Machen Sie einen neuen Termin aus. Kopf hoch, das kriegen wir schon hin.« Da der nächste Patient auf die Pantoffeln wartete, schlich der Vorgänger ohne einen neuen Termin aus der Praxis.

Ein nächster Versuch. Binder fischte eine Frau Dr. König, Fachärztin für Neurologie und Psychiatrie, aus dem Branchenbuch. Diesmal wollte er erst eine Stimme hören und aus dem Bauch heraus entscheiden, ob er dort an der richtigen Stelle sei. Nach wiederholten Anläufen meldete sich die Ärztin persönlich. Er gewann den Eindruck, am anderen Ende höre ihm die Frau zu. Ihrer ruhigen Stimme war nichts Negatives zu entnehmen. Sie unterbrach ihn nach einigen Minuten und fragte nach seinem aktuellen Befinden. »Nicht sonderlich«, antwortete Binder.

»Na gut. Morgen könnte ich Sie noch irgendwie in die Reihe bekommen. Sie sollten Zeit einplanen.«

Der Suchende schöpfte Hoffnung. Er hatte mit einer Frau gesprochen, die Verständnis zeigte für seine Eile, ärztliche Hilfe zu suchen.

Menschen kann man oft auf den ersten Blick und nach den ersten Worten beurteilen. Nur flüchtig, die Möglichkeit, sich zu revidieren, besteht allemal. Frau Dr. König begrüßte ihn wie einen alten Bekannten. Das erschien nicht aufdringlich, sondern mehr aufmunternd. Sie meinte entschuldigend, er müsse schon ein wenig warten. „Ich habe Ihnen ein Magazin anzubieten, um die Zeit zu überbrücken. Eine passende Einstimmung auf unser Gespräch. Wollen Sie?»

Er wollte und ihm stach sofort die Überschrift ins Auge. »Die Lust an der Angst». Wurde er nicht schon einmal mit diesem provozierenden Widerspruch konfrontiert? Natürlich, damals in der Klinik. Binder schaute sich im Wartezimmer um. Angenehm, er war allein. Die Ärztin lief auch nicht in Museums-Pantoffeln durch die Gegend. An der Wand entdeckte er ein Foto, das ihn auf Anhieb erschaudern ließ. Auf dem Bild waren die Erbauer des Empire State Building in Manhattan verewigt. Man konnte vermuten, dass sie gerade Mittagspause machten. Aber der Ort, an dem sie ihre Brote aßen oder Zeitung lasen, erschreckte und faszinierte den Betrachter zugleich. Sie saßen dicht an dicht gedrängt auf einem schmalen herausstehenden Stahlträger. Und das war die oberste Plattform, die sie an diesem Bauwerk erreicht hatten. Hoch über New York. Sie waren nicht mal angeschnallt.

Der Wartende konnte den Blick von diesem wohl einzigartigen Bild einfach nicht abwenden. »Was verband diese Männer mit der natürlichen Angst eines Menschen?«, fragte sich Binder. »Nichts«. Seine Probleme mit der Angst erschienen im Vergleich zu diesen Typen plötzlich so belanglos. Konnte man überhaupt das eine mit dem anderen gleichsetzen?

Die Tür zum Gesprächzimmer wurde geöffnet und ein junger Mann verabschiedete sich.

»So, nun können wir«, sagte Frau Dr. König. »Haben Sie den Beitrag gelesen?«

»Nein, ich musste die ganze Zeit das Bild anstarren«, gestand Binder.

»Noch besser«, lachte die Ärztin. »Wir sind mitten drin in Ihrem Problem.«

Frau Dr. König wurde für Binder eine enge Vertraute. Zu ihr kann er jederzeit kommen, wenn die Angst am Mann ist.

Der San Francisco und
eine vergnügliche Studie

Sonnengelaunt, nach einer ausgiebigen Dusche vom Strandsand befreit und meerwasserentsalzt saßen Binders mit hellem Leinenzwirn herausgeputzt im großen Saal des Hotelrestaurants. Unwissend, dass dieser Abend schlagartig leidvolle Erinnerungen vergessen geglaubter Tage zurückholen würde.

Der Oberkellner hatte ihnen gleich am ersten Abend für die Zeit ihres Aufenthaltes einen sehr passablen Tisch zugewiesen, direkt in der separat anmutenden Ecke. Sie bot nach allen Seiten hin eine Art Schutzfunktion, niemand musste sich am Tisch vorbeizwängen. Die reichlich mit Ornamenten verzierte Wand gab Rückendeckung. Vor sich hatte das Paar das bestens einsehbare meterlange Büffet. Binders konnten den ersten Ansturm auf selbiges gelassen abwarten und umgingen so dem lästigen Anstehen und dem riskanten Balancieren der gefüllten Teller und Schalen durch die Menge. Und unter den Ersten sind erfahrungsgemäß stets die eifrigsten Drängler.

Gegner jeglichen Anstehens werden übrigens die Beobachtung über die komischen Verhaltensweisen mancher Zeitgenossen im Urlaub schon gemacht haben. Es beginnt in der Regel auf dem Flugplatz. Lange vor dem Kommando »Boarding« bildet sich am Schalter eine Schlange standhaft Wartender. Obwohl ja der Kampf um die besten Plätze ausgeschlossen ist, da jeder Passagier eine Bordkarte besitzt, die ihm unmissverständlich mitteilt, wo er zu sitzen hat. Eine nicht zu begründende Unruhe, die die Vermutung zuließe, nur die ersten zwanzig oder dreißig Personen an Bord bekämen möglicherweise einen Fallschirm für den Fall der Fälle. Oder ein paar hundert Bonusmeilen zusätzlich.

Diese überaus nervöse Betriebsamkeit setzt sich fort, wenn dann im Hotel emsige Poolgänger in aller Herrgottsfrühe mit Tüchern bewaffnet ihre Liegen okkupieren, nachdem sie tags zuvor ausgiebig den Lauf der Sonne studiert haben. Die meisten von ihnen treibt es augenscheinlich abends auch als erste ans Büffet.

Jedenfalls fanden Binders ihre Nische ideal für unterhaltsame Studien. Die Leute befanden sich wie auf dem Präsentierteller vor ihnen. Nichts ist wohl gerade in den Ferien interessanter, aufschlussreicher, ja einfach spaßiger, als zu erkunden, welche Bikini-Figur, die tagsüber so oder so auffiel, nun mit welchem Outfit umhüllt war, welcher Bierbauch dezent unterm Sakko verborgen wurde und welche Rothaut die falsche oder gar keine Creme benutzt hatte.

Der Abend war insofern vergnüglicher geworden, da Jana und Frank Binder mit den Weidners nette Tischnachbarn hatten. Die kamen auch aus Berlin, waren ebenfalls so um die Fünfzig. Die obligatorische Frage, die offensichtlich auch noch in zwanzig Jahren gestellt werden dürfte, »Ost oder West?«, war schnell geklärt. Der Altbundesländler Weidner hatte dem Neubundesländler Binder zu verstehen gegeben, dass die Frage nach der Herkunft um Himmelswillen keinerlei politische Gründe und daraus resultierender eventueller Aversionen und Vorurteile habe. Und so war die Einheit hergestellt. Man konnte also zu viert auf visuelle Entdeckungstour durch das Gewirr von Tischen und der vielfältigsten vornehmen wie schlichten Abendgarderobe gehen.

Sie amüsierten sich gemeinschaftlich über den älteren, hageren Schnauzbart, dessen Hals nahezu jeden Abend eine andere Fliege zierte. Das war derjenige, der morgens um sechs als einer der ersten Poolliegen besetzte, wie der Frühaufsteher Weidner zu berichten wusste. Die Fliege tauschte der ins Visier Geratene am Pool mit einer Goldkette, bei deren Anblick man sich wunderte, dass der Mann noch aufrecht gehen konnte und zudem nicht beim Baden ertrank.

Auffällig geworden war eine Frau, der man angesichts der prallen Linien unter einem viel zu engen, weit ausgeschnittenem hauchdünnem Seidenkleid ansah, dass sie an der Eis-Theke ebenso wenig vorbeikam wie an den Torten, die liebevoll in Reih und Glied aufgetischt waren.

Eine Paradeformation von Verführern, die allenthalben gegen Ende des Abendessens den Eindruck erweckte, dass hier eine lautlose Schlacht stattgefunden hatte, in deren Verlauf die Verführer nahezu vollständig aufgerieben worden waren. Unter dem Gefeixe der Eckfront hatte der eher zierliche Weidner die Warnung herausgegeben, besagtes süßes Saalabteil nicht anzusteuern, solange dort jene wohlproportionierte Dame nebst Anhang zu Gange sei.

Besonders umlagert war der Tresen, an dem eine üppige lustige Spanierin auf das Eis noch einen Schuss Rum gab, je nach Bedarf einen kleinen oder einen großen.

Hotel-Restaurants am Meer haben ihr eigenes Innenleben. Die Menschen, die sich hier abends versammeln, um Teil zwei ihrer Halbpension aufzubrauchen, sind irgendwie aufgeräumt, haben das Verlangen, sich mitzuteilen. Weil sie den lieben langen Tag nichts anderes zu tun hatten, als auf der Liege zu braten wie ein Spanferkel und den Körper dementsprechend kontinuierlich wendeten. Sie lasen, plauderten mit dem Liegennachbarn über Gott und die Welt, spazierten oder flanierten den Strand entlang.

Jana und Frank hatten ihren Rhythmus gefunden. Man konnte die Uhr danach stellen, wenn er sich auf den Weg zum Volleyball-Netz machte. Es war auf die Minute zwanzig nach zehn. Währenddessen platzierte sich seine Frau genüsslich mit einem Buch auf die Liege. Nachmittags stand die gemeinsame Strandwanderung zum Leuchtturm oder zu den Klippen auf dem Programm.

Die spanische Sonne kann zwar dem Unvorsichtigen übermäßig die Haut spannen, sie entspannt aber dem Vorsorglichen die Seele. Wohl deshalb wandeln die Pauschalisten energiegeladen, esslustig und bedürftig nach lockerer Unterhaltung zum Abendessen.

Der Trubel dürfte der einer normalen Kneipe nahe kommen. Doch kaum jemand stört sich daran, da das lärmende Durcheinander angesichts der Garderobe einen vornehmen Klang zu erzeugen scheint und die Bediensteten schneeweiße Hemden und schwarze Fliegen tragen. Außerdem muss hier niemand nach Getränken schreien. Spätestens nach drei Abenden wissen die flinken Spanier, was an welchem Tisch bevorzugt wird. Weidners hatten sich auf einen lieblichen weißen kanarischen Landwein eingetrunken, den Binders servierte Juan, der mit seinen kecken aber nicht aufdringlichen Sprüchen ein angenehmer Patron war, bereits unaufgefordert kühle Tonics und zwei große Wasser.

Wenn überhaupt noch etwas aus dem Rahmen fiel, dann waren es die in regelmäßigen Abständen wiederkehrenden herben Lachsalven einer nicht mehr ganz jungen bayrischen, goldbehängten Blondine ein paar Meter vor ihnen. Die Assoziation zum Oktoberfest und zum Hofbräuhaus lag nahe. Ob der tiefen Stimme fand Weidner, der sich immer mehr als Frohnatur entpuppte, schnell einen Namen, den die anderen drei als passend akzeptierten: »Frau Wirtin«.

Eigentlich war es nur ein bisschen Klatsch und Tratsch, den sich die beiden Paare gönnten. Fern jeglicher Gehässigkeit. Leute ein wenig auf die Schippe zu nehmen gehört wohl dazu, das Bedürfnis nach Unterhaltung zu befriedigen. Das Klima lässt Temperamente raus. Möglich, dass »Frau Wirtin« aus Bayern ebenso über die Berliner Fraktion in der Ecke lästerte.

»Was machen wir mit dem angebrochenen Abend«, fragte Weidner. Ohne auf eine Antwort zu warten, schlug er vor, in der Pool-Bar noch einen »Absacker« zu nehmen. Binders wussten mit dem Begriff etwas anzufangen und willigten ein.

Der Wind hatte nachgelassen, die Palmen wedelten nur noch zaghaft.

»Hallo Berlin«, rief die ihnen vertraute Stimme Juans. Der pfiffige Bursche hatte sein Revier aus dem Restaurant an die Bar verlagert. Im Nu saßen sie wieder.

»Noch eine Eisbombe?«, zwinkerte Juan listig, als er die Getränkekarten verteilte.

Weidner bestellte, ohne diese eines Blickes zu würdigen, zwei »Absacker«.

Verständnislos schaute ihn Juan an.

»Absagga? Ah, Whisky, den gleichen wie gestern, und doppelt«, fragte er nach.

Weidner bejahte grinsend und versuchte ihm zu erklären, dass ein Absacker dazu da sei, das soeben eingenommene Mischmasch von Hähnchen, Krebsschwänzen, gefüllten Tomaten, Apfeltorte und Mangoeis im Magen zu sortieren. Juan schüttelte mit dem Kopf. Absagga, deutsche Sprache, schwere Sprache. Jana Binder wollte einen Campari Orange, ihr Mann entschied sich für einen San Francisco.

Weidner hob sein Glas und meinte, sie könnten eigentlich auch zum Du übergehen. Die vier prosteten sich zu. Erich,

Roswitha (oder besser gleich Rosi), Jana und Frank. Damit waren gewisse Barrieren des Sichnäherkommens beseitigt.

Nach dem zweiten Whisky, den Weidners alsbald vor sich hatten, wurde das Gespräch schon vertraulicher. Erich war bei der Kripo, wollte aber nicht weiter auf Einzelheiten eingehen. Er gab nur preis, dass sich in der Hauptstadt immer mehr Ganoven aus Osteuropa breit machen würden.

»Haste mal einen, tauchen zehn andere wieder auf«, fügte er noch hinzu. Die guten alten, vergleichsweise ruhigen Zeiten vor dem Mauerfall seien vorbei. Und ganz im Vertrauen: Man hätte den Eindruck, dass die Banden besser organisiert wären als die Polizei. Ganz zu schweigen von einem unfähigen Senat, dessen einzige Sorge wäre, Politiker vor Eierwerfern zu schützen.

Binder war an der Reihe. Er sei Journalist und hätte den gleichen Eindruck, was der Kommissar wiederum scherzhaft registrierte: »Mein Gott, da muss ich ja meine Zunge im Zaun halten, sonst finde ich mich noch in der Bild wieder«.

»Keine Bange«, beruhigte ihn Binder. »Erstens arbeite ich als Freier, und nicht für Bild, zweitens habe ich mit der Polizei nun wirklich nichts am Hut. Höchstens dann, wenn ich mal geblitzt werde.«

Rosi lächelte. Die bislang eher zurückhaltende Frau, deren Nickelbrille ihrem an sich schon ernsten, etwas kantigem Gesicht einen noch gestrengeren Ausdruck verlieh, schien aufzutauen. Sie sei bei einer speziellen Zollbehörde beschäftigt, über die sie sich aber nicht weiter auslassen wolle.

Lakonisch meinte Jana Binder, dass wohl alle an diesem Tisch auf irgendeine Weise Geheimnisträger seien, sie arbeite im Finanzamt und könne nicht mit Tipps dienen, wie man elegant an der Steuer vorbeikäme. Schon gar nicht, wenn Kripo und Zoll am Tisch säßen.

Also redete man über die Kinder, über die Spanier, über die Sonne, über diese Kanareninsel mit ihrem weiten weißen Strand, über Frau Wirtin aus Bayern, deren unverwechselbares Gelächter inzwischen auch durch die Pool-Bar fegte.

Binder, der an seinem zweiten San Francisco nippte, fiel auf, dass die Weidners zügiger bestellten als sie und mit jedem Whisky gesprächiger wurden. Der Alkohol lockerte zunehmend die Zunge und löste nach und nach die Hemmschwellen.

Hauptkommissar Erich erzählte unter Hinweis auf absolute Verschwiegenheit über eine Rumänenbande, die sie unlängst dingfest gemacht hätten. Und der 1. Mai mit den traditionellen Krawallen sei im Übrigen für jeden »Bullen« der Tag des Jahres, vor dem er den meisten »Schiss« habe. Bei der Personalsituation sei es nicht verwunderlich, dass es nicht wenige gäbe, die Stress und Angst mit dem Griff zur Flasche zu vertreiben suchten. Ja, das sei in der Tat ein Problem.

»Wenn ihr wüsstet, was da manchmal abgeht. Das bleibt aber unter uns«, wandte er sich abermals an Binder.

Erich hatte augenscheinlich den Punkt erreicht, sich seinen Frust, den er mit auf die Insel genommen hatte, von der Seele zu reden. Da waren angenehme Leute, die zuhörten und Verständnis zeigten.

Er rief Juan und bestellte noch zwei Absacker, was Rosi veranlasste, mahnend darauf hinzuweisen, dass dies nun wirklich das letzte Glas sei. Erich erhob sich und ordnete sein Hemd. Er tat es mehr aus der Absicht heraus, seine Standfestigkeit zu prüfen. »Muss mal für kleine Jungs«, bedeutete er. Doch anstatt den Weg zum WC durch die Tischreihen zu nehmen, wählte Erich den kürzeren, entlang der Pool-Kante. Das wurde ihm fast zum Verhängnis. Einen Moment lang verlor er die Balance, fing sich jedoch und vermied gerade noch das Bad vor der Menge. Vorsichtiger setzte er leicht torkelnd einen Fuß vor den anderen.

Rosi unterdessen versicherte Jana, dass sie den Tag herbeisehne, an dem ihr Mann in Pension ginge. »Wenn du diese ganze Scheiße jeden Abend mitbekommst und dann die Politiker hörst, die voller Stolz verkünden, dass die Kriminalität erfreulicherweise nachgelassen hat, weil zwei Morde weniger in der Statistik stehen, dann kann dir der Kaffee hochkommen«, ereiferte sie sich kraftvoll. Dann erzählte sie von ihrer Behörde und von einem Vorgesetzten, der selbst Frauen in gehobenem Dienst behandele wie Schulmädchen. Dieser »Pisser« habe keine Ahnung, wie sie sich trotz des Jungens, der längst aus dem Hause sei, mühevoll hochgearbeitet habe.

Aufmerksam, mehr belustigt hörte Binder zu. Wie konnte sich eine Frau, die noch vor Stunden beim Abendessen wie eine Germanistik-Professorin in feinstem, gewähltem Hochdeutsch gesprochen hatte, so schnell wandeln? Er blickte auf die beiden gefüllten Whisky-Gläser, die Juan gerade abgestellt hatte.

Wankenden Schrittes war Erich Weidner zurückgekehrt. Diesmal hatte er den längeren Weg gewählt. Er forderte zum Themenwechsel auf. Man hätte genug über die alltäglichen Übel geredet. Schließlich habe man Urlaub. So kehrten sie zur Frau Wirtin aus Bayern zurück. Erich wollte unbedingt noch den Blondinenwitz loswerden, der schön zur Frau Wirtin passte.

Binders sahen sich verdutzt an und lachten höflich. Sie kannten den Witz. Erich hatte ihn vor Stunden beim Abendessen bereits zum Besten gegeben. Nur das Kurzzeitgedächtnis verspürte keine Lust mehr, dies dem Erzähler zu signalisieren.

Auch bei Rosi hatte es gedämmert. »Alter, ich glaube, es wird Zeit, ins Bett zu gehen, bevor du den Witz das dritte mal erzählst«, sagte sie forsch. Es war unschwer zu erkennen, dass Erich Weidner mächtig einen in der Krone hatte.

Bevor sich die vier für diesen Abend verabschiedeten, beugte sich Weidner mit sichtlich getrübtem Blick hinüber zu Binder, zeigte auf dessen Glas und wollte wissen, was eigentlich in einem San Francisco sei. Schnaps oder Likör?

»Weder noch«, antwortete der Befragte.

»Du willst mich doch nicht etwa verarschen«, nuschelte Erich, ehe ihn Rosi unterhakte und mit ihm winkend von dannen zog.

In ihrem Zimmer angekommen, einigten sich Binders, noch auf den Balkon zu gehen. Der Himmel war sternenklar, die Luft um Mitternacht einladend lau. Eine milde Brise wehte vom Atlantik herüber, draußen auf See strahlten die Scheinwerfer von Fischerbooten. Kanaren-Idylle, die kitschig anmuten könnte, gäbe sie es nicht wirklich. Die beiden räkelten sich in den angenehmen Liegestühlen und genossen die Stille. »Weißt du, woran ich jetzt denke«, fragte nach einer Weile Jana.

»Ein schöner Abend, oder?«.

Da Jana nichts erwiderte, überlegte Binder, was gemeint sei. Er glaubte den unverhofften Gedankengang seiner Frau erfasst zu haben. »Ich hätte sicher ein paar Whisky mehr getrunken und jetzt noch eine Flasche aus dem Schrank geholt. Ich wäre vielleicht in den Pool gefallen und hätte sonst was für einen Mist erzählt. Und heute wäre ich mit Erich als erstes zum Frühschoppen in die Strand-Bar gegangen. Meinst du das«, fragte er nach.

»So ähnlich, ja«.

Sie schwiegen und schauten hinauf zum Meer der

unzähligen Sterne. Nach einer Weile gestand Binder, dass ihm an diesem Abend ähnliche Gedanken gekommen seien. Er hätte Glas um Glas registrieren können, wie den Weidners, vor allem Erich, Geist und Körper merklich aus dem Gleichgewicht gerieten. Aber warum hatte er ausgerechnet heute diese feinsinnige Beobachtungsgabe?

Dafür fand Binder keine Erklärung. Besäuselte wie Betrunkene liefen ihnen auf der Strandpromenade des öfteren über den Weg, ohne dass gerade er davon Notiz nahm. Es sind offenkundig Momente und Situationen im Leben, die einem unerwartet längst vergangen geglaubte Vorzeit zurückholen. Sie lassen sich in keinem Kalender im Voraus festhalten. Plötzlich war an diesem Abend jene Zeit wieder gegenwärtig, in der Alkohol zu den unentbehrlichen Begleitern gehörte. Binder war schon morgens so in den Tag eingestiegen wie er heute für Erich Weidner geendet hatte. Erschreckend und beruhigend zugleich. Denn trotz des Zusammenstoßes mit Vergangenem verspürte Frank einen Augenblick lang eine freudige Erregung. Mit welcher Gelassenheit hatte er »seinen« San Francisco – gemixt aus exotischen Fruchtsäften – getrunken.

»Bebidas no Alcoholicas«. Diese drei Worte gehörten mittlerweile zu seinem eher bescheidenen Spanisch, wie das »Buenos Dias« oder das »Por favor«. Nicht nur einmal hatten ihm Kellner in den kleinen Promenaden-Bars Gin-Tonic serviert, obwohl er Tonic-Wasser bestellt hatte. Um solchen Missverständnissen zu umgehen, rüstete sich Binder mit den nötigen Vokabeln aus. Sie waren wichtig für sein Selbstverständnis, denn er hatte sich für den Alkoholverzicht entschieden. Und das war lange her, da er diesen Entschluss gefasst hatte.

Er wäre nicht im entferntesten auf die Idee gekommen,

Weidner in die Kategorie eines Süchtigen einzuordnen. Dieser hatte wohl nichts anderes gemacht, als mal einen über den Durst zu trinken.

Lächelnd musste Binder an einen der Sprüche denken, die weise Menschen den Nachkommenden hinterlassen. Wie hatte ein chinesischer Gelehrter so treffend formuliert: »Willst du das Trinken aufgeben, schau dir mit nüchternen Augen einen Betrunkenen an.« Für Binder erwies sich diese eigentlich banal klingende Behauptung mitunter als sehr hilfreiche Stütze der Erinnerung. Andererseits ist nicht von der Hand zu weisen, dass dieser Anblick bei einem Wankelmütigen altbekannte Begehrlichkeiten wecken könnte.

Nachwort

Um es gleich vorwegzunehmen. Während ich die letzten Zeilen dieses Buches schrieb, lebt Frank Binder mehr als neun Jahre abstinent. Er fristet kein Dasein der Enthaltsamkeit, sondern er genießt es ohne Alkohol und ohne Glücks-Pille. So, wie er es sich vorgenommen hatte. Er wollte nicht durchhalten, er wollte leben. Wer seine Existenz nach dem Prinzip des Durchhaltens einrichtet, plant im Grunde schon das Ende ein, weil das »Halte durch« unweigerlich die Unbeschwertheit, die Lust und die Freuden bedeutungslos werden lässt. Und wer wünscht sich ein nur von Trostlosigkeit erfülltes Leben? Insofern bestehen schon eine ganze Reihe von Gemeinsamkeiten zwischen Binder und mir, der auf ähnliche Erfahrungen und Erlebnisse zurückblicken kann.

Dabei hätte Binder in diesen Jahren genügend Anlässe gehabt, auf seinen ehemaligen Helfer Alkohol zurückzugreifen – die Freuden künstlich in exotische Hochstimmungen zu erheben, dem täglichen Einerlei zu entfliehen und bei Ärgernissen auf die nunmehr morschen Seitensprossen seines Verhaltens auszuweichen. Sie gehörten jener Leiter an, die ihn zu den Flaschen führte. Er fand die Gelassenheit, die uns allen so wünschenswert erscheint. Er lässt der Freude ihren freien Lauf. Die Familie hat sich inzwischen um die Schwiegertochter und den Enkelsohn erweitert. Das waren Gründe zum ausgiebigen Feiern, jedoch längst kein Alibi für einen Rückfall. Das kleine Energiebündel hüpft nur zu gern in Großvaters Arme. Schnaps würde dieses unbeschreibliche Gefühl menschlicher Wärme nur verfälschen. Binder will den Spross heranwachsen sehen.

Das tägliche Einerlei nimmt Binder als eine normale Erscheinung unseres Seins hin. Er hat sich daran gewöhnt, Ärger und Enttäuschung in ihren unterschiedlichen Verkleidungen zu unterscheiden. Nicht jeder Ärger ist es wert, sich darüber aufzuregen. Chronisches Ärgern an sich ist ungesund. Empörung erst recht. Aber das einzelne Wesen und dessen Umwelt böte ausreichend Gelegenheit, eigentlich nur noch übellaunig zu sein. Wer Ärgernisse sucht, findet sie auf Anhieb.

Zugegeben. Frank Binder war einige Male versucht, auf seinen ihm noch bestens bekannten Tröster zurückzugreifen. Etwa zu dem Zeitpunkt, als ihn der Chefredakteur zu einem Gespräch einlud. Die Sekretärin stellte sogar Kaffee und Gebäck auf den Tisch. Der in Wien eingekaufte Chef gab sich seinem gewohnten Charme hin und plauderte. Warum erzählte er ausgerechnet Binder, die Zeitung würde eine neue Struktur erhalten? Er lächelte sogar, als er dem ahnungslosen Untergebenen verkündete, man müsse sich leider von ihm trennen, obwohl er gute Arbeit leiste. Alles weitere erledige der Personalchef. Sein Charme ging in kühle Sachlichkeit über.

Binder war für den Verlag ein kostenungünstiger Faktor. Ältere Redakteure hatten die höheren Gehaltsstufen. Praktikanten hingegen waren höchst willkommen, weil sie so gut wie nichts kosteten. Binder hatte einige von ihnen kennengelernt. Zufällig wurde er zum nicht ernannten, freiwilligen Mentor, weil alle in einem Raum saßen und die Lernenden in der Regel mit ihren Manuskripten und rein technischen Fragen zu ihm kamen. Die Chefin war beim Friseur oder hatte andere wichtige Termine. Sie verspürte augenscheinlich keine Lust, sich Mehrarbeit aufzuhalsen. Praktikanten muckten nicht auf. Sie fühlten sich geehrt, überhaupt bei einer größeren Zeitung arbeiten zu dürfen. Sie standen auf einem Sprungbrett und hofften auf den ersten Vertrag eines festen oder freien Mitarbeiters.

Ein halbes Jahr zogen sich die Verhandlungen über die Höhe der Abfindung hin. Der Handel vollzog sich wie auf einem orientalischen Markt. Nur: Der Verkäufer eines Schaffelles schien seriöser zu sein als der Personalchef, der um den Preis eines Menschen feilschte. Binder wurde in Euro-Werten taxiert. Entwürdigender konnte das ganze Prozedere nicht sein. Das erste Angebot entfachte in Binder eine ungemeine Wut. Er hatte den Eindruck, als wolle ihn der Verlag als Ramschware verhökern. Im Unterschied zu den Schnäppchenpreisen eines Kaufhauses fehlte allerdings ein Käufer für das Sonderangebot Mensch.

In der Regel traf man sich alle zwei Wochen. Jedes Mal unterbreitete der Personalchef einen neuen Preisvorschlag. Angesichts seiner plumpen Erläuterungen musste man folgern, der Gekündigte würde den Verlag mit seinen anmaßenden Forderungen ruinieren. Binder lehnte beharrlich ab. Er wollte seine Haut so teuer wie möglich verkaufen. Seinen »Marktpreis« legte er fest. Und davon wich er um keinen Cent ab.

»Nun gut«, sagte der Verhandlungspartner nach dem fünften oder sechsten Anlauf. Er spielte den sichtlich Entnervten. »Dann nehmen wir eben Ihre Kündigung zurück. Sie müssen damit rechnen, dass Sie nicht mehr an Ihren angestammten Arbeitsplatz sitzen werden. Wir bieten Ihnen eine Stelle im Anzeigenbereich an. Da werden Sie natürlich bedeutend weniger verdienen.«

Ein hinterhältiger Versuch, ihn zu erpressen. Binder hätte den aalglatten Typen mit der Designerbrille auf der Nase über den Tisch ziehen können. Er zog ihn nicht über den Tisch, denn damit hätte sich das Problem mit einer fristlosen

Kündigung vortrefflich für den Personalchef gelöst.

»Entweder ich behalte meinen Arbeitsplatz oder Sie gehen auf meine Bedingungen ein!« Der innerlich Erregte war bemüht, seine überlegen wirkende Ruhe beizubehalten.

Binder gewann das schier ungleiche Duell und setzte seine kühl berechneten Forderungen durch, da er klaren Verstandes war. Er griff nicht zum hochprozentigen Mutmacher, obwohl das unentwegte Feilschen die Schwelle der Unwürdigkeit längst überschritten hatte. Er wurde im wahrsten Sinne ein freier Journalist, abhängig nur noch von seinen eigenen Fähigkeiten.

Womit wir bei einer Frage wären, die in meinem Buch nur angerissen wird, weil es nicht mein Ansinnen war, gesellschaftskritische Geschichten zu erzählen. Doch die Wissenschaftler streiten emsig darüber, ob die Gesellschaft mit dafür haftbar gemacht werden kann, dass es so viele Abhängige gibt. Die einen meinen, sie habe kaum Einfluss darauf, ob jemand zum Alkohol greift oder nicht. Denn Trinker kämen aus jeder sozialen Schicht. Die anderen vertreten den Standpunkt, äußere Einflüsse könnten in das Trinkverhalten des Menschen eingreifen.

Die Tatsache ist wohl unbestritten: Es ist die freie Entscheidung eines jeden, die Flasche als Helfenden in allen Lebenslagen zu wählen. Und es ist auch nachgewiesen, dass die Veranlagung, abhängig zu werden, dem Einzelnen zuzuordnen ist. In dieser Hinsicht ist es egal, ob er im Bundestag sitzt, ein sorgenfreies, materiell abgesichertes bürgerliches Leben führt oder in der Arbeitsagentur auf ein Jobangebot wartet.

Ich komme nicht umhin, weiter auszuholen, da das, was hinter den Kulissen unseres Gemeinwesens geschieht, in dem Wirrwarr der täglichen Nachrichten oftmals untergeht.

Eine Gesellschaft, die scheinbar so unbeschwert die Krisen ihrer Wirtschaft hinnimmt und gleichzeitig den Überschuss an Konsum liefert, zeigt diese nicht selbst süchtige Merkmale des Verhaltens, nämlich Kontrollverlust und Grenzenlosigkeit? Unser Leben insgesamt wird durch die Masse dessen, womit wir nahezu tagtäglich überrascht werden und sofort verarbeiten sollen, unübersichtlicher und unverständlicher. Von immer mehr versteht man immer weniger. Macht das nicht viele orientierungslos?

Es wirft schon Fragen auf, wenn ein Manager sein Unternehmen an die Wand fährt und dafür auch noch zig Millionen kassiert, derjenige, der den Job dadurch verliert, aber mit 800 Euro im Monat auskommen muss wie Millionen andere auch.

Es stimmt mich nachdenklich, wenn Politiker ihren Wählern vorwerfen, sie sollten aufhören zu jammern, jedoch selbst Woche für Woche stöhnen, die Haushaltskassen seien leer. Ein Finanzminister wird keine Insolvenz anmelden. Tausende kleinere und größere Unternehmen stehen Jahr um Jahr vor keiner anderen Wahl.

Welche Partei ist heutzutage schwarz, gelb, grün oder rot? Offenbar hängt das von dem jeweiligen Machtgefüge ab. Die Parteien können zweifellos ihre Farben so geschickt wechseln wie ein Chamäleon. Wen wundert die abnehmende Zahl der Wähler, wenn sie nicht wissen, ob sie die richtige Farbe ankreuzen? Der Eindruck verstärkt sich, dass uns die Regierenden schlichtweg belügen. Sie hetzen, einem Hamster in seinem Rad ähnelnd, von Reform zu Reform, von Korrektur zu Korrektur. Immer wieder überraschen sie mit neuen Versprechen. Und die meisten Leute wissen kaum, was noch ernst zu nehmen ist.

Kohl versprach blühende Landschaften und hinterließ nach

seiner Spendenaffäre ganz andere Blüten. Dann versicherte ein Kanzler Schröder, er werde seine Leistung an der Zahl der Arbeitslosen messen lassen. Ausgerechnet einem Personalchef Hartz kaufte er eine zweifelhafte Erfindung als das Ei des Kolumbus ab. Dies verschaffte den Arbeitslosen mit einer groß angekündigten Agenda nun doch keine Jobs. Im Gegenteil. Sie machte sie noch ärmer. Hartz verschwand nach einer miesen Affäre sang- und klanglos nicht unbedingt als Ehrenmann von der Bühne.

Schröder wird vor allem als ein erwachsener Mensch in Erinnerung bleiben, der nach den Regeln einer Kita-Fraktion regierte. Wenn ihr nicht macht, was ich will, dann spiele ich nicht mehr mit euch. Seine Rücktrittsdrohungen kamen manchmal schneller als Wetterumschwünge.

Und Frau Merkel? Sie verkündet, Deutschland sei ein Sanierungsfall. Wenig später soll das Land wieder die Nummer eins in Europa werden. Bewertet man ihre Arbeit nach ihren öffentlichen Auftritten, so beschäftigt sie sich mehr mit der Weltpolitik und der deutschen Fußball-Auswahl als mit der geforderten Sanierung des Staates. Die Millionen von Arbeitslosen vernehmen nur ab und an Drohungen. Ihnen werde der Geldhahn, der ohnehin nur noch tröpfelt, abgedreht, sollten sie nicht einen zumutbaren Job annehmen. Wo sollen die Jobs herkommen? Die Spargelfelder sind abgeerntet, und den Wald kann man im Winter schwerlich fegen. Dabei bedarf der Arbeitsmarkt vorrangig einer gründlichen Sanierung. Und womit beginnt die Regierung? Mit einer Reform des Gesundheitswesens, deren Inhalt nur der versteht, der sie zu Papier gebracht hat. Wenn überhaupt. Man kann nur erahnen, dass es um Kassenbeträge geht, über die sich schwarz und rot monatelang gestritten haben. Ein Einfallspinsel, der annimmt, damit würde der kranke

Arbeitsmarkt geheilt.

Ich kenne genügend Arbeitslose, die sich vergeblich um einen anständigen Job bemühen. Manche verfügen über dicke Ordner mit Bewerbungen. Einzig mit regelmäßig wiederkehrenden Maßregelungen werden sie endgültig ihrer Anerkennung als gleichgestelltes Mitglied der Gemeinschaft beraubt und geraten ins Abseits. Wie sehen ein Mann oder eine Frau in den Fünfzigern ihre Zukunft ohne Arbeit? Wie viele geben die Hoffnung auf und greifen zum Seelentröster Alkohol? Klar, niemand verordnet ihnen diesen. Es findet sich aber auch niemand, der wenigstens in Ansätzen an Alternativen arbeitet.

Vergessen sollte ich nicht Professor Rürup. Der weiseste Mensch hierzulande. Er ist der älteste der so genannten fünf Wirtschaftsweisen, deren Gutachten von gesellschaftlicher Relevanz sein sollen. Der Rentenallmächtige der Nation hat sich mit seiner Rürup-Rente in die Reihe der Weltverbesserer geschlichen. Er sorgt auf eigene Art vor, indem er gegen gutes Geld den großen Finanzdienstleister MLP mit seinen Vorträgen berät. Einen attraktiveren Werbeträger kann sich das Unternehmen wahrlich nicht wünschen. MLP konzentriert sich auf die Beratung von »Akademikern und anspruchsvollen Kunden« in Vorsorge- und Vermögensfragen! Nicht einen einzigen Gedanken verschwendet der Professor daran, dass er damit in arge Interessenkonflikte gerät. Ist er ein korrupter Berater, der ständig die Seiten wechselt? Jeder kann sich seinen Teil denken.

Ein letzter Punkt, der mich während meiner Recherchen zu diesem Buch zum Nachdenken veranlasst hat. Man liest, die Genforschung mache weltweit eine rasante Entwicklung durch. Die Politiker hierzulande schicken abwartend eine Ethik-Kommission nach der anderen in die Spur, die ein

Gutachten nach dem anderen erstellt. Deren Auftraggeber scheinen nicht begriffen zu haben, dass sich die Gen-Technologie nicht nur mit geklonten Schafen und hochgezüchteten Maiskolben beschäftigt, sondern auch mit medizinischen Projekten wie der möglichen Sucht-Vorbeugung. Die Politik hechelt nicht nur diesem Bereich der Forschung hinterher.

Eine Gesellschaft, die zudem Alkohol großzügig toleriert, kann die Sucht folglich fördern oder hemmen. Das gilt für Arbeitslose wie für Arbeitende, für Manager, Künstler und Politiker. Wobei sich die Konflikte als mögliche Auslöser sehr wohl deutlich unterscheiden. Und das soziale Loch, in das man als Trinker fällt, ist so ungleich kleiner oder größer wie dessen Stellung in der Gesellschaft.

Berlin, Oktober 2006   Peter Böttcher